不上锁的人

邵栋 著

人民文学出版社

图书在版编目（CIP）数据

不上锁的人 / 邵栋著. -- 北京：人民文学出版社，2025. -- ISBN 978-7-02-019242-7

Ⅰ．I247.7

中国国家版本馆CIP数据核字第2025K5U964号

责任编辑　黄盼盼
责任印制　苏文强

出版发行　人民文学出版社
社　　址　北京市朝内大街166号
邮政编码　100705

印　　刷　侨友印刷（河北）有限公司
经　　销　全国新华书店等

字　　数　228千字
开　　本　850毫米×1168毫米　1/32
印　　张　12.375　插页1
版　　次　2025年4月北京第1版
印　　次　2025年4月第1次印刷

书　　号　978-7-02-019242-7
定　　价　69.00元

如有印装质量问题，请与本社图书销售中心调换。电话：010-65233595

目 录

不上锁的人	1
白鲟	99
文康乐舞	127
示巴的女儿们	187
透气	243
面试	289
牛皮筋	333
后记高手	383

不上锁的人

一 Follow

他最喜欢这个时辰的宜家。通常，铜锣湾的上班族间或有午餐时分来闲逛的，此时大略都已上班去，而晚间的高峰尚未到来，于是他把鞋子在床边摆好，安静地躺在样板间的羽绒床垫上，取下玳瑁眼镜放在床头柜上，戴上耳塞和眼罩，十指交扣，安放在小腹上，口罩上还是那个黄色笑脸。"我正感到自己的呼吸平稳了下来，微微起伏的衣衫如海浪张弛着，而耳内的气压有种宇航服一样的保护。"

他将要睡着了。

"茫茫黑色之中，有星轨似的细微暗斑在旋转扩散，那便是个与此不同的清凉世界。"

他是个容易失眠的人，这一点在他幼时就已经显露无遗，黑夜使他兴奋，褪黑素、安眠药都无法阻止这一点，他的父母自然为此焦虑不堪，寻医访药却都不奏效，医生也多次论断他生理上的指标一切正常。而当他仰卧在心理医生的皮质躺椅上时，望着窗外的景致，还是小学生的蒋山，耐人寻味地发出一声慨叹：人活着就是一场漫长的失眠。

他的困意一路指引着他到我这里。第一次见面时他走上讲台，拿起麦克风，扬起手，浅浅的呼吸隔着口罩均匀地在接收器上滚动，发出不合节奏的杂音。他开口了。测验的规则和时限我们早已了然，他用不熟练的广东话和熟练的英文分别说了一遍，低频的声腔仿佛在自言自语，或是为不存在的观众演出一场哑剧。口罩覆盖的脸上没有任何表情流动，看不出高兴还是不高兴，但隔着眼镜的黑眼圈以及烫卷的乱发还是出卖了这位年轻的研究生助教。

我也喜欢这个时候的宜家，因为我在等他。宜家的工作是古代文学专业的小徐师兄介绍给我的，他告诉我暑假可以兼职打工，用一个夏天的时间帮补一下家用，但没想到上班没几天，就遇到他了。他最常在周三和周四来，通常见到我们会客气地点一点头，走的时候也会将床铺收拾整齐用手铺平，像驯服一条河流。他一直没有认出我，这是很自然的事，我盘起了头发，戴上口罩，穿着工作服，恐怕他是如何也认不出我的。不，即便我放下了头发，解开了口罩，脱光了衣服，他也是认不出我的。我站在服务台边，假装应付着那些不愿意支付额外运费的买家，不时偷眼看着睡着的他，看着他万年不变的黄色口罩上的卡通笑脸，甚至对客人的态度都变好了。在往日里，我都只是窝在教室角落里的如空气般透明的人，于是我感谢这样的际遇。当天花灯带的光芒汇聚在他四周，驱赶走那些嬉闹乱跑的小朋友之余，我便可能静静坐在床边看着他，他有时是中世纪教堂里大理石棺上的贵族浮雕，有时是水葬将军的一叶扁舟，他是一个容器，我并不知道他在想些什么，梦些什么，但至少，我不愿他醒来。

每当中学做操跑步的时候，我也会有属于我的片刻寂静，我会一个人留在教室里。母亲曾和班主任说过，我身体不好，容易低血糖，不可参与剧烈运动。我靠在窗边向外张望，看着那些身影晃动，随着音乐，手指也在窗玻璃上弹动。"她身体不好""她有毛病的"。闭上嘴，合上书，避过身，打手势，挑眉毛，翻白眼，"一会还有事""我们约好了"，于是只留下我一个人。留下我一个人在教室的时候，是我了解大家的好时机，一个个拉开同学们的桌肚，类似于古代的刑罚，也是忏悔的方式。考卷上的分数，笔记本上的涂鸦，挂饰的公仔，藏在铅笔盒背面的情书，刻在桌角的名字缩写，都是他们打手势挑眉毛的谜底。散装的卫生巾，剪报与批改意见，写满了她们的软肋。我不必一下子全部掌握，我有的是时间。

几个相熟的内地同学都对这个年轻的助教老师产生了兴趣，众所周知，中文系助教多是女研究生，难得竟有个男孩，还是内地的，大家都有些好奇。有的女生便去向其他女助教打听，才知道原来是个复旦本科、来港大读硕士的研究生，叫蒋山，说是跟林老师读，研究也斯的。

还有吗？我问。那女孩微微歪了一下头，说，没了吧。

继而又顿了顿,伸出一根手指道,不过听说也有人见过他脱下口罩的样子,在食堂,据说长得挺斯文。

实际上,当你想要了解一个人,永远有办法。蒋山是个常见的名字,现实之中找一个人如大海捞针,但如果在Google搜索"蒋山、文学、复旦",就会弹出一些相对有效的信息,再把时间筛选到最近五年,一些新鲜的照片和文字就会出现。首条是复旦大学年度奖学金名单2021—2022,我下载了Excel,得到了他的出生年份和籍贯:2000年生,常州人。果然没错。中国知网上复旦大学似乎有两位蒋山,一位是研究电机自动化的,已经是副教授了,另一位只有一篇论文,题目是《一种哥特书写:〈再世红梅记〉中的改编策略》,应该就是他了。原来他本科是研究粤剧的。我再搜索"蒋山、中学、常州",时间限定到2015—2018,发现了常州中学2018年对本周升旗手蒋山的介绍,里面是一张穿校服的少年的照片,并配上一段文字:"喜欢文学阅读与创作,喜欢后摇音乐,最喜欢的乐队是Sigur Rós和MONO"。这两支乐队我都听过,顺手查了一下,发现MONO去年年底还来过香港。"是学校足球队的成员,阿森纳死忠球迷",我并不怎么看足球,搜索了一下阿森纳,球衣倒是很好看。

之后一个学期的导修,他开始组织我们讨论文学、戏剧、电影改编的课后篇目,每次上课前,他都会近乎社恐地站在讲台那一边,老老实实顶着那头乱发,始终戴着那款笑脸口罩，用含糊的语音和我们道歉：自己的粤语还很不流利，会争取尽快学会粤语，大家可以选择自己习惯的语言加入讨论。从本地同学的表情上，可以看出，他们对这位导师印象不坏，过往他们对那些只说普通话的内地导师是始终颇有微词的。当天我们讨论的是香港文学与故事新编，我讨论的内容是《红梅记》故事的流传与改编。

这样的哥特故事实在是非常对我胃口，我引用了蒋山论文中的一些观点，洋洋洒洒写了几千字……由于有时间限制，我准备的内容又甚多，讲得火急火燎，超时之后我不时看他的反应，可他却一直没有喊停，好容易讲完，我抱歉地又看了他一眼，但他却没有立即发表评论，思索了一下，缓缓说道：谢谢吴同学，谢谢你的分享，我和你的观点很接近，我也很喜欢这个剧本，第一次是在高三冬天的时候有机会来香港交流，看了现场演出，很感动。如果真的有超越生死的爱情，那除了自己的生死，自然也可以超越别人的生死，就是为了成就一对情侣，死了另一个人也没什么了不起……平时的他，只是简单而理性地点评几句，今天却突然开了话匣，谈起了和学术没有关系的内容、有关创作的内容。他说到尽兴处，头微微歪在一边，好像想起了什么。

他睡着的时候我时常想，他会不会饿会不会渴，是不是在做噩梦，会不会着凉。也许醒来时他需要我们招牌的瑞典肉球，新鲜热乎，从口腔到胃部，达至一种极致的碳水和油脂的满足，可他那样瘦，恐怕未必喜爱这类食物。他睡着时偶尔会抽动一下，又恢复平常，据说是来自远古时代男性睡在树上时，对于掉落的镌刻在基因里的恐惧。然而他脸上并没有恐怖之色，反而是一种肃穆，是他漫长失眠间隙的休息，为更长的清醒做好准备。他上课时通常没有任何表情，抑或说，他做了表情，但隔了口罩，也并不反映在他的眉眼上。他上课的内容非常理论化，眼神却时常游离，好像教室中有个幽灵在游荡，且只有他的小眼睛能看见。

如果在微博上搜索《再世红梅记》，再加上时间倒序搜寻，其实并不会出现太多内容，毕竟没有那么多人会去香港看粤剧还摆在微博上。我躺在床上，抱着试试看的心态翻看曾经在那个夏天去往香港的、和粤剧有任何关联的人，手环上已经显示午夜两点，我心想刷到三点就睡觉。实际上我很快就留意到一个账号，名叫js2000sh，在那年一月八日曾经到过香港，拍了一张照片，留下一句话，"请辨画船旗上帜，你都莫向佳人枉鞠躬"，定位是高山剧场。js2000似乎是他名字和生日的缩写，微博里面内容不多，除了转发足球和livehouse的内容之外，大多是链接到豆瓣的观影记录。在豆瓣上搜索js2000sh，没有任何符合的记录，再搜索jiangshan，一个个点过去，找到了一个账号，这个账号是2009年注册的，名字并非jiangshan，但网页地址是https：//www.douban.com/people/jiangshan，

IP 地址是香港，翻看了一下他的个人主页，发现我俩有二百三十多个共同爱好，包括九十多本书和一百多部电影，草草扫了一下他的浏览记录，果然有很多关于 Sigur Rós 和 MONO 的内容。此外，我发现他也在更新日记，多是一些文学创作，点击寥寥，最新的一篇，叫作"不上锁的人"，和他的豆瓣用户名一样。

我们每天中午都被锁起来，那还是幼儿园的时候，吃过午饭，张老师就把教室里的桌子一张张拼合起来，组成一个大平台。她呼啦一声铺开一张大花格床单，盖着台面，就招呼着小朋友们脱掉鞋子爬上去，一个挨着一个躺下。小朋友们很快铺满了台面，一动不动，乍一看，以为停满了尸体。张老师说，小朋友们乖乖睡觉，老师一会呢会过来检查。谁要是调皮乱动不好好睡，今天晚上就不准回家！说完她就锁好门离开了教室。

我听了心里有些害怕，一直以来都觉得张老师并不喜欢我，张老师很漂亮，对我却没什么话，甚至很少注意到我，我觉得自己大概是做错了什么，然而也没有其他的办法修补。我曾经试过故意滚下台子，引起张老师的注意，希望她来关心一下自己。然而摔了几回，张老师只是嫌我调皮，说话的语气也凶巴巴的。于是我再不敢了，就那样一动不动地躺着，由于身体太紧张，我一分钟也睡不着。

白光照耀的那个下午，异常安静，我之后怎么也想不起躺在自己左边的那两个小朋友的名字，但我恐怕再忘不了两人的脸了。躺在左手边的女孩像我一样认真地一动不动。而在她左手边的男孩却不那么老实，他侧着起了身，猫着腰，一下就伏在了女孩的身上，他看了我一眼，带着微笑，就开始亲吻自己身下的猎物。我害怕极了，手足无措，耳中却是张老师让我们不要乱动的声音在绵绵起伏，于是奇妙的事情就发生了，我的身体好像想动也动不了了。男孩用鼻子和舌头勾画着女孩脸上的轮廓，周遭安静极了，除非仔细听，才能听到男孩鼻子里发出的细小而急促的气息声。小女孩的身体似乎想动也动不了，她挣扎着，脸侧了过来，直直地望着我。我在这张苍白的脸上看到和自己一样的害怕，也许还有一些别的东西。但我还是一声也没有吭。

第一次尾随他的时候我也是一声也不敢出。那个雨天，我本来是要在山道坐970去往油麻地电影中心看希区柯克回顾展，难得有《后窗》，只得一场，好容易才抢到票。傍晚排队等车的时候，撑伞的队伍蜿蜒缓慢前进，像一只五彩斑斓的舞狮在扭动自己绵长的腰肢。我一眼就看到了他那把黑伞，还有那灰色呢外套搭配三色围巾的背影，我有心靠近，奈何队伍中间仍有许多旁人。双层巴士上层都坐满了人。上车的乘客陆续收伞抖落水滴，他拍卡走向后排，站在角落里，手勾着横梁上的扶手，歪斜地夹在三个中年人之间，下巴高抬着，以免磕到旁人的头顶。我上车后一路"唔该""唔好意思"*向他挤去,这去往九龙的巴士宛若雨夜的 livehouse,他是我的摇滚主唱。

与许多人摩肩接踵到他身边时,额头几乎沁出汗来,起初我还不敢靠得太近,但后续来人越来越多,我和他也越站越近,我的羽绒外套和他的呢大衣产生了细微的摩擦,物料相触,产生沙沙的细小声音,像有人要点燃火柴一样。我不敢抬头,眼睛斜斜盯着玻璃上蒙上的片片水汽如何被一道一道的水滴切割,他明明戴了口罩,但我还是能感受到头顶有股温热的气息在流动。我昨天并没有洗头,不知道发梢是否有太多分叉,亦可能会有头皮屑,而距上次染发已经将近三个月,发根的黑色也已清晰可辨,如是想着,耳根竟也热了。我想摸出手机抵御这种尴尬,但空间实在逼仄,手都举不起来,我望着地上,雨水顺着伞柄缓缓流下,在我们脚下慢慢汇入地板上那已然纵横流淌的雨渍之中。我于是肩膊都放松下来,却不会左右晃动,就轻轻地靠在他的呢大衣上,而周遭讲电话的声音,斥责不要挤的杂音,小孩的尖叫与哭腔,雨水打在窗玻璃上的噼啪声,一下子微弱了,我听着自己的呼吸声,慢慢闭上了眼睛。

"麻烦借过一下",他几乎是在我耳边说,我睁开眼睛,他侧身而过,准备下车,人流很快将我们分隔开,巴士门也正要关上,嘟嘟嘟地在倒计时了。这独属于辛德瑞拉的

---

* 粤语,"唔该"意为劳驾,"唔好意思"意为不好意思。

午夜钟声迅速把我惊醒，我身体不自主地，几乎粗暴地挤过所有人，冲下了车，雨水瓢泼一样落下，匆匆打起伞来，冰冷的水滴溅在脖颈间，彻心的冰凉，此时的他已经在不远处准备过马路了。这是哪儿？路牌显示是上海街，我快步赶上，离他二三人远，随着红灯变绿，再转吴松街，便上了宝灵街，至此我便认得是佐敦了，街两边一例是尼泊尔人和本地人的夜市摊位，此时纷纷已经用竹竿支起了透明的塑料雨棚，立在铁皮铺位上。而地摊上的货品也已经收起，一边是交迭的童服洋装，一边是正在运转的低价电器。而廉价的彩色LED灯管在四围亮起，透过透明雨棚互相映照，在灰蒙蒙的雨线中若近若远，我怕跟丢了他，在店铺间越走越快，雨水也从皮鞋底冰凉地爬上脚腕，裤腿打湿后黏上小腿的皮肤，本是极不自在，而我但觉心中澄澈，眼睛瞥过那些裹在冲锋衣兜帽里的店家，觉得自己幸运极了。

他转进白加士街，上了一栋旧楼，我隔着条街看到楼面写着"伯嘉士大厦"，我在对面的茶餐厅门口站着望向那些窗口，试图找到那些突然亮灯的窗户。在店家第三次提醒我"入来啊，入面多嘢食择"*之后，我知道，我的电影要开场了。

《不上锁的人》这篇小说，第一人称叙事，故事很平

---

* 粤语，意为进来啊，里面有很多东西吃。

淡，主角也没有名字，大概是一个香港出生的年轻人，作为一个研究生，自己住在佐敦的八楼劏房之中，月租八千五百港币，和包租婆谈到八千。劏房和隔壁的尼泊尔人共享一道铁闸门，而自己的木门却从来不锁，按照他自己的理论来说，家里也没有什么值钱的东西，不会有人要的。不仅自己家的门不锁，有时铁门也不锁，隔壁的尼泊尔人抱怨了几回，可他也满不在乎。不仅自己家铁门不锁，他连办公室的门都不锁，有时直接半开着，他自有他的一套理论，最危险的地方就是最安全的地方。他同时又有着逆来顺受的脾气，老板安排什么工作就做什么工作，加班到半夜也完全不在乎，旁人问他为何不抱怨，他便会说，抱怨也不会有任何改变的。他出门上完厕所经常不拉裤子拉链，手机也从来不用手机保护壳，与此同时连碎屏险也不买，整天拿着一个屏幕裂了大半，好似被子弹击中过的iPhone，也不知道他是怎么发消息的。他不仅没有碎屏险，也从来不买其他任何保险，坐飞机也不买任何意外险和延误险，更别提人身保险或者重疾险了。至于选举，不论是区议会还是选委会，他是从来都不参加的，从来都是不认识的人决定这里的命运，又何妨继续下去呢，他会这样回答。

这篇小说没看完，故事还挺长，一直在更新。后面主角性格好像也有一些变化，然而阻止我读下去的最主要的原因在于，我最初以为这是一篇自传体小说，可读着读着，好像和我印象中那个严肃的蒋山有着很多的区别。影子与身体分离，帽子悬空，口罩飘散，我脑中的蒋山变得超现实起来。为了印证锁门这件事，我曾经问过一位博士助教，她却和我说，办公室的门都是拍卡的自动门，何来锁门一说呢。我又问她，那他会不会很随便，经常丢三落四什么的？她看着我笑说，他们男的不都那样，哪有细心的。我开始观察他上下课的日常习惯，是否会和不锁门的习惯有关，然而似乎生活中找不到相类的蛛丝马迹，他每次都是右手提着一个港大的绿色帆布袋来上课，里面装了要评讲和讨论的材料，左手是一个星巴克的保温水杯，从来没有见他换过。他总是提前一点时间到，一个人安静地坐在讲台前一动不动，目视前方发呆，好像要把弥散在空气中的灵魂召唤回来，方才可以挪动四肢百骸。他对于同学们在课前和课后的提问大多很冷淡客气，除了和林森聊得多一点，其他人包括我都是一例。我也是后来才知道林森也选了这门课，自从大一结束后我退出了cosplay社团，我好似没有怎么见过他。他如今看上去更瘦了，头发也长了，也显得老了一些，不过这种气质，倒和蒋山有些相似，不然，怎么会有那么多可聊的呢。

中学的最后一年，晚自修会留到九点，照例父亲是会每天来接我，但那天有些不一样。晚间老师评讲了白天测验的作文，着重表扬了我写的那篇记叙文，文章讲述一个盲人的寓言故事。老师还在征得我委婉的同意之后，把我的文章贴在了教室后面的黑板上，我假装毫不在意，却总觉得背后有人在轻轻议论我，而那篇墙上的文章也在微微发着热，带着极细的气流，轻轻扰动我颈后的发梢。快八点半的时候，父亲发消息给我说，单位紧急加开了生产安全会议，会晚些到学校，让我且等他。九点一到，除了住校的同学之外，大家散去各自回家，我看了一会书心里觉得烦闷，便收拾好东西往校门口去，一路见自行车棚下只剩一两辆孑孑而立，确实是该回家的时候。我在全家买了一个平时常买的日式烤饭团，站在店门口边吃边等，呼出的热气把眼镜都变得迷蒙了，风却更大了些，我把羽绒服兜帽往下拉得更深些。吃完脸上一阵热，觉得又多了些力气，拨打父亲的电话，始终没人接听。手机显示已经九点半了，我有些不耐烦，便想一路往家走，可能就沿路撞上了。我把手插在口袋里，戴上耳机，过了桥，直直回家去。路上是单纯的酷寒，如今很难想象父亲那些年是如何迎着风雪骑自行车往学校接我的。我听着音乐，想着老师对我的点评，一盏盏路灯朝后退却，一步一步都踩着音乐的音调，不觉人迹稀少，四周连车辆也少了，此时我从拐角的反光镜看到身后十来米有个戴着灰色兜帽的人在跟着我，过桥的时候好像就看到他了。我不自觉加快了脚步，却不能将他甩远，而我脑中开始闪过一些男孩子的脸，有认识的，有不认识的，有我喜欢的，也有我所厌憎的。四周愈加安静起来，只剩下单纯的风声呼啸，身后的细小脚步声

不上锁的人　15

提醒我们俩依然相距十来米,步履也愈加趋同,在酷寒中如岸上的纤夫缓步。离家还有一段距离,天色随着路灯稀疏,也愈加灰暗,直直压在头上,而气流在大片的钢铁建筑间加速冷却,我心里有一种无名的怒火在涌动,好几次都想停下来问他,你到底是谁?但随之而来的还是恐惧,且并非单纯恐惧他会伤害我,还恐惧他并非只是想伤害我。就这样一路走,快看到家的时候,我刻意回头看了一眼,却发现并没有人在跟着我,或者他早些时候已经消失了,在某个路口转回了家;又或者他是因为见到什么信号胆怯了。这种疑问困扰着我,事实上这件事我没有和任何人说过,随后的日子,我有意增加了单独回家的次数,但再也没能看见他,也再没有过相同的遭际,只是间或有时候,会听到一些脚步声,像影子一样陪伴我。

我们的导修课还是照常进行,一切都为了期末那篇论文做准备。他还是照常那样严肃冷淡,但我看他的方式发生了许多变化,我把他在豆瓣上标记五星的电影都看了,看了他的许多影评和日记,对他的了解也逐渐增多。从他最近更新的一篇叫作"热带风暴"的日记来看,我知道,他似乎有一个相思的对象:

  我坐在这里,外面的雨点像无数狙击手的精准子弹敲击着玻璃和我的脑袋。好像电影片场要制造雨景时用高压水枪制造出来的气势,显得非常虚假。于是我戴上耳机，我正感到自己的呼吸平稳了下来，微微起伏的衣衫如海浪张弛着，而耳内的气压有种宇航服一样的保护。热带风暴来了，火车停运，行人身亡，航班取消，公园关闭，一切责任与罪恶都属于别人。而你在城市的另一端，也许正在吃食堂的烧味，又或者躺在床上和外婆打电话，说着期待分享的体己话，回想那些特别的时刻，在灯光昏暗的时候也许愈加温暖。而同样昏暗的灯光游移中，我来写下这些话，想让你知道上面每个字里都写着我想你。

文笔倒是还可以，但还是很难想象他这样的面瘫脸会如此对人热情，我想象着他低沉的喉音说着这番话，似乎一切变得不真实起来，这种不真实让我有些生气。

我很想你。并不是那种小孩子蛮不讲理的对某个玩具的执着然后厌倦，也不是某种后天亚热带天气养成的习惯，简简单单，我想你，从喉头到舌尖。我想和你看很多次日出，有属于我们自己的花园和葡萄架，有共同使用的书桌和书柜，有可以画画的地方，有可以弹琴的地方。最重要的是让我告诉你，也让你告诉我各自心上的琴声，诚实自然，落拓也好潇洒也罢，自由简单得像风一样。让我每一张肖像的对象都是你，让我拍下你生活的各个瞬间，不管是用拍立得还是手指比画。

我的直觉告诉我,这个人最后还是离开了他,不然他就不会贴在自己的日记板上了。他们后来怎么收场呢,一切似乎都是未知数。看完这篇文章之后,我的期末论文突然有了思路,本学期阅读了张贵兴、黄锦树的作品,又想起余华的《在细雨中呼喊》,于是在学期结束前准备提交一篇叫作《华文文学中雨的意象》的文章,其他的文学分析倒还在其次,主要是我虚构了一条注释:蒋山:《热带风暴》,《不上锁的人》(北京:人民文学出版社,2025年),页17。我很想知道他看到引文中出现一些他自己的文字时,感想会是如何。

快到六点的时候,我留意到他翻了两个身,通常他就要醒过来了,收拾好一切,去怡和街对面的麦当劳吃东西。这时候我会让自己忙碌起来,主动申请帮忙做些卫生,集中解答顾客疑问等来度过这段时间,很快就有几个顾客聚拢来,开始询问复活节的送货安排。好容易回答完了这些问题,见床铺边有些小朋友撕坏的包装袋,便拿着扫把俯身整理,此时他眉目紧闭,我也调整自己的动作幅度,轻轻地扫着地上的垃圾。

抓到你了。他轻声说。

我坐在他床边的椅子上,像探视病人那样斜身坐着。你什么时候发现我的?我舒缓着呼吸问道。这个场景,我曾经在脑中想象过无数次。

你那次一直跟着我,上公交车,到佐敦,一直到我家楼下,我都知道。他的声音沙哑,好像病了。

我以为你如果发现了会呵斥我,把我赶走,原来你都知道。

他依然闭着眼睛,双掌交扣,大拇指打着圈。他说道,因为没有用的,一个人有了想了解的念头就很难停下来,除非双脚离地,一个人不可能隐藏所有的踪迹。就像你我也不能,而且我发现你有意无意给那些微博和豆瓣点赞了,还是多年之前的Post。

如果你觉得困扰,我给你道歉。我只是想多了解你一些。我轻轻说道,声音并不大,只是喉间的摩擦。

我没什么困扰的,只是你确定你看到的内容都是有用的吗?都是真的吗?可能,我是说可能,你眼前看到的这个人,和你在微博豆瓣看到的根本不是一回事。

确实有可能,你的那篇《不上锁的人》让我觉得不像你,很陌生。我说着,望向他。

可是你也未必了解吧。

那确实是,除了上课,我们几乎没有过任何接触和交流。另外我想知道为什么期末考试给我这么高分,明明我故意用了你的文字,你也看得出来。

你把一篇论文作得像后设小说,我倒觉得很有趣。

我以为你会觉得我在故意戏弄你。

那你是有意戏弄吗？

我想了一下，慢慢说道，其实不是，可能只是想引起你的注意。

他停顿了一会，好像需要换一口气，他缓缓鼻息律动，口罩上的笑容显得诡异。他张开眼睛，望着天花板，问道，你自己一个人住过酒店吗？

当然，有试过一个人出去旅行。

他继续问，你害怕吗？会担心人身安全吗？

那倒还好，不过我也看过一些单身女孩遇害的新闻，也看过一些攻略。比如我住酒店的时候，只会输入英文的姓名，性别也会刻意不填写或者填"男性"，楼层也尽量选高层。出发之前会在 Evernote 留一份行程单，在随身包中配备上一盒防狼喷雾。到了酒店会在行李各处摆一张酒店的名片。进屋之后把猫眼糊上，铰链上锁，检查有没有隐藏的摄像头，会拿手机开闪光灯照射厕所玻璃确认是不是双面镜。我甚至还照着网上学过一套防身术。

那你觉得有用吗？

他的问题有种海关检疫人员的冷漠。我想了一想，说道，目前好像没出过什么事。

他又说道，你有没有试过，被陌生男孩盯着看，会觉得不舒服那种？

怎么，你又要创作小说了吗？

没有，我只是好奇。

我说，当然有，在商场、学校、电车上都遇到过，甚至有时那个人还是亲戚。

你会觉得我在盯着你看吗？

我说，如果你盯着我看，我会高兴。

他轻轻转过头来，几乎有些严肃地说，我和你想象的很不一样的。

我心里和口角有红莓的滋味，并没有接他的话。

他继续说道，其实我也查访过你的数据，看过你的豆瓣账号，随着时间推移，我们的共同爱好在变多，我们正在变得相似，可能是你在接近我，也可能是我在接近你。我也和你的同学"偶然"聊起你的性格，说起你的故事。后来我花了几十块钱购买了你的淘宝数据，可以看到你的收货地址、发货记录，还有和卖家的争论。

我觉得座椅突然冰冷起来，关节与关节之间好像被凝固的胶水粘连，喉头也干涩毛躁。

他接着说，2017年的时候，你给你的小男友买情侣内裤，买满三件附送一盒安全套，还在同一家店买过情趣内衣。一般而言，你买70A的胸罩，买过70B一次。在你的购物记录里，除了零食、面膜、眉笔、唇膏，还会周期性买百忧解，有时是基础装，有时是加强装，为了凑单，你曾经一次性买过十二瓶。你的收货地址中有一个收货人叫吴如骏，有一个叫李月群，一男一女，你会周期性给他们买东西，且总是一起买，但他们的地址并不是同一个住

不上锁的人　21

宅区。我在地图上看过，相距不过一公里，我猜这两个人是你的父母，不过已经离婚了对吧。我在网上搜索这两个地址，发现有一个正在挂牌蚀让出售，楼市现在这么差还要强行卖，肯定有什么原因，是不是也是你边读书边打工的理由呢？

火焰在我发根和耳根燃烧，干燥发硬，甚至有焦煳的气味。我想让他停下，却像梦中说话，什么气息也发不出。

他望着天花板，完全不顾我的反应，继续说道，到了2021年，你在淘宝上下单了两次宠物安乐死针，可是我翻遍了你前后的消费记录，没有任何有关宠物的消费，除非你刻意隐藏，否则你应该根本就没有宠物，为什么要买宠物安乐死针呢？卖家要求提供宠物垂危的情况才能下单，你两次提供的视频不一样，其中有一条视频，用搜索工具查找的话，会发现其实是网上一条别人的视频，所以你买安乐死针是给动物用的吗，还是给人？

不是，不是这样的，我买了不敢用，后来两支都过期了……

他继续躺在床上，脸微微侧过来对我说，吴同学，这些话你不必对我说，我只是想说，我和你想象的很不一样的。

他说话的嘲弄语气让我想起一个早已模糊的人。那是一个秋天的上午，教室里还是一如往昔的安静，我沉浸在这份安宁之中，翻看着当天给我摆脸色的同学夹在笔记本封套中一封还没有写完的情书，正读到一半，发现门口正站着一个人。这个人是我们班的班长，也是我手中这封情书的写作对象。他站在门口愣住，而我半骑在座椅上，手上正举着那封信，门前桌肚内的书包向外拉开悬在空中。他停了一下，继续往教室后面走去，边走边说，我拿个旗子，你继续。我抢着道，我想看看他们说了什么。说着说着声音越来越弱，耳朵上的热度似乎传递到了喉头，某种炎症阻止了我发声。他听着我说，也不停步，拿了旗子就往回走。快走到门口的时候，我急急推回书包，站起身来问道，你一定要和他们说吗？他在门口停住，回过头来和我说，其实，我们早都知道了的，你不就是这样的人么。

这个再也没有来过铜锣湾宜家的人在《不上锁的人》中详细描述了自己腰椎出了问题和失眠的状况，还介绍了一种入睡方法，是他最后的法门：闭上眼睛之后，什么都不想，凝神关注那团黑雾。"茫茫黑色之中，有星轨似的细微暗斑在旋转扩散，那便是个与此不同的清凉世界。"凝视久了，会感受到转速变快，整个人都有规律地旋转起来，目眩神迷之下，睡意袭来，便能安然入梦，可如今每当闭上眼，都仿佛听到他对我说的话，"我和你想象的很不一样的"，好像看见他丝毫不顾呆住的我，一个人整理好床铺，无事发生一样从正门离开，同时也把我的睡眠带走了。

虽然小徐帮助我顶了一段时间的业务，但最后我还是辞职了，体力已经无法支撑我继续打工，且身边越来越多的同事看起来似乎像是知道了我和他的事。我用浏览器的隐身模式重新登录豆瓣和微博，发现他的两个账号都已经停止更新了。这个学期的课程业已完成，分数出来后老师们各自放假，早前那位博士师姐，也说好久没见过他了。浏览器上可以搜寻到的和他有关的信息都显示早前我已经浏览过了，并没有什么新鲜的内容。这样的情况持续了一个月，失眠和焦虑使得我用药的量开始失效，头发也开始加速掉落，熟悉的感觉重又找上我。

* * *

佐敦无非是这样，天晴时又是另外一番光景，尼泊尔人将自己的烧烤摊位摆上街道，抹着咖喱酱的烤串，还有长得像小笼包的Momo饺子，都散发出一种香料营造的异常香气。街对面的成衣摊位上，本地的中年妇女脖子上青筋凸起，直着嗓子指点叫骂，骂的都是广东话，伺候烤串的鬈发高佬竟也用尼泊尔口音的广东话回嘴。在他们的叫骂声中，我到了伯嘉士大厦，如果他小说中说的是真的，那么他应该住在八楼。

他的小说早已不再更新，或许他已经住在别处了。就像自从那日离开宜家之后，我也不再更新我的那篇《Follow》，读者或许也以为又是一篇戛然而止的小说罢了。

走上几级台阶才是等候电梯的小平台，左首摆着一桌一椅，椅子上挂着一件外套，桌面上覆着一块透明玻璃，上面有一盆多肉、一本工联会的台历、一沓报纸和银行信件，信件上有一副眼镜，镜片上满是油污。桌子边缘摆着一台沉默的收音机，挂绳还悬在空中摆动。保安不在，我便自己按了电梯，电梯按钮是个半透明的塑料方块，按下后，微微发光，而电梯门后随之发出哐当一声，便开始持续地轰鸣震动了，刚刚还在高层的电梯徐徐下行，缓缓下到 G 层，电梯门框上的灯泡亮了，又是哐当一声，电梯门也向内收起，电梯内都是陈年的木板饰面，透出暗咖啡色。按了八楼，继续哐当一声，电梯慢慢上升，透出暮年的沉稳。到了八楼，电梯稍稳，便打开了，左边见是个废弃的大招牌，竟是一个民居改造的麻将馆，铁闸门上一个招牌，"九记麻雀"，下书一行小字：年轻佳丽，酒菜招待。右边是个寻常人家的样子，铁门并未完全关上。

直觉告诉我就是这一间了，拉开铁门能感受到一种巨大的重量。铁门内是一个窄小的贴墙鞋柜，另一边又起了两堵水泥墙，各嵌着一道门，右边门紧闭，门上挂着一个阿拉伯文和繁体中文并列的"出入平安"门贴，而左边门也并未锁上，露出一道缝。我挪动脚步，伸出手，轻轻敲打那道门，门板粗糙，门后寂静无声，我稍稍手腕用力，推开了那道门。

门后空空如也，房中并未开灯，依然可以看见地板花

不上锁的人

纹的瓷砖显着木色，墙体一例是白色，中间突兀地开了一扇不锈钢的窗子，关得紧紧的，上面贴着防窥的玻璃膜。近手就是一个灶台，灶台外隔着玻璃就是一个洗手间，洗手间地势高于地板，空间却很小，抽水马桶上方就是一个花洒，花洒外面又是一扇关闭的小窗，朝着北，一年到头恐怕都不会有阳光照进来。

完全不一样，和想象中完全不一样。豆瓣日记中他的住处不是这样，说搬来的时候就可以看到前任租客的痕迹，墙上贴满了卡通的红砖装饰，还有卡通的芭蕉树。修下水道的师傅告诉他，之前的住客是一个单亲妈妈，带着两个孩子，这也是为什么房里留下了一张双人床没有带走，母亲就和孩子睡一起，角落里有烟熏火燎的痕迹，墙面翻起焦黄的皮，这个女人不会烧菜，用电炉子把墙体都熏黑了。他在卫生间见到用剩下的洗洁精和黑色染发膏，抽水马桶上满是灰色的霉斑污渍。在灶台的顶柜里，可以看到没吃完的奶粉和一些空的药盒子，有百忧解也有褪黑素，还有一些用了一半的调料。这个女人和她的孩子应该是仓促搬走的，他这样推测道。

我站在空空荡荡的房间中间，环顾四周，想找到他居住的踪迹，也想找到那个女人生活的踪迹，然而什么都没有，一切都整饬干净。我打开手机，亮着屏幕划拉，突然觉得困意来临，而身后响起脚步声。

二　SEN

我们课上有个女孩消失了,这个女孩叫吴悬。我对她所知不多,甚至大部分来自事后回忆。现在足球赛经常会有 VAR 介入,用电视录像来慢放争议时刻,而这类事后回忆,就很像视频慢放,每个回放动作,看上去都像是犯规,都像是点球,都像是会影响整场比赛走势的决定性时刻,肌肉、汗水、呐喊、抱怨,如她的眼神、颤动嘴唇时不自然的手指、前后不一的话语一样,充满了暗示和潮湿的真相。当警察和我说,需要我帮忙回忆一下这个学生是否有过什么异常行为的时候,我几乎下意识地笑出来。回忆一个人是否有过任何异常行为,这本身就相当异常。

我甚至几乎没有和她说过话,我说道。

不着急的,慢慢回忆。说话的警察,语速突然慢下来,用没有语气的普通话和我说话时,身体微微向后靠,好像有大把时间可以挥霍似的等着我。

我真的印象不深了,我是个导修课的助教,很多同学我连人都对不上号的。

两位警官中其中一位，就是向后靠着的那位，早前介绍过自己，姓林。林警官是个酒糟鼻，口罩似乎太闷了，他调皮地把鼻子卡在外面，听完我说的话，鼻头好像更红了。他说，就说说你最开始是怎么认识她的。说罢，人又后仰着，另一位陈警官继续在笔记上记着什么。

我说，SEN，她是班上的两个 SEN 学生中的其中一个。

SEN？

Special Educational Needs。有些学生情况比较特殊，生理上有些不方便，或者有读写障碍，或者有情绪问题，通常教务处会写封信，告诉我们，这是 SEN 同学，可能需要特别照顾他们的需要。

林警官接着问，那你有给她提供什么特殊帮助吗？

其实如果当事人没有什么特殊要求，我们就当他们是正常学生，如果提出不能按时上课，不能按时交作业，我们一般也会接受。我有问过师兄师姐，他们说这种情况很常见，有些学生会用这个借口不上课，不交作业，也有时候学生把袖子往上一卷手腕上全是疤，或者给你发邮件说要自杀，我们不是专业人士，很难分辨，所以通常睁一只眼闭一只眼。

所以你的意思是，吴悬同学是假装有情绪问题。

我不知道她是不是有情绪问题。

你没有回答我的问题。

我不觉得她是在假装，否则她完全可以不交作业，实际上，她作业也没有迟交，而且做得不错。

那个不断在记笔记的陈警官开口了：所以你并不是印象不深吧，我看你了解她挺多。据我们所知，除了你的课，这学期吴悬同学出勤率相当低。

我不知道这样的情况。

林警官接着说，一个SEN学生，其他课都不上，偏上你的课，而且作业全交，成绩还不错，但你对她印象不深。

是的。

这已经足够异常了，你再回忆回忆，有什么和她相关的异常情况吗？

林警官整个人前倾，双手交叉，把身体的重量都倚在身下的桌子上，微微点着头，好像预先于这个世界已经听到了令他满意的答案，一切只需等待那个印证的时刻。

其实学生也是这样，每到课间，总有几个人会来提问题，或者说不是提问题，只是寻求一种肯定的答案。你真棒，这都被你想到了，完全可以发给我看看，挺好的，真不容易，我时常会这样回答，否则的话，我只会得到更多的缠绕，与更多的问题。几十上百人的大课堂也无非如此，当起了老师，你很快会培养出一种意识，当所有人像沙丁鱼一样往外面涌的时候，你总能在一大群人中发现那双期待的、富有野心的眼睛，正远远地抓住你。

吴悬也在其中，我想起来她的样子，和警察给我看的照片不同，她戴着口罩，扎起的头发有着天然的干燥与卷翘，听我回答的时候下巴会微微抬起来，眉头微蹙的时候却更流露出笑意，而手缩在袖子里背在背后。这时候她常常会踮起脚尖，似乎并不在听，而是在等别的什么东西。

我必须承认她是个有着美丽眼睛的女孩，这种美丽和SEN之间有着一条微妙的罅隙，好像这美的背后不远处总等着一声叹息，让她更容易因这罅隙而碎裂，同时又让此刻显得弥足珍贵。可是这又怎么样呢，彩云易散琉璃脆，她自己有一天也会厌倦，也会变得庸俗，自己都认不得自己了。而我看着她的笑容，总觉得她在透支着什么。可是这算得上异样吗？这值得说吗？她有时候会把自己的文学创作寄给我，让我提意见，我便如常地夸奖一番，这太常见了，有不少同学皆是如此。就算她在论文中引证我的观点，也都在学术范围内，更不用提学期开始她在社交媒体上的那些留言。现在的孩子不都是这样吗？希望通过网络资料看穿面前的这个人，而非真正地同他交流，人人希望成为一个透明人，只能自己看见别人，不能别人看见自己。我们所有人不都是这样吗？这不就是社交媒体的本质吗？给我们的观看提供一个法律和道德无法触及的维度。仔细想来，这一切异常，不都太寻常了吗？不是天天在发生吗？

我于是非常坚决地说，没有。

林警官说，我觉得你还是配合我们比较好。

我没有不配合，知道的我已经说了。关于这个案子，我觉得没有什么特殊异常的情况需要报告。

林警官接着道,那我给你点提示,宜家你有印象吗?铜锣湾宜家。

我舒了一口气道,当然知道,离港大最近的宜家了,我在山上住宿的时候,有去买过衣架、床上用品什么的。

林警官又问,多久去一次?

我说,我就刚来香港的时候去过一次。

林警官看了一眼身旁的陈警官,陈警官在活页夹中拿出一份打印的文稿递给我。

我看了他们两眼,把这份文稿接了过来,是一篇叫作"Follow"的文章。我翻了翻,起初看不明白,我问,这是什么?

林警官摊着手说,你能不知道?

我不明白他的意思,接着读,发现文章主要内容是一个女孩和一个男孩在宜家的对话。这个女孩在跟踪这个男孩,这个男孩和我一样的名字,也是她导修的助教。而且这个女孩似乎知道很多这个男孩的个人信息,自然,他的一些相当隐私的信息,包括社交网络的账号,也和我的一样。文章最后以男孩离开宜家结束,读起来似乎没有写完,也不知道她后来怎么样了。

林警官说,说说吧。

这个女孩是吴悬?

林警官说,是我们在问你,是你需要给我们多一点信息。

这大概是个小说，虽然里面这个男孩和我名字一样，但我微博豆瓣之前被盗了，后来干脆就不用了，那篇《不上锁的人》也只是开了个头而已，我更加没有去过宜家睡觉，太远了，更不可能和一个女孩有这样的对话。

陈警官侧着头，用笔尖一下一下戳着笔记本说道，蒋同学，我们一直对你很客气，也请你配合我们。这是吴悬在社交网络上更新的文章，我们不说你就完全不提，里面有关你的内容你也不承认与你有关，问就是被盗号了，怎么着，这个世界上有另外一个你，他做的事情和你没关系？

所以你们假定我和她的消失有关系？

林警官说，我们走访过她的一些舍友和同学，都确认这篇文章之中有关她的很多内容都是真的，都是她说过的原话，偏偏你的部分是编的？偏偏和案情有关的部分是编的？我们也没有假定你和她的消失有关，我们只是推断你知道的她的情况肯定比我们多而已，至少比你说的多。

我很肯定能帮到你们的我都说了。

那你是……林警官用手指指桌子上的打印稿，你平时门上锁吗？

我脑子里晃过村上春树的名字，他有个短小不出名的短篇小说叫作"雪哈拉莎德"，里面说到一个女孩喜欢一个男孩，就闯他的空门，在他家中留下一些私人物品，也偷走一些私人物品，这行为让她上瘾。很遗憾，没有人来闯我的空门，即便我的门不上锁。

这显然不是一个夜不闭户的年代，不过门又真的能锁上吗？我曾经试过在一个网站上注册账号，填入密码。每次输入密码，网站都会嘲弄式地告诉我：你的密码太简单了，应该含有大小写英文、数字和特殊符号。网站似乎在嘲讽我的防卫太过脆弱，可这一切又有何分别呢？除了我之外，显然这个世界上最清楚我密码的就是这个网页和浏览器了，我的密码再复杂又有什么用呢，我能不向他们交出自己的密码吗？与其说我是相信他们的道德水平，不如说我是放弃自己。是的，放弃自己，在老板劝我加班前就决定加班，反正我也驳回不了他的决定，抱怨也没有用，不如接受；买机票的时候从来不买保险，珍惜我的人根本不会在乎我坠机赔的钱，人寿险什么的也是同理，毕竟我这种人根本不会有后代呀。

认识我久的朋友知道我有一些难以容忍的坏毛病，比如裤子拉链总是不拉上，手机屏幕永远是像帮我挡过子弹那样碎裂。我当然有我的道理，裤子拉链总是要拉下来的，不如不拉上去；你有没有发现，当你手机屏幕崭新的时候特别容易摔碎，等到摔裂了又不会再摔了，直到哪天实在忍受不了，在没有保修的情况下花了上千块换了一块屏幕，不出几天，准又得摔碎，还不如就那么碎着。

我说，我确实有不锁门的坏习惯，最近也在改，之前学院的保洁阿姨也提醒我好几次了。我平时东西就不多，办公室里面也不摆什么个人物品，所以有时候下意识不锁门，现在不会了。这是我的个人小缺点而已。我觉得和案情没有任何关联。

没有关联？

我刚刚就说了，我觉得这是一个小说。

林警官拍着桌子道，这个女孩现在生死未卜，你和我说她留下的文字都是小说？

我还是觉得这是小说，至少这个故事和我没有关系。

林警官不再说话，一边胳膊支在椅子上，一边胳膊支在桌子上努着下巴看向左右，好像在准备买单。

陈警官看了看他，接着说，据我们了解，下一学期你没有课程安排，是因为被学生举报了，有没有这回事？

我坐直身子道，我下学期没有课要教，确实上学期也有学生匿名投诉我，但我不觉得两者之间有任何关系。

举报你什么？陈警官翻着眼睛问。

只是投诉而已。学生有权利表达自己的不满，这很正常。

他投诉你什么？

这位同学投诉我，煽动性别对立，和异性同学过分接触。

你同意他的投诉吗？

当然不同意，不过我也没有什么要回应的，学院会有一个公平的仲裁。

陈警官放慢速度说道，蒋同学，没有人喜欢被警察盘问，我们也只是尽忠职守。如果你是警察，发现一个消失的女孩最后留下的文字里有一个男助教，且这个男助教最近还被投诉与女同学过分接触，换你，你会和他聊一聊吧？

我没有说话。

他接着说，我们昨天约谈了一个数学系的教授，他单身，一个人住，性格很内向，周期性会从宿舍拎一个黑色大塑料袋离开家。我们怀疑有可能是分尸，但最后发现只是干洗衣物而已。但也是需要见见面聊一聊才能放下这条线索。很多案件都是如此，十二宫杀人案，你听说过吧。

我说，看过电影。

陈警官侧头笑着和林警官对视了一眼，说了一句，文艺青年。他接着说，最大的嫌疑犯其实第一时间就被警察在案发现场目击了，但那时候美国种族歧视严重，警察局的联络员下意识通知警员留意可疑的黑人，这才让那个白人通缉犯逃脱，之后大海捞针，终于徒劳。

我理解，所以你们不想放弃任何可能的线索。

陈警官说，是这样的，所以我们要保持沟通和坦诚。我们这几天还会来找你，请你务必留在学校里面，因为我们随时都会来学校找你，未免发生不必要的尴尬，请你配合。

说着两人站起身来，分别递给我他们的名片：有想起什么，或有任何情况都可以随时联系我们。

　　警官的话一直在我心头萦绕，尤其是黑色大塑料袋和分尸的那个桥段，实在是别有意味。从周亦卿楼经大学街往黄克竞楼去，会经过学生会餐厅，之前餐厅门前有个雕塑，现在已经变成花坛了。我记得很清楚，之前那个雕塑还在的时候，有一天底下突然多了几十个保洁阿姨像插秧一样密集分布，人手一瓶清洁剂和一个拖把，强迫症一样擦洗餐厅门口大片棕色地砖，不放过每一个角落。学校如海水漫灌，而统一制服的保洁人员，都似站在海浪退潮后的泡沫之中。这自然是可以理解的，餐厅下面一层就是土木工程系的办公室和教学区，因为依山而建，许多办公室没有窗户，空气流通和卫生总是最要紧的。那年土木工程系一位教授，将自己失手杀死的妻子做了简单处理后塞进行李箱，偷偷运到办公室藏起来，直到尸臭和血水突破物理和时间的阻隔，把警察带到了自己面前。电视上教授套着一个黑色垃圾袋被带上警车的样子，好像还在昨天。不过自此以后，我就很少去学生会餐厅吃饭了，就算洗得再干净，坐在餐厅里面吃饭的话，我都会想到地砖下面，曾有一具女尸在腐烂。

　　那个女孩吴悬的去向自然让很多人苦恼，然而她也并非我班上第一个消失的女孩。记得我第一年来港大的时候，有个女孩一直缺勤，我也曾经询问过老师和师兄师姐，他们都说，每年都有几个同学交了钱不来上课，这个学期消失，期末也只能给零分。我起初以为也是这样，直到女孩的母亲找上学校，说女儿失联了，什么朋友都接触不到她，这才惊动了老师、教务处和学校。在配合警方多次寻找后，发现这位女同学好几个月前就在宝莲禅寺落发为尼，她似乎来港前就有这悬崖撒手的打算。然而入境处不让她撒手，因为她是持学生签证入境，因为留港性质变更，需要遭返重新申请工作签证，不知道这会不会影响她的修行？我记得常州天宁寺原有个高僧，叫作松纯，但毕生只称大和尚，便是因为他在十年特殊时期，被迫还俗结婚，断了修行所致。网络游戏倒也似修行，登录打卡活动不能断，断了奖励没了不说，连续打卡计算也会中断，这提醒了我，回到宿舍要先开PS5打卡一下。

穿过黄克竞平台往上走的时候，我见到了去年班上的一个男孩，高个平头国字脸，戴眼镜穿运动衫，是那种一眼就能看出来是好学生的内地孩子。他迎面走来时敞开的运动外套随风鼓涨，他见了我一边欠身点头，一边微笑招手，老师好，普通话字正腔圆。我也礼貌性地和他招了招手。会是他吗？会是他举报我吗？会不会是我在课上的女性主义言论冒犯了他？或者是因为班上大部分的女孩赞同我的观点而让他感到相对被剥夺？从他的笑容里我什么都看不出来。

如果硬要说男同学女同学都是一样的，似乎有些虚伪。女同学大体都更为努力一些，做报告的时候更多流露

不上锁的人　37

出的是对文本的喜爱。班上也总有几个男孩，想要表达自己多么厉害，看过多少与本课程无关的书，在一堂讨论《没有人给他写信的上校》的导修课前，甚至有一位男同学要求用西班牙语做报告，即便其他同学没有一个懂西班牙语。会是因为这次被拒绝而导致的恼羞成怒吗？可是我也只是做了一个老师上课应该做的事而已。其实相比起来，SEN同学并非都是可怕而麻烦的存在，班上另外一个SEN同学，是个男孩，叫作林森，成绩就非常好，我对他的印象远比对吴悬要深刻。起初我不知道他的事，后来师兄师姐告诉我，我翻查了新闻才知道。他第一年入学港大读计算机的时候，家里就出了事，他那时候和父亲两个人住在一起，父亲六十多岁，原先是中港车司机，因为疫情影响旅客来港，他便换了工作开小巴车，为了离儿子近一点，他特意选了西环到大丸的红巴路线，大丸就是铜锣湾以前的大丸百货，早已经拆除，但太深入人心，成为重要的交通集散地。有日他父亲停车在路边，准备下车去买盒饭，几十年的老司机或许是太疲劳了，下车前忘记拉手刹，小巴倒溜，他心急用肉身挡车，被卷入车底，伤重不治。小林孤家寡人只剩自己，学校非常重视，为他免除学费不说，另外也安排老师为他做心理辅导，免得他钻牛角尖。他倒也是心肝透亮，课间的时候和我闲聊还主动说起这事，我建议他或许可以写点什么东西，不管和这件事有没有关系，试着写点什么，或许会有所收获。我不知道这是出于对他的同情还是对他写作能力的嗅觉，可能兼而有之吧。他后来给我看过他的几篇小说，严格来说写得很不错，我很希望他将来有所发展。最近他似乎很忙，又要忙论文又要参加 cosplay 比赛，但他这几天却经常约我吃饭，说压力很大，要找我吐吐槽，原来是有 cosplay 比赛，我这几天还陪他买了些制造道具的装备，布料绳子塑料板之类的。今天还约了去油麻地吃煲仔饭，那家煲仔饭他推荐很久了，据说比坤记好，我便记下了。有时在黄克竞平台也可以见到他，和 cosplay 社的几个同学在那边拍照，与街舞社的同学各自占据一边。我常常认不出他来，直到他主动和我打招呼，才能在妆容背后看到他那熟悉的笑容。他曾经说过，cosplay 的时候最关键的就是要忘记自己在 cosplay，要告诉自己说自己就是人物本身。但大多数时候，他也只是个喜欢穿白衣服，戴眼镜戴口罩，清瘦的短发少年而已，是那种在人群中无法轻易分辨的，来自计算机系的同学。

到了宿舍和宿管打了个招呼，宿管阿姨和我说，你有一个包裹。我谢过她，接过来，上面没有寄件人信息，我问，是什么时候送过来的？宿管阿姨送上签收表和笔说，应该是早上，你出门不久之后就送过来了。我边点头边签收，递回表格和笔，宿管阿姨接回后，拿起椅子上的毛线，坐下来继续打起来，可以看得出上面是个 M 字样的纹饰，也不知道何意。

走进电梯，我按了七楼。我们的宿舍一共有十一层，每一层的结构都差不多，无非是蜂巢一样的宿舍间。有天和几个足球队的朋友，在新兴食家吃完夜宵，路上又买了点啤酒，一路上山走回学校，到了学校已经十二点多了，大学道只剩略显暗淡的灯光，和廊柱间仍在练习的街舞社成员们，他们在地上打滚，为第二天保洁阿姨的工作做提前的准备。到了宿舍，电梯挤进另外几个喝得烂醉的鬼佬同学，唱着《Sweet Caroline》，用手掌拍着电梯轿厢。叮一声响，我匆忙挤过浑身酒气的众人，在灰暗的走廊灯下，一路摸到了自己房间门口，推开房门，我的床上躺着一个黑色长发女孩。她头向着门的方向，灯熄着，而走廊的光线越过我的影子照在她的脸上，没有血色。光线让她有些不舒服，她转过脸来，眯缝着眼睛看我。这个女孩我见过，在天台的洗衣房，我记得是一个说普通话的大陆同学。她从洗衣机里把鞋子拿出来的时候，我没忍住斥责了一下她的行为，她用不熟练的粤语向我道歉。我很快意识到这房间的布置似乎与我平日大有不同，我走错楼层了。我一边道歉一边退出房间。回到上一层的房间，坐在自己的床上，我突然意识到，地板下面的那个空间，也住着一个不上锁的人。

回到宿舍，激活了PS5，打开包裹，原来是一个盒子，里面装着相当新净的一只call机、一本说明书和两节电池，还有一张写了号码和密码的纸。我记得爸爸以前当记者的时候好像就用过，印象中许多个夏天周末的清晨，call机哔哔哔地响起来，他穿着汗背心起来，只穿一条短裤，斜靠在床前，用电话回复call机，常常是一些紧急信息。譬如哪里又出事了，什么新闻暂缓报道之类。他看到一些信息常常流露出不职业的迷惘表情，这种迷惘表情如今也出现在我的脸上。PS5已经开机，我点击了游戏选单，让游戏先读取起来，顺便又看了一遍邮包上的信息。文字都是打印出来的，地址、名字都一样。我放下手柄，抠开了call机后面的电池仓，放入了电池，激活了call机，液晶屏幕亮起来，显示时间是1997年1月1日。与此同时，我的游戏也加载完毕了。

我打了一个电话给楼下的宿管阿姨，问她送包裹来的人是谁，她说就是平时来送快递的小哥，他送这一带好久了。我记起来其实我也看到过他，一个清瘦的男人，日常一身灰色工作服，为了防晒戴着袖套，头发染成黄色，戴着一副眼镜，总是皱着眉头，好像想不起丢了什么东西一样。我一时不明白这是发生了什么，就把call机和说明书囫囵放在盒子里，丢在窗台上，丢在我从来没洗过的灰色窗帘下面，和我的两盆多肉，以及一包过期的香肠摆在一起。

才进入游戏，开了三五枪，就听到一段midi音乐，这段音乐有些熟悉，似乎在哪里听到过。call机亮了，我暂停了游戏。我放下手柄拿起call机，电子屏幕上面显示：

看看王老师的账号。

自从母亲去世后,她的抖音账号"王老师说方言"就暂停更新了一段时间。我甚至曾经想把这个账号移除掉,然而最终也没有这样做,主要原因就是我在 B 站上关注的一个手办 UP 主去世了,她的母亲把这个账号继续运营下去,让更多人不要忘记这个账号,可以记得她。她的母亲从头开始学习手办制作的技巧,拍视频分享,好像要把自己的孩子像匹诺曹那样制造出来一样。

母亲是一个相当普通的人,朋友也不多,很多网友也在留言问,王姐会不会再回来,很想念王姐之类的,我都如实回复。我继续运营她的抖音账号,更新一些方言类的内容,有时也涨一些粉丝,也不知道他们是不是像我一样,偶然刷到几百粉的账号,出于安慰的心情,随手点了一个关注,甚至这些名字都是一串数字的账号,可能后来再也没有登录过了,甚至只是僵尸号。账号的内容虽然一直更新,不过母亲再也不能出镜也说不了话了,我尝试过用 AI 软件捕捉她的声线,你别说,听久了,还真是越来越相似。好像她变得年轻了,人也害羞了,躲在手机背后,用温存甚至有些许快活的声音说着那些她曾经告诉过我、我又重新写下的谚语。

我基本上保持几天一更的速度,课余的不少时间都在查找有趣的方言谚语例句,而要找到方言在汉语中的对应字比我想象的困难多了,网上一查常常有多个版本,虽则本科时学过一些文字学,这依然是令人头大的艰巨任务。网友们对此也是莫衷一是,在留言区提出种种自己的看法,到底是"细佬"还是"小佬"？几个留言吵成一团,谁都说服不了谁,其实我们也都知道在说什么,而怎么说,我觉得反倒有时候并不那么紧要。但母亲过去常常纠正我的音调,笑我普通话学多了,许多音韵含混,没了味道。她说的也不全错,我听说普通话的朋友讲过,你们方言里鲜明的声调,在我们那里完全听不出有什么分别,就像读小说,有时候作者刻意留下的线索,读者只觉得枝蔓。制作视频自然也需要一点时间,尤其王老师过去的视频中常常有些古早影视乃至锡剧的内容,我需要在网上找点视频片段放进去,才比较好看些。

我尝试登录了抖音,母亲的账号注销了,重新尝试输入账号密码也登不上了。我继续用游客模式搜索了账号名,账号虽然存在,但一切变得陌生起来,头像似乎依然是一对母子的样子,但已经不是我和母亲的那张,眼前的这张画质模糊,似乎是用手机翻拍的。而且,那些方言视频全部消失了。母亲曾经告诉我,医院常常收到工地或者矿场送来的伤员,他们送来的时候通常没了手臂,或者没有了脚,但他们会始终坚持消失的那条肢体感到痛,感到奇痒难忍。这就是所谓的幻痛,你可以说这是一种生理现象,也可以说这是一种心理机制,母亲这样对我说,你突然失去一些你觉得本不会失去的东西的时候,就会感受到这种痛苦。

而这个账号今天更新了一条视频，我感到背上的毛孔收缩，挤压出如麻的冰冷汗滴。这条视频是黑色的，在白色页面背景下，好像是一道门，要领我去往另一个空间。

我的手指略微有些迟疑，因为标题很奇怪：我知道你会点进来看的，蒋山。

我点了进去，视频没有画面，一片黑色，但有一个年轻男人的声音，是 AI 自带的：

> 你好呀，蒋山。恭喜你成功打开这个视频，我相信你现在一定有很多问题，不过不要紧，我们正好可以聊一聊，今天就是个很不错的日子。Call 机你收到了吧，咱们约个地方见见？你母亲的视频很有趣，我看得津津有味。当然，你是并不关心我的感受的，晚上十二点带着 call 机，到指定地点见面，我们 call 机联络，到时会告诉你怎么做。我知道你在想什么，那些都没有用的，只是完成一个小游戏而已，这个账号就会恢复正常了，我说到做到。

我打了抖音的客服电话，客服说账号绑定的邮箱和电话号码错误，请提供正确的绑定信息。我说，这是我的账号，每条视频内容我都说得出来。客服说，不好意思先生，如果不能通过邮箱、电话号码等验证信息，我们无法做任何有关这个账号的操作。您可以再回想一下相关个人信息，否则我们也帮不到您。你明白吗？就好像要证明我是我自己一样，如果没有身份证，我就不是我自己。

林森说，我懂，我懂，只认数据不认人。他一边捣着煲仔饭里面的香肠，一边说，所以你除了联系平台，也没有报警啊？

我说，我打给警察了，他们说先等平台处理，如果平台处理不了，他们再介入。反正就是不管。

林森说，其实现在盗号什么的技术上门槛也不高，各处都有风险。我上回信用卡还被盗刷了，是个美国人，在亚马逊上买了双鞋，九号半，甚至都没装模作样买双尺码和我接近的。

我说，这个人显然早就有准备，已经把我的个人信息全部解绑，换成了其他人的，所以我登录不上。可是为什么要这么做呢？这肯定不是简单的恶作剧，甚至更加让我不舒服的是，这个人是如何找到这个账号的。我没有特别和别人提及自己正在运营这样一个账号，除了更新相关的视频，也并没有用来做社交。那些奇奇怪怪的广告和视频我也没有点过。

蒋老师，我也不知道怎么说，不过这些平台是这样，我过去也以为我拥有这些账号，后来发现只是平台拥有我而已，有我的数据、我的选择、我的个性、我的人生故事。我以前不明白这个道理，我还是玩cosplay的时候明白的，我扮演JOJO也好，或者扮演孙悟空，我不过是他们的影分身，我其实不存在，存在的只是旁人对于这个角色的想象和印象，我扮得是好是坏、用心不用心，判断这种事，也许在他们看到我第一眼之前就在大脑中组装完毕了，我只是那个开关而已。

你扮得挺好的。

谢谢你这么说，蒋老师，我替你分析分析，我觉得也许没有你想的这么坏。你在豆瓣上之前也写文章，会不会是你的粉丝，可能把握不好开玩笑的尺度，一路挖到了另外的抖音账号，就想和你见一见，说说话。搞不好那是个女粉丝。

你这么开玩笑就有点怪了。不过，我们本来不是约了中午么，后来改了晚上，其实是有两个警察来找我了。

你不是说他们不处理么？

我当时急匆匆没和你说，不是账号的事，是吴悬的事，来找我问问情况。中文系的那个失踪女孩吴悬的情况你知道吧？

我知道，我的论文导师是南京大学毕业的，他说他读书的时候发生过南大碎尸案，那个女孩也是先失踪后来才发现尸体，当时影响很大，人心惶惶的，到处能看到警察，他讲了很多细节，女孩的宿舍位置，抛尸的地点，哪些老师被找去谈话，凶手有可能是什么背景等等，给我们分析了老半天。林森接着说，我有点不好的预感，怕这个女孩也是凶多吉少。

我说，还是希望她人没事才好，你认识她吗？她也是我们班上的。

我和她认识的，她以前也是cosplay社的，后来退了。不过坦白说，她名声不大好，人也怪怪的。

一个女孩失踪了，人总会想起一些怪的事套在她身上的。这些倒不是我想说的，警察说，她在豆瓣上更新了一篇小说，内容还和我有关。但那些情节完全没发生过。

林森吐了吐舌头，我刚刚说了，她怪怪的。大一的时候就是这样，纠缠社里的一些帅哥，抱歉我有时候有点直。欸，所以警察是怀疑上你了？

应该是吧，但我和她八竿子打不着，也赖不着我身上，我就是给她上过课而已。但是……

但是你被人举报了。

谁告诉你的？

教务委员会之前有抽样找班上的同学侧面了解过，后来就传开了。现在也不知道是怎么回事，你知道那个教创意写作的王老师么，就是开了句男女的玩笑，就被炒了。不过蒋老师，讲道理，我所知道的同学们都很喜欢你，也都觉得你没有问题，课堂内容课下互动都好，我们也都为你说好话，所以你别担心。

我是没有担心什么，只是这几件事情都搅在一起，感觉怪怪的。

所以我反而在想的是，这个举报你的人，和今天晚上联系你的人，还有吴悬，这三个人会不会是同一个人，或者其中有身份重合，又或者互相认识？

我笑说，我也不知道啊，莫名其妙的，不过逻辑上来说，这三个人应该都认识我。

林森说，你还有心思开玩笑，那……你晚上还准备去吗？

我说，这个账号对我挺重要的，我还是想去看一看，就算是恶作剧，我也不损失什么，而且，说实在话，我人没什么了不起的，也没钱，别人也拿不走我什么。

林森说，要不我陪你去，两个人也安全一点，反正他也没说你只能一个人去。而且万一是个疯狂的粉丝我也有处理经验。你别瞪着眼睛笑，游戏展、漫展的时候经常遇到变态，我们很有经验的。Cosplay也需要身体素质，我可比你爱运动多了。

我说，那也行，不过也可能就扑个空，因为他也没有和我说啥时候见，只是说之后会在call机上和我联系。

林森说，你带在身上了吗？

我说，我带了，不过出门之后好像都没有响过。我从口袋里掏出那个call机，给他。林森接过来，call机在他手心似乎变成了秤砣，看着沉甸甸的。林森的手掌薄而白，手指细长张开，像个首饰架那样支着call机。

身边人逐渐多起来，这家煲仔饭最近在小红书上挺火，很多拖着行李箱拎着购物袋的内地游客来此，看上去就不大聪明的胖孩子口罩褪在脖子上，吃一口哇哇哭一声，哭一声就掉些米粒在桌上地上，喂他的母亲着了急，外婆抢着替他收拾，玩着手机的男人面露不耐。在自拍Vlog和合照的路径之外，餐厅侍应生左右手端着煲仔饭，小心热啊，像特工一样躲避着镜头和那些错落的桌椅，哐当把碗碟摔在桌上又不至翻覆，随着她往回走，角落上的电风扇也摆头，把外头炉灶上旺火煎熬着的煲仔味道和烟气也摆渡过来，细闻起来有白鳝、排骨、鸡蛋、肉饼、炸蒜、芥蓝，以及那已经嗞嗞响的锅巴香。

林森说，这玩意儿我熟啊。我很小的时候爸爸开小巴，法律规定开车的时候不可以用手提的无线电通信设备，有生意或者家里人联系，都是用call机联系，后来才换了手机。当时服务挺多，可以实时发送消息，也可以定时送祝福，不知道现在还有没有。我家里可能还有一两台，好久都没有开机了。这个人还挺怀旧。我倒更加对他好奇了。你有回复他吗？

我说，我不会用这个call机，都不知道怎么发消息，怎么回他？

林森说，这个很简单，你打给运营商，报上号码和密码，说你要回复，工作人员就会帮你留言了。

他为什么不直接给我短信？

林森说，他很聪明的，call机通信能力很强，不像手机受网络影响，会没有信号，所以本港还有几千人在用，

不上锁的人　49

通常是医生、司机或者有一些特殊工作需要随时待命的人在用,以前香港贩毒和色情行业用的不少。最关键就在于,call 机信号没法追踪,或者说警察未必想到会追踪这么小众的通信方式,用网络电话打 call 台来留言,很难追踪到源头,也就是说,谁也找不到他。看来他更有可能是用心策划的,根本不是恶作剧,所以要去的话,我们一起去保险一点。

我说,那就晚上见呗,如果他真的发我信息的话,吃完我先回宿舍休息一会。你也先回去,搞不好什么都不会发生。

林森点点头,把那个 call 机还给了我。我接过来,看到上面的 Motorola 标志,感觉确实是有上个世纪的感觉,不过做工手感都很不错,黑色的皮质摸起来光滑又跟手,曾经听家里人说,这个牌子好像很有名的样子,到处都是,现在看起来,精美得不像真的。屏幕也漂亮,单击,液晶屏背光亮起来,显示亦很清楚。

液晶屏再次亮起来的时候已经是晚上十点了。上面的文字很简短:午夜十二点,铜锣湾宜家后门仓库入口,密码到时候发给你。铜锣湾,宜家,这两个字眼好像今天也在我脑中出现过,对了,警察和我说过,那篇小说里提到那个虚构的"我"曾经和吴悬见面。这是巧合吗?我想起警察的话。林森说,去了就知道了,可能没有任何关系,他倒是曾经在午夜的京士顿街和百德新街见到无家可归的露宿者，还有那些喝多了还是嗑药了的鬼佬。我们要小心一点，他是这么说的。

我回想起我上一次去宜家，应该是买了一个 U 形的护颈枕、两组衣架，大概有十几个，还买了床单被子、漱口杯之类，那时候我有很多期待，期待接母亲来香港看看，期待我毕业后在香港找个工作，租个房子，带着她在香港生活，再也不回那座城市了。当时表面上我是在为港大宿舍置办基本的住宿物资，其实每买一件的时候，我都在想象那个小小的未来的出租屋，那个房子或许朝向不好，采光不足，晾衣服最多只能晒到两三个小时，铝合金窗玻璃间嵌了一个小型的冷气机，开的时间久了，会发出规律的电机响声，得在淘宝上买特定尺寸的窗帘安在铝合金上面，还要估摸冷气机的位置在窗帘布上自己挖个洞，这样进出风才顺畅。在宜家我还看了几个简易衣柜、电磁炉、碗筷，都在心里面暗暗记下，这些将来或许用得上，价钱也合适。甚至租房子的地方我也有想过，佐敦就很好，交通枢纽，去机场去深圳都有直通巴士，靠近地铁站四通八达，食肆超商林立，除了周边外籍人士比较多、品流混杂之外都很好。不过这些问题应该也还好，师兄师姐也有住过那边，去看过，只要住在柯士甸道南边，就没什么流莺，其实南亚人士多也不要紧，有好吃的咖喱和尼泊尔菜，妈妈应该会喜欢。

但那个房间空了，现在什么也摆不进去，被空气占满了，既然已经空空如也，又何必上锁呢。妈妈现在活在相册的格子里，活在抖音占据的LED屏幕和麦克风里，但就是不会在那间屋子里。她现在会在哪儿呢，会在那已经超过营业时间的宜家仓库里吗？在黑暗里，在某个人的手中，随时准备消失。

  十一点四十的时候我们绕过柏宁酒店到了送货通道口，通道最深处墙上有道门，门体与旁边的墙上涂着一模一样的白色油漆，好像轮廓是画出来的，底下的地毯和旁边的拍卡器，提醒我们这真的是一道上锁的门。晚间停车场依然有进出的货运车辆，围绕着排气阀门和引擎的噪声，这些运输卡车在起闸落闸的间隙有规律地出行，好像非常热心地要为远处的某个陌生人组建那简单和完整的家。这户人家也许现在还在为那未来烦恼，怕走漏了幸福而悄悄抑制着自己的兴奋，然而这家人却不会知道，这种幸福可能是旁的人无论如何也巴望不到的。恰在这时候，call 机响了起来，嘀嘀——嘀嘀嘀，我从口袋里把 call 机掏出来，上面显示：密码六个八，门禁卡在地毯下面。我把 call 机给了林森，来信息了。林森接过来说，这人还挺守时。然后对照着文字猫下腰去，掀开地毯，确实发现了一张白色的空白卡片，林森笑说，我还有点兴奋，你教文学的，有没有一种侦探小说的感觉？马上就见到谜底了。

  我没理他，把卡拿过来拍了卡，输了密码，只听见嘀的一声，拍卡器上头的灯，由红转绿，门便啪嗒一下缓缓弹开了。我向里头看，往前是连续向下的阶梯，除了一线的通道灯，余下便是更深的黑，我一时恍惚，突然觉得这栋楼是个巨大的人体，我们如今要从他的食道逐级而下，到达最深的地方，看看这个人心底的黑暗的秘密。林森把 call 机递还给了我，说道，下面还挺暗，除了顶上的廊灯，也没别的照明，我打开手机的探照灯往下走，探探路，你看看这个门的锁会不会反锁，别到时候出不去。他边说边往前走，拐个弯，他的声音就越来越小。我转身试了一下门的开关，喊了声，应该没问题。

林森没有回答我，他好像已经下得更深了。

我准备把门关上前，想了想，最后还是在门前找了个硬的塑料盒子，把门支住，留了条缝，万一断了电，真出不去。安排完我回身向下走，这个像安全通道似的地方一律刷着白漆，手机灯光照着的地方，反光刺眼，漆皮刷得也并不平整，摸上去一粒粒的，两边一线支着不锈钢扶手，表面起了雾气，手摸上去就是一个油印，我才发现自己手心湿腻腻的，一直在出汗。通道顶上则是一条曲折延伸的灯带，许是年代太久，功率很低不说，个别灯管还会间歇性地闪一下，好像在眨眼一样，不知道是不是宜家刚开业的时候就是这么装修的，店家最近准备庆祝三十周年的纪念，会不会是九十年代的旧格局？那时候我和林森还不存在，底下的那个恶作剧的人，那时候出生了吗？为什么选在了这里？那个小说故事我今天又回想了好几次，眼前似乎能看到那个男人躺在底下黑暗的样板间里，但样子和我不一样，这条向下的通路比我想象的长多了，好像某种穿梭时空的隧道，甚至我在某些时刻以为，也许经过一道闸门，后面就是人声鼎沸的酒吧，或者是一个小区的垃圾房。我又喊了两声林森，他还是没有回应我，他走得也太快了。我看了看手机，也已经没有了信号。

　　底下的灯光暗下来，扶梯的斜度也在变大，这走不完的向下的回廊里，只有我的牛筋底匡威鞋撞击阶梯的声音在悠悠回荡，这声音太过尖厉，很像以前课间结束，教室里稍稍安静后，远处传来的班主任高跟鞋的声音，一种逐渐接近的令人肃然的恐惧，这可以使人瞬时从睡梦中清醒过来。我停了下来，这太怪了，我想，我为什么会走在这长廊中间，我应该在宿舍里睡觉，我这是要去哪儿，为什么最近很多无关的怪事都一一找上我。我如果现在往回走也没关系，也许这个恶作剧很快就结束了，平台也许明天就屏蔽了那个奇怪的黑客也说不定，那个女孩可能只是在大澳或者黄金海岸自己一个人度假，也许是失恋了，谁都不想理，白天戴着墨镜、宽边帽睡在游泳池边的躺椅上，晚上在酒店床上刷社交媒体上别人寻找她的消息。这其实都和我没有任何关系，一切都应该顺理成章起来。然而这时候已经到了闸门口了。我心里面另一个声音却在说，至少先找到林森，他和这事又没关系，万一真遇到什么奇怪的人，不是无妄之灾么。立在眼前的宽约三米的两扇式闸门锁体很大，打横跨过两边门框，我俯身向前，把身子靠在门上往前推，我听到咔嗒一声，锁舌脱离锁体的声音。我缓缓把门推开，身体倚靠在左边那扇门往里，左手的手机，开着照明灯照着前方，右手拨开右边那扇门，前面就是仓储区了。

仓储区天花板奇高无比，我喊着林森的名字，声音却像被截断了，愈加无力，如半空中被游隼叼去。而视野里头绵延的是整齐排列的多层高柜，我拿手机四处挥舞探照，只能看到黑暗中那些总有八九米高的柜体的大致轮廓，冰冷坚硬，直插到天上，虽然光源有限但我依然能想象它们的样子，许多待组装的板材、家具，都按照序号有序地排列着，工作人员通常操纵着小巧灵活的剪式举升机来升降平台，挪移下顾客需要的那些崭新的物料，都是未来的家的拼图。而如今那种满载而归的、微笑为您服务的温馨气味荡然无存，只剩下低温下金属的腥味，而我如同夜闯地质博物馆的小童，在古典穹厅下，在太空陨石和冰冷的恐龙骨架间穿梭。

我一路喊林森的名字，一路往里走，手机的电量很充足，但就是没有网，宜家甚至把 Wi-Fi 都关了，也没法把多余的电量转化为更高的流明。此时遥遥听见一句，我在这儿呐。前面有一点亮光起来，闪了两下，勾勒出许多黑色物体的轮廓。我想说你小声点，但距离太远，如果喊出口，可能更不安全。我挤过许多排购物推车，顶上层高

不上锁的人

低了，间距着出现了一个个安全通道的灯牌，白色底子里，绿色小人的门洞发出绿色的幽光，除了自己，什么也不照亮。

到了购物区，宜家经典的回廊设计循环往复，好像一条永远不会失败的贪食蛇那样扭曲蜿蜒，想要侵占这地下空间的每一个角落，没有一个想要抄近路的顾客可以成功，它的路径早就被设计者计算过、确认过。那些菲佣睡觉，小友谈天的沙发、样板间没有了白天的绚烂色彩，显得冷清而顾影自怜，随着我的手机灯光照过去，总觉得有什么东西突然缩到了沙发底下、窗帘背后、童床的缝隙里，那个东西在地毯和瓷砖间游走，吐着信子，绕道寻找一些新的角度窥视我。我举着手机四处转头看，也不知道自己在寻找什么，周边静极了，只能听见自己的呼吸、衣裤摩擦，和偶尔撞在什么家具上的闷响。温度也低了不少，冷到突然照到的那一车车毛绒玩具，几十只堆栈在一起的斑马、雄狮，睁着无辜而塑料的眼睛在大购物框里看着我的时候，脊背上的凉意像过电般传导。

这场景倒是有点《生化危机》的意思，我像里昂一样来到无人的生活区，用一只手电照亮前路，只是我没有手枪，但那种感觉很相似，你知道这个地方还有旁的人，或东西。

我在这儿……在虚空中突然冒出悠悠的这么一声，我拧转头，看到林森站在十来米远的一张沙发后面，用手机照明灯照着我，晃得我眼内都是残影。我用手遮挡着，问他，一路上都在找你，你有看见什么人吗？

好像看见了，好像又没看见。

我逐渐走近林森，举起手机照着前路，说，我看了看表，十一点五十九分了，你不是和我说，call 机有定时传信息的功能么，我来之前想了一下，万一这个人躲在暗处怎么办，不能只让他在黑暗中看我们，也让我们看看他，你不是说 call 机信号强么，所以我发了个定时信息，在十二点准时……

这时，一段 midi 音乐响起，嘀嘀——嘀嘀嘀——嘀嘀，是从林森身上响起来的。他低下头按停了口袋里的 call 机，又抬起头，笑了起来。他脚边，露出一段绳索。

你好，我到了。他笑着说，这还用发么，我不知道么？

心脏似乎突然失重了一拍，我马上蹲下熄灭手机的照明灯，蹿到一个货架后面。心口滚烫，热醒了一只老鼠，要从我喉咙口直往外钻。林森将照明灯移过来，货架栅格的光影在地上一节节滚动，立起四周的牢笼，无处不在。我继续猫低着腰，循着安全通道的微弱指示光线折返，往任何离他更远的地方钻。

林森说，蒋老师，你看看你，怎么和只老鼠似的到处窜，你不是个不上锁的人吗，不是什么都无所谓吗，你在怕什么？

他的声音越来越响，音调也变了，更尖厉细长，似乎

不上锁的人　57

在如此追踪着我。我听着听着,他似乎离我近了,甚至可能跑起来了。你躲也没有用,你哪儿也去不了。这地方就像我家一样,我太熟了。

猫着腰走不快,我逐渐也抬高重心跑起来,可在黑暗中安全通道灯什么也照亮不了,我不是撞在桌子上,就是碰到什么金属装饰品,哗啦啦散架,叮叮当当掉在地上。我的周遭好像在挤压着,手肘膝盖都热辣辣地疼,后头还有什么软软的东西在砸着我的后背和屁股,好像是靠枕之类的东西。我管不了这许多,一路往前,鞋底与老旧的瓷砖剧烈摩擦,随着每一次变向和发力,发出阵阵刺耳的声响,如同在一个黑暗的篮球场上,两个熟悉的对手在斗牛,汗水、心跳、持续不断的冲击和搏杀,都在这刺耳的摩擦声中显形。而我也兴奋起来,溺水者获得了最后一次领悟游泳的机会,一切都清晰起来,我右手抓过一把坚硬的东西,那是一把汤匙还是刀叉已经不重要了,我的手里必须要有东西。

我跑得越来越快,或者说,想象自己跑得越来越快,然而突然之间,我的脚好像绊上了什么东西,我腾起在半空,失去了平衡,冰冷的瓷砖地面好像突然站立了起来,砸在我的脸上,砰的一下闷响,我整个人撞了上去,瘫了下来。腰背的剧痛这时候如麻般传来,而我眼睛里只有一道道的白光在旋转。

我仅有的知觉,感到有人骑在了我的背上,后背疼得感觉要被扭断一样。我哎呀地大声喊出来，此时我的左手被反剪过去，有什么粗制的东西缠了上来，是绳子。他前几天说，做衣服要用。

他在我背上说，你还是老实点吧，早乖乖听话，不会搞得全是伤，自己不痛快，我收拾起来也麻烦。

我下半身已经没有了什么知觉，但我想挣扎着翻过身来，此时我意识到自己一直在哇哇怪叫，嗓子绷得紧紧的。我扭转后颈，像一条被汗水浸透的毛巾一样拧转自己，我看到了他的样子，他的脸上流露出一种久别重逢的兴奋神情，好像我们是已经失散一世的兄弟。

然而这时候，我突然听到有人的脚步声正急促接近，继而一道强光照了过来，把林森本就苍白的脸照亮。他稍稍松开手遮住了眼睛，有人大喊：不许动！把手举起来！是熟悉的声音。

趁着他的手稍松，我又把自己的身体扭转过来一些，右手狠狠抓紧那把我不知道是汤匙还是刀叉的东西，像小时候掷铁饼那样甩动胳膊，朝他的身上刺去。

好像扎到了布料还是什么柔软的东西，我听到一声喊叫，我身上的压迫瞬间松动。而我这时候挣扎着爬起来，向那光亮处冲刺，好像那光亮就是出口，千万不能回头或者停留，否则，就会像神话中那样变成一块石头。

有人似乎接住了我，我倒在一处有弹性的地方。而"别跑，站住"的声音，在脑后回荡着远去……我眼前一

不上锁的人

黑，昏了过去。

我醒来的时候已经在医院里了，帘子包围的床位上一盏暖光灯照下来，我的眼睛逐渐适应了光亮，而我的头依然很痛。我的身上盖着一条毛巾，手摆在毛巾上，手肘和膝盖上也贴上了胶布，动了动，钻心地痛，我费力地用右手摸摸额头，摸到了一块纱布。我迷迷瞪瞪又眯了一会眼睛，再睁开的时候，身边坐着一个人。我把眼睛睁大，盯着他，是陈警官。

他说，你醒了就好，能听到我说话吗？

我点点头。

他说，我们现在在律敦治医院急诊室。你能说话吗？

我点点头，说，几点了？

快四点了。

谢谢你们来。

我们这几天都是日夜盯着你的，你没发觉而已。

人抓住了吗？

林森我们找到了，女孩也找到了。

我放慢了呼吸说，太好了……

陈警官调整了一下座位，说，本来在宜家的时候光线太暗，你又昏迷了，林森一路跑，我们跟丢了，他应该是从另外一个紧急通道跑走的。后来我们安排了很多警力四处排查，本来是毫无线索的，后来还是在街面上找到他的。就在佐敦，我们前几天还在那儿摸排过。

我忍着头痛道,问出什么没?

陈警官舒了一口气道,问是没法问了,他两个小时前自杀了。从八楼跳了下来,砸中一辆豪车,警报叫得震天响。

他顿了顿,站起身,接着道,我看你问题应该不大,一会跟我们走一趟吧。

话还没完,一副冰凉的手铐已经锁在我的手腕上了。

三　MakeUp

说起失眠的话，我就不困了。我有记忆起就失眠，或者说，我有记忆起就睡不了那么久，常常，必须躺在床上这一点比睡不着更折磨人。从婴儿时期，父母就知道我比他们还能熬，起初只是以为我白天睡多了，后来发现我即便长大些，依然还是不大能睡觉。这自然让他们很担忧，看过儿科，吃过中药，吊过盐水，跳过大神，都没有用。上了小学，课业逐渐增多，我的身体也出现了许多不听使唤的问题。而我的失眠以及一系列的症状更逐渐引起家人的连番失眠，他们的黑眼圈比我的黑眼圈膨胀速度更快，他们常常焦虑我会早死，会长不高，越想越焦虑，自然就失眠了。不过值得庆幸的是，褪黑素对他们尚有效果。我也吃过安眠药，不过需要的剂量显然不适宜我的年纪，家人也不敢让我再服。

在好心的医生提醒下，家人在某个关键的夏天，斥巨资带我去了一趟这个城市最高楼的其中一间，地方非常干净豪华，是个心理医生的诊所。休息区的沙发挺括而柔软，坐在上面好像坐在纸杯蛋糕上，恨不得撕下一块。穿着白色轻便制服的姐姐都是蹲着和我说话，给我端上茶水和并不十分甜的小点心。我心里很高兴，也吃得很饱，不一时便有人招呼我进房间，局促坐着的爸妈也想一起进去，不过被穿制服的姐姐制止了，这一次她没有蹲下。

房间里面我印象很清楚，落地窗，两边顶天的棕色书柜，中间一张办公桌，旁边一张皮躺椅，一盏落地灯。办公桌后面坐着一个中年人，笑着和我打招呼，他看上去和我爸年纪也差不多，不过头发白了好些，精神倒是很好。

我看到皮躺椅就爬上去坐了，左脚蹬右脚把鞋脱了。他问我，舒服吗？我说，舒服。他笑道，那最好不过了。我叫 Sam，你叫我 Sam 就好了。我点点头，我说我叫林森，叫我 Sen。他认真地重复了一遍我的名字，接着道，你妈妈和我告状说你晚上调皮不睡觉。他继续说，我觉得她说的不准确，我觉得你很乖。

我没有说话。他继续说，你觉得 Sam 叔叔怎么样，说说第一感觉？我说，你应该也失眠。说着不自觉掩上了嘴笑着，身子扭来扭去。医生笑道，你不仅很乖，而且很聪明。那你说给我听听为什么觉得我也失眠呢。我想了想说，因为你头发白了好多，我妈说，失眠的人老得快。Sam 站起来，笑着朝我走过来，从身后拖了一把椅子在我身边坐下，笑道，你妈妈犯愁得可厉害了，依我看，失眠没什么了不起，老得快也没什么了不起。我心里很高兴，

不上锁的人

半坐起来,说道,我也这么觉得,我觉得我睡了几千年了,稍微多醒一会没什么了不起。Sam 呵呵笑起来,怎么说？我说,我每次被逼着午睡,要睡一两个小时,醒来的时候也不知道几点了,天有没有黑,上午的事情好像发生了好多好多年了,很远很远。早上和爸爸妈妈发脾气,想离家出走的想法全消失了,好像是别人的事情。我好像死过一次了,昨天变成了前世的生活。Sam 非常认同地向我努着下巴点头,我接着说,所以,我觉得有可能我和爸爸妈妈,和你一早认识,不过那时候我们都睡着。从我出生开始算,也许五十年,就好像睡眠中突然醒过来的那段时间,所谓的活着就是那样一段失眠。我接着说,我觉得失眠应该是一件好事情,如果这个世界上同一时间所有人都不失眠,都睡得好好的,那没人负责把我们叫醒了,你说对吧？Sam 高举双手说,虽然因为工作原因这话我经常说,不过,我真心觉得你是一个特别棒的小朋友。他站起身来,好像感受到一种突然降临的兴奋,手势也越来越多,他在我面前左两步右两步地边走边说,十七世纪以前,也就是三四百年前,欧洲人是睡两次觉的,黄昏后睡到午夜,起来看书吃东西聊天,再继续睡,早上再起来,当时的人没有谁觉得有任何不正常。用我们现在的眼光来看,中间那段时间就可以认为是失眠,但实际上没有对他们造成任何影响。所以起夜可能就是个认识问题。他像个指挥家一样在空中突然握紧了拳头,好像要抓住一只隐形的飞虫，用手掌仔细感知其肢体。他接着说，而入睡困难是另一种情境，也许是不愿意浪费有限的自我时间，而陷入长久的兴奋与懊悔之中，又或者是一种不安、消沉，甚至是恐惧，与生俱来的不安全感。他突然停了下来，问，你是哪一种呢？我想了一想说，第二种，我害怕做完的作业会消失，我害怕我的被窝里会有鬼，我害怕蚂蚁会爬到我的脚上，我害怕电风扇会掉下来，所以我睁着眼。Sam又笑起来，这次的笑容好像来自一种释然，我也和你是同一种，我有一个想法或者说方法分享给你，或许，你就不会那么害怕了。他说着坐回了座位上，手肘支在膝盖上，十指交扣托着下巴，其实你盯着那些东西也没什么用，有鬼真的要害你你防不住，蚂蚁早晚都会爬到你的脚上，就算睡着了，也能够发现。电风扇的话如果掉下来，那你也阻止不了，不如不去管它。而且按照你的说法，大不了就再睡下几千年而已。我闭上眼睛，没有接他的话。他继续说道，所有你害怕的东西，都是你无法抵挡的，害怕也没有用的，迟早会到来，不如想象所有害怕的事都已经发生了。作业反正都丢了，也不必再去补，补了还是会丢；鬼已经在房间里了，他是你的朋友，不然早害死你了；你身上早就有无数真菌病毒在爬，它们不过是小一号的蚂蚁罢了；至于电风扇，它早就应该掉下来了，但直到现在都没有掉下来，你不觉得你赚到了吗？

  Sam再看看我，我已经睡着了。

我可能就睡了十五秒，就被周围的乘客吵醒了。低速行驶的火车有一种让人松弛的气氛，似乎在这样的车厢里，用手机公放配乐节奏强烈的舞曲，免提通话，大口吸溜滚烫的泡面，拿着洒水枪嬉笑着互相追赶，用脚踩在前座的靠背上打掼蛋，大声将异性的器官镶嵌在语词之中，成为生活的本来面目，剥下那些虚伪的礼节，大家终于可以用最自然的方式做自己。我上车的时候遇到的那对大学生情侣，三个小时前在赣州下车了。那个戴眼镜的男孩热情地和我在火车过道里聊了一路，说足球，说看过的香港电影、虾饺、大学上铺的趣事、国际政治、艳冶女星，他似乎很害怕让我无聊，我因为他女朋友肚子疼，而把座位让给了她，他在为这位可怜的女孩争取多一点的时间。为了缓解他话题匮乏的窘迫，我告诉他，我玩cosplay的。真的假的？他问，你扮女人？我说，我为什么要扮女人，动漫和游戏里面大把男性角色，JOJO你看过吗？我扮过JOJO。我说着拿出手机，准备给他看照片。他马上反应过来说，看过看过，空条承太郎、迪奥、还有替身。他瞬时把一只脚跷起来，双手环在头后，但火车摇晃，差点没站稳。我忙扶着他笑说，你还有点冷幽默。他看了我cosplay的照片，连连摇头说，看不出，这是你？我说，为什么不是我？他说，头发颜色、眉毛、鼻子感觉都不一样。我说，化妆化的，这方面我们是专业的，每年我都会去香港游戏展，我们有协会、有比赛的，最开始是别人帮我化，后来是我自己化。

他笑说，我以前看过黄子华的"栋笃笑"，他说，卸了妆还认识你，那叫化妆，卸了妆不认识你，那叫乔装。你这个属于乔装了。我说，对啊，cosplay的精髓就是连自己都相信自己变成了另外一个人，你只是用画笔、道具和服装把自己的真实样貌呈现出来而已。做cosplay本来就是被人看的，观众也没有预期看到的人物会有多么真实，唯一能做的，就是相信。他问，你这回来内地也是参加cosplay活动吗？你刚刚说去景德镇是吧？我说，这回是去看一个朋友。他说，那一定是好朋友了。我说，可以这么说。你到赣州呢，只是和你女朋友去玩吗？他笑说，她是学电影的，有几个同学在赣州，准备一起拍毕业作品，还没想好拍什么，先去玩玩，或许就有灵感了。我说，你们恋爱多久了？他说，大一开学的时候就开始了，也好几年了，军训不是有什么汇报演出吗，正好我在礼堂坐她附近，我当时不知道怎么了，就很上头，就冲上去问她要了微信，后来有一搭没一搭地聊，之后约着在学校电影社团看了好多电影，欧洲的美国的，还有香港的，看鬼片，我们就是看鬼片的时候在一起的，《饺子》，杨千嬅的，你知道不？我说，知道，原著是李碧华。他说，香港鬼片还是要比外国鬼片好看。我说，确实，文化上相近些，鬼片其实也是cosplay，鬼不过是落魄的边缘人而已，香港对鬼也没有那么多忌讳，每年七月半都会路祭孤魂野鬼。而且之前看过一个新闻，一间房子里死了人，成了凶宅，政府要低价法拍，大把市民排队要去买，记者就上去采访，问他们为什么要买凶宅，有个市民叔叔就说，我本来就是穷鬼，干吗要怕鬼。他笑说，这个倒也蛮有道理的。我说，要不你们就拍个鬼片，正好你们也是因为看鬼片在一起的，纪念一下好了。他说，这倒是个思路，你刚刚讲的这个故事就挺好，你在香港应该听过很多鬼故事吧，要不和我说两个，刺激刺激我。我说，你问对人了，这我倒可以说两个，传说几十年前逃港潮，有个长辫子的姑娘扒火车，预备在中文大学附近跳车，但跳下车的时候却因为辫子太长，缠在车厢上，挣脱不开，辫子和头皮一并被扯下，辫子姑娘也摔死了。往后，常有中文大学的学生见到长辫子的素衫姑娘，在学校里游荡，甚至有人只是见到一条辫子，看不见脸，甚至会有幽怨的哭声，阵阵传来。他说，女孩的头发是比较麻烦，经常会压到。我说，还有一个，香港本地形胜最出名的一个就是狮子山，狮子山上有一块望夫石，传说这狮子山上住了一家四口，小夫妻与一双儿女，因家中清贫，男人出洋打工，就再未归返，小妇人日日在山头抱着一双儿女远望归帆，却一日日失望。传说一日雷雨天气，一家三人便消失了，山巅留下一块奇石，形如妇人抱婴，在悬崖上更显巍峨。如今这处奇石是香港狮子山郊野公园游人最多的地方，个个都来打卡拍照，却发现在山下看来神似一个妇人抱着婴儿，近前来要打卡，再想寻找，却什么也看不出来。雨天的时候，若有好事登山的人，靠近山顶，就会听到幽幽的哭声，由远及近，人也不由自主地往山顶靠，到了悬崖边，好像会有股力量把你往山崖下面推，若没有旁边意志坚强的人帮忙，多半要死人，所以本地人都不敢上去。他说，所以真的要等到那家人团聚的时候，鬼故事才能完？我说，谁说不是呢。他说，有意思。

随着两声清亮的提示音，好似火车平交道变轨时的灯色切换，广播里出现一个女声：各位旅客，列车即将到达赣州站，请在赣州站下车的旅客准备好自己的行李下车。他说，兄弟，你这个故事真有意思，我争取和她说说让她考虑能不能拍出来，不过我们前面就要下车了。我说，到站好好玩。他说，谢谢你把座位让给我们，还给我说了这么多故事。我说，客气什么，聊得好咱俩都开心。他说，兄弟，我比较直，我想问，你去景德镇不是去看朋友的吧？没有人专门坐通宵硬座去看朋友的。我笑了笑没说话。他说，你是去看喜欢的姑娘吧，啊？他笑着轻轻用手掌推了我一把。我点点头。不知道怎么回事，我们两个在那一刹那，非常默契地都各自向前半步，拥抱在了一起。祝你顺利，他笑着说。我说，谢谢，你也是。

天色彻底暗下来，每次进游戏调试显示器亮度，都会提示你把图标亮度调整到刚刚可以看见的程度，随着亮度降低，那个图标也就逐渐隐没在黑色之中，只剩下记忆的弧光，还能描摹那轮廓。他们两人下了站台挥手告别的剪影也如是消失了，车厢内通明的灯火倒让人感到寂寞，而火车行驶在夜海的深处，那遥远的波纹痕迹消散了，只剩下水底隔膜的聱音。而火车里愈夜售卖的东西愈是奇怪，起初推着小车的制服女列车员售卖的还是方便面奶茶乌梅牛肉干，后来是珠算课程假水玩具，再后来是伪冒的小天才手表以及既能当充电宝又能打电话的两用镶钻手机。愈夜叫卖的列车员和无聊询价的顾客，都有点表演的意思，闹哄哄你来我往。我从胸前的背包里摸出耳机戴上，眼睛合上，想象自己几个小时之后或许就可以见到她，耳机里的每首歌听起来似乎都和我们有关。

火车四点到站景德镇的时候，我被闹钟叫醒，窗玻璃被夜间的寒气冻得更冰，玻璃外头一切还包裹在深蓝色的剪影里，站台上的照明灯则像流星一样靠近，好像完成了一次星际旅行。出站后我走到大路对面的客车站，在门口餐车上买了个包子，在候车大厅的不锈钢座椅上横着睡了一会，睡得一身汗，好像刚刚完成了一场玩命的追逐，却不知道追自己的是警察还是歹徒，只知道自己醒来的时候心突突跳，面前停着的中巴车发动机也启动了。

我早就知道吴悬是景德镇人，社交网络上很容易找到相关信息，她发的假期照片通过识图软件，可以知道她住的位置和街道。此外我听她说过，她家楼下有一家面馆，是她叔叔开的，假期天天下去吃早点，这家面馆叫福气面馆，可以查到营业执照上的名字，也是一个姓吴的，那就没有错了。不过那时候她爸爸妈妈还没有离婚，还住在那间老公寓里，化纤厂效益还可以的时候分配的职工宿舍，新闻上有报过线路老化引起的火灾，不是她那一栋。她父亲吴如骏在化纤厂干了几十年，错过了历次下海创业的机会，熬到了年轻人又开始进厂的时候。她母亲李月群早就办理了内退，因为女儿在香港读书开销太大了，在当地做两份兼职，一班在超市收银，一班在人家里烧饭。我发现她父亲那时经常登录一个叫淡蓝网的网站，她母亲也是后来发现才离婚的，吴如骏自己搬了出去和一个姓谢的男子住在一起，看过之后他们二人的快递记录，这是后话。

我坐在面馆里等着，点了一碗大排面，卧了个蛋，老板没问我要多辣，入口的时候呛得我流眼泪，而这时候我看到了吴悬，她远远走来，绕过店门前的一棵大树，头发拢在耳后，唯有一丝刘海顽固地留在额前，在阳光下染成金色反射着光，她脸上是一种没睡醒的不耐，穿过树叶的星星光点在她脸上川流，我几乎都听到了溪水的声音。而她只是套一件卡通T恤，脚上一双塑料拖鞋。眼光扫过来，停下，她见到我后，从愣住，到吃惊、恐惧乃至愤怒的一串表情，和三年后的如今，一模一样。区别不过是，她如今身上绑着绳索，嘴上贴着胶布。这几日来，我第一次展露真面目，她，认出我来了。她终于来到我的地方，来到这个充满了和她有关的幻想的房间，和我两个人面对面相处，只不过见面的方式不甚理想。不知道她注意到我的手臂在流血了吗？

不上锁的人

我说，我说话，你听着，接下来的话可能有点难理解，可是你会理解的。过几个小时，警察就会把你接走，你放心好了，没有人会伤害你。别用那种眼神看我，如果我要弄你，我早下手了。别嗯嗯嗯的了，我给你说说接下来会发生什么，大概四点前警察会上来撞门，但其实门根本就没有锁，他们也可以直接进来，这些绳子什么的对他们也不是问题，他们会先送你去医院，如果情况顺利的话，你会留医查看一小段时间，打打营养液吃吃健康餐什么的，然而你出院的时候会被一帮记者追着，然后你会后悔没有早一点准备一个墨镜什么的。为了摆脱他们，你必须把和警察说过无数次的话再和他们重复一次，那天你上到8A的时候，背后听到脚步声，就被一个人从背后控制住，捂住嘴，挣扎了一段时间之后就昏了过去。醒来的时候就发现被人绑着，每餐有人喂饭，上厕所也有人服侍，折腾了好几天之后，有天午夜那人回来了，揭开蒙眼布发现是自己原来的同学，一个追求过自己的人，一个不堪的尾随者，后来就被警察解救了。你可能会想问，你的心上人哪儿去了。这几天我一直和他在一块，半小时前还见到他，他现在应该和警察在一起或者在医院静养，以为一切已经结束，什么都和他没关系了。你怎么会喜欢上这么幼稚的一个人，张口闭口不上锁的人，你是没见到他落荒而逃的样子。不过不要紧，很快全香港的市民就会在电视上见到他了，只是此时的他还不知情，先让他休息一下好了。你现在是不是恨我恨得牙痒痒？可是这已经没有那么重要了，你可能也并不关心我的下场。不过我可以明确告诉你，我不会被逮捕的，待会我和你交代完事情，我会从窗户跳下去。但重要的不是我会从窗户跳下去，而是我一会要和你说的话，和你讲的这个故事。

她的眼睛圆睁，好像面对着什么恐怖的事物。

我们第一次见面的时候她就有过这个表情，那时候cosplay社招新，吃火锅的时候她把我的白T恤弄得都是油点，她惊惧地站了起来。这些油点渗透到棉质T恤的肌理之中，因为油的高温，棉的蛋白质已经变性了，无论怎么洗，都绝对不可能恢复原样了，一切都不一样了。她在席间说的每一句话，每一个有关她自己的细节都好像一小点印记，晕染出与原本质地绝不相同的明暗，在我的头脑中划下或深或浅的痕迹。她真美，因为火锅的热气，她脸色泛红，发梢都湿润卷曲，她不时用手扇风，却没有显出任何烦躁懊恼的意味，仿佛还想着别处的清凉。坦白说，她愿意和我们一起这样随便吃饭，我替她觉得委屈，宛若腐朽谷底的圣女阿斯特蕾亚。吃着吃着，忧愁的情绪击中了我，我近乎不自觉地叹息，面对着满桌的肉与菜，心中竟想象着那些会让她伤心懊恼的事物，那些会像洋葱飞絮风沙那样榨取她眼泪的人或心绪。我与她面对面不动，周遭的人物像低帧率影像那样起落移动，留下漫长的残影，她会老，肌肤也会逐渐失去弹性，衰亡会像皮肤病一样在她身上扩散蔓延，很快她会成为石棺下的倒影、墓碑上的油漆，但只是她存在过这件事情，就足以使人感到幸福，这种幸福带着忧愁的底色，因为这种幸福也终将离开我们。

当天晚上结账的时候，因为只有我有微信支付，整桌人她只添加了我，并说愿意帮我清洁衣服，我在微信上和她加了好友之后说，不用了，我自己洗就好了。一共十个字，我打了五遍，第二第三遍大概打了有一百个字，但最后的版本和原先的第一稿一模一样。她发来一个笑脸，是《葬送的芙莉莲》里面的菲伦，我最喜欢的角色。当天晚上，我把她的所有朋友圈看了一遍，去过的城市，分享的演出，追更的动画，家乡的美食，我都一一点赞，甚至害怕遗漏还专门检查了一遍。她并没有说什么，但她肯定感受到了。我试着用谷歌、百度和微信分别查找了她的名字，她的名字特别，重复率应该并不高，再加上城市，多半能知道许多。我翻遍了所有的搜索记录，甚至在百度地图上围着她的中学走了一遍，因为她在她的网络日志里曾经写过，用脚丈量学校的广度，需要二十五分十八秒。在这二十五分十八秒里面，我们两个人肩并肩，经过沙县小吃、浔阳包子铺、西门凉皮，好像我们一直生活在一起，共同成长，她无须为我解说我也能知晓一切。

爸爸曾经说过，他和我妈妈一见面就有这种默契。那时候跑运输经常返夜班，午夜时候打到和记call台，总能听到那一个相当清亮的声音。他说，99663覆机，密码两个八，那边总能听到耐心而温柔的声音，是刘先生喊你两点九龙城泰国大排档见。他说，99663覆机，密码两个八。她说，姜涛请病假，明天要你代一日班。他说，99663覆机，密码两个八。她说，吴哥同你讲，阿乐老婆生女，明天上班大家夹钱贺一贺。他说，怎么每次都是你啊？她说，林先生，我们俩都是在上夜班呀。他说，这么巧吗？她说，没人想上夜班啊。他说，夜班很好啊，钱多事少，又不用和人废话，乐得清闲。她笑道，你现在不也是在和人讲电话吗？他说，那情况又不同了。她说，又有多不同咧？他说，你可能是全香港和我讲电话最多的人，而且怎么会是废话呢。她收着气息笑起来，那我又不一样了，同我讲电话的人就多啦。他问，女多还是男多啊？她说，女也多，男也多喔。他说，这么受欢迎啊，明天早上得不得闲啊？早餐不会都有人约你吧。她说，林先生，不可以随便同女孩子约早餐喔。他说，早餐不行，早茶总可以吧。她笑说，林先生我还要上班呢，明天还要同人饮茶。

大概约了两三回，终于约出来。约的是莲香楼，他记得很清楚，点了莲蓉包、猪肚烧卖、灌汤饺、蛋黄千层糕、糯米包、干蒸牛肉。她吃得不多，一盅两件，一次一筷。老林后来知道，她只喝香片，老林后来一辈子喝香片。那年月跑运输赚钱，夜间很忙，两人都是约早茶，晚间两人若要有话，妈妈就会呼他，他到加油站总要停下来打个五十五秒的电话，因为五十五秒就算一分钟，就会比较贵，

不上锁的人　75

这是妈妈和他说的。两个人结婚摆在莲香楼，运输行的人讲究面子，谁换了车，谁在内地开了厂，谁在内地承包了农场，二奶是深圳的还是广州的，都有个说法。起初妈妈不舍得钱，最后也只得依他。在莲香楼结婚的照片本来挂在墙上，印象中妈妈穿了凤披，盘了显老的头饰，点了红唇，有一点土气，后来不知道哪儿去了，直到爸爸出事，我才知道他把结婚照一直夹在驾驶执照里面。

我和吴悬一起扮过 Joker 和新岛真、基亚兰和亚尔特留斯，明天是扮阿斯特蕾亚和卡尔文兰。这回她的衣服是淘宝上买了之后在社里用公用的二手缝纫机自己加工的，我的盔甲和武器则是用涂色 EVA 泡沫，自己用热风机和电磨机琢磨出来的，和她一起通宵的时候，即便不说话也感到她的存在，计算着她是不是口渴了，会不会累会不会饿，将自己精心准备的笑话均匀地铺垫在这漫漫夜晚，成为日后回味的坐标。她说话不多，偶尔提起的自己的事情、父母的压力，我都会认真记下来，如此这般，好像已经认识他们许久，如果真的要见面，或许也可以愉快地聊上几句而不至于冒犯。然而我也发现其实她早就谈过恋爱，甚至为此买过一些成人用品，那个男孩后来去了北京，如果我没有遗漏什么信息的话，她高中毕业的那个暑假去北京找过他，两人去了潭柘寺，她网盘里面有一张潭柘寺的照片，应该就是那时候拍的。刚开始看到的时候我有些愤怒，又有些委屈，愤怒她的不争气，委屈是觉得自己好像到达了未知的领域，自发地寻找羞辱。不过毕竟都是认识我之前的事，我最后还是决定原谅她。

我回头看她，她还在低头调整衣服。我说，我衣服差不多了，要帮忙吗？她说，我也差不多了，不过上回扮新岛真妆不好，我怕这回还是会被人笑。我说，不会的，一回生二回熟。她说，我可不想再被人发到连登上面去。我说，如果你不嫌我，等弄完了我可以帮你试试妆。她说，你帮我化？我说，我帮你化。她笑起来，脸颊的肌肉都松下来，说，大家都说你化得比其他女孩子都好，我手特别笨，要是你给我化，我肯定特别放心。我说，行。

我们整理完所有第二天要上阵的工具，这时候社里其他的朋友有的已经出发，有的早就回去补觉了。我冲了两杯咖啡，一杯更热的给了她。她接过去捧在手里，手指拢住茶杯，肩膀微微耸起来，吸了口气。我说，你还补觉吗，还是一会直接去？她说，我估计也睡不着了，其实还挺兴奋的。我说，那好，顺便我把你的黑眼圈也遮了。她说，很明显吗？我说，我骗你的。

我给她准备了两种粉底液，浅色的拍在脸颊上，她的皮肤本就很白皙，不必厚粉，打得均匀即可，她的脸少许温热，随着鼻息，浅浅在四围流动。深色的粉底拍在前额和鼻梁的部分，可以让她的轮廓更立体，尤其是扮演西洋角色的时候。她眼睛很大，有时候也听她说抱怨自己眼泡总是肿肿的，双眼皮就没有了。用海绵给她去除一些脸上的浮粉之后，我给她上眼睑上了一点蜜粉，轻轻涂抹的时候，能感到她的眼珠微微颤动，好似胎衣里的幼鸟。我说，眼睛闭好，可能会有一点点痒，马上就好了。她没出声。我将粉底置于手掌心，以指腹揉匀，用体温来加热，以提高粉底的柔和度。我在她双颊上轻轻打圈，她脸上的小小绒毛带着微微的湿度，几乎要使我手心出汗。我小心地用指尖将粉底由双颊向脸外侧涂抹，接着再涂往脸部中心，从额头顺势而下将粉底涂匀，使用指腹将眼周和鼻翼两侧残留粉底液一一推匀。许是因为熬夜的关系，她的下巴侧面生了一个小痘痘，我用笔刷点了遮瑕膏。我问，疼吗？她轻轻摇头。以她的脸颊最高处为中心，我打出圆形的腮红。我说，你笑一笑。她把嘴角向两边延伸。我说，别动。继而调整着左右的浓淡。我说，放松。我再对照一下，说，再笑。如此往复，确保自然而对称。接下来是唇膏，为了方便卸妆，我先上了一层薄薄的润唇膏。她的嘴唇很美，上帝那不经意勾勒的弧线，衬着那抹新鲜晶莹的红，微微露出口中小贝壳般的牙齿，嘴唇间歇性轻轻张开的时候，空气中好像有种香气，让人想和她一样闭上眼睛，什么也不想。我前倾的画着唇线的身体逐渐贴了上去，双臂环绕着她，我吻上了她的嘴唇，一支淋着糖霜的玫瑰。

　　妈妈生我之前，按着爸爸的要求，辞去了工作，准备在家长期照顾我。最初的记忆已经很模糊了，爸爸说我那时候不爱睡觉天天哭，除非TVB放武侠片，否则不肯安静。爸爸在家里安上了一台VCD机，买了不少盘片在家放。我除了要看武侠片，还一直要妈妈抱着唱歌，否则还是要闹。不论她去哪个房间，她都需要一直唱歌一直和我说话，以至于后来她有了自言自语的习惯，即便那时候可能我已经不需要抱着了。爸爸曾说过，她因为月子里就开始照顾我，一直不愿意菲佣帮忙，也从来没回过广州，老是抱着还是婴儿的我，时间一长便有了腱鞘炎。爸爸越来越忙，在家的时间好像一直很少，家里各地的玩具倒是越来越多，他没事情就会呼她，确认她正在家里带我。有时候他甚至会突然回家，看一下我俩在家，又走了。那时候我已经记事，还记得他脸上那狐疑又释然的表情。他有时候请假几天待在家里，也不说话，就抽闷烟，或者走进厨房，反复给煤气灶打火。他查妈妈的电话账单，为了一些奇怪的数字大呼小叫，砸东西，砸到没东西砸了，就一个人在那拍大腿，好像拍着拍着，喇叭就会响。如果我没有记错的话，妈妈曾经离家出走过一次，恐怕得有一个月。她回来后曾经和我说过，她就住在我们小学对面的旅馆里面，每天开窗就可以看到我们的操场，看到我在篮球架下和人打闹、追逐、大笑，把自己的鼻涕揩在别人的衣服上。看了一个月，她回家了，之后她找了份工作，在总统戏院卖票。爸爸的话更少了，每次到铜锣湾收车，都会来戏院看戏，一场又一场，直到妈妈下晚班。我那时候下午放学了就去总统戏院找她，那时候戏院门口，有很多小贩卖炒栗子、烧鱿鱼和粟米等，妈妈间歇性地都会给我零钱买。无聊的时候我会去逛书店，看看SOGO的体育用品，但大多数的时候会去宜家睡午觉。每天下午都是我最困的时候，因为晚上睡不着，很多时候只能够下午来补。样板间里的床很舒服，还有毛绒公仔，比家里大，比家里新。妈妈给了我一个寻呼机，我只用看不用回，她有时候会告诉我她还有多久下班，一会在哪里等之类的，但更多的时候是闹钟的作用，提前通知我，该起床了，不然晚上又没觉了。有一天我睡醒的时候，日光灯显得格外亮，人也少了很多，我从床上坐起来，却完全没有了时间概念，我几乎看不懂寻呼机上的数字，周围那种热闹的气氛荡然无存，每个人脸上都显着一种陌生而冷漠的表情，空气都冷下来，腿上的汗毛一收缩，身体一激灵，我就开始哭起来。路人和工作人员开始在我身边驻足，可我什么也说不出，我只会哭，好像哭是我那时候所拥有的最能用上力的武器，可以保护我于未知之事，也更加因为，除了哭，我不知道还能怎么办。后来哭累了，叔叔阿姨围着我，问了我更多问题，可是我根本不会回答，他们要把我带走，可我又大哭起来，我怕我一走，妈妈就再也找不到我了，我好饿，想吃炒栗子、烧鱿鱼和粟米。

我独自坐在社团的塑料椅子上，又摸了摸面前的这把椅子，明明刚刚她还坐在这儿的，椅子上还有她的温度，还有她的气味，可她就是不见了。我只知道她用力推了我，后来说了什么话，我也不记得了。那种让人手脚冰冷的感觉再次找上我，让我牙关打战。我多么愿意她只是去了一下洗手间，刚刚的一切都没有发生，我可以继续给她化妆，继续完成今天我们的配合。即便，我说即便，我吻了她，是个错误，那她或许可以像我原谅她那样原谅我。社团活动室的冷气开了自动，一时起，一时歇，发出规律性的震动的声音，除此，周遭静极了。她把自己的服装都带走了，除了矿泉水和阿斯特蕾亚的头纱，她就像一个逃跑的新娘，拒绝了应许的幸福。

她后来也没有出现在会展中心游戏展上，我在微信上写了很长的信给她，向她道歉，和她说我父母的故事，我如何被遗弃在宜家里，如何经常在宜家的样板床上睡觉，希望醒来的时候就能看到自己的母亲，我并没有撒谎，我又开始严重失眠了。我赞美她的容颜让我昏了头脑，赞美她的举止言辞，等我打完了所有字，我得到了微信对话框里一个红色的感叹号，她把我拉黑名单了。

我发了一个问号，依然得到一个红色的感叹号。起初是每小时发点东西试一下，然后是每天早上试一试，她还是没有消气，愤怒和屈辱在找上我。我发现她的微博和豆瓣都在正常更新，我尝试回复，但很快都被拉黑了，我新建的小号给她发的私信也都没有回。我在她宿舍门口闲逛，却被似乎是预先告知过的宿管驱赶，好像我是什么穷凶极恶的变态一样，于是我也尝试发一些质问的文字在她的对话框表达不满,你以为你是谁,别看不起人了,有什么这么金贵,前男友这么玩你偏我碰不得,别装得跟圣女一样,假清高,你的事情别以为其他人不知道,你也不是什么好东西,大家都说你整过容,你脸长小腿又粗,难怪你前男友不要你,我看你也就那样,差不多两千块一晚。

我收到一串感叹号,她什么也看不到。然后再过几天又用小号去看她在干什么,或者入侵她的聊天记录,她似乎并未对任何人提及这件事情,这也让我不满。于是每天微博豆瓣知乎小红书一个个社交媒体看一遍她有什么更新,我好像在为她写什么报刊摘要似的。那年暑假爸爸出事后,我终于坐火车去了一趟广州,爸爸以前从来不让我去广州,更不允许我提妈妈一个字,否则就是一顿打,好像如果我去了广州,我也会消失一样。我打过外婆的电话,当然知道她已经多年没见过自己的女儿了,但我依然想去看看她。那个夏天广州真热啊,我和外婆两个人在果园里面摘荔枝,摘一点吃一点,很甜很糯,果汁和汗水轻轻淌下,有各种味道。我们俩坐在荔枝树下,她说了很多妈妈小时候的事,说她从小就说要去香港,亲戚家买回来的香港月饼吃完了,盒子不舍得扔,她专门用来储蓄存钱,有朝一日去香港要用的,她会这么说。

第二天早上本来要坐火车回香港,在车站的时候,我把车票退了,临时买了一张路过景德镇的慢车的票,由于买得太晚,我只买到了过夜的硬座。当时只是想,至少去她的城市看一看，一句话也不用说，就远远看看她现在好不好，可是惠州、龙川、定南、赣州、南昌、鄱阳，一站又一站，山一程水一程，如冯虚御风，要送我到她身边，我最后忍不住，还是在她面前出现了。她自然不知道我路上有多辛苦，也不会知道我后来是怎么回去的，不清楚我想见她想了多久，就只是这么恶狠狠地望着我，质问我是怎么找到她的，恨不得要把我们之间的空气都撕成两半，就像如今面前的她一样，好像我把她怎么了，把她的相好怎么了。

在发现她喜欢上了那个内地来的助教之前，这种生活已经持续了两年多，这两年多时间里，我甚至很少再见到她。自然，这和我们身上都发生了一些事有关，她的父母亲离婚了，她有了些自称的情绪问题，申请了休学，又撞上疫情，便稽留在家上网课，很长一段时间我都见不到她，只能在 iCloud 偶然看到她的自拍。她有段时间剪了短发，染成了紫色，还是不会化妆，只是在脸上乱涂些色彩，哪里比得上我用心。她窝在家里，和不同的网友打游戏聊天，作业都是找人代做的，她可能不知道，她有一门通识课的作业还是我帮她写的，她转账的时候还给了我一个表情，好像我们很熟悉似的，是啊，我很熟悉她，可她熟悉我吗？

爸爸出事之后，我把房子卖了，宿舍退了，一个人搬到了佐敦白加士街的伯嘉士大厦8A，说是大厦，其实就

不上锁的人　　83

是劏房楼，我这一间就是和隔壁尼泊尔人合用八楼的 A 室，房东把一套房子隔成几间，分别出租。"劏"字，古汉语中常用来指给家禽猪羊开膛破肚，实在是形象得很。我住的那间，连厕所十五平方米，盛惠八千五百港币一个月。我选择这个地方，一方面是它比较便宜（并不是在开玩笑），另一方面是因为它竟然有点温馨。这所房子和一般那些雪洞式一览无余的出租屋不同，上手租客除了在厨房留下了一堆褪黑素、百忧解之类的空瓶外，每一面墙上都贴了卡通墙纸，墙根一律贴了一圈红砖样式的，上面间或有绿草，远山绵延而上，遗留下的那张宜家双人床架边，竟有一棵参天大树的贴纸，几乎顶上了天花板。温暖的颜色包围之下，好像地方没有那么小了。唯一有些瑕疵的是，墙角像被火焰烧过，墙皮起皱，灰黑色地堆栈起来，像一团被定格的火焰。当然这并不影响我租下它。

由于洗手间和淋浴房是二合一的，所以地漏经常淤塞。房东相熟的水电工上门多次，我偶然问起上手租客的事，他和我说，在你前面住的是一个单亲妈妈，带了两个孩子，所以他们买了这么大的床。我说那墙角那团黑色是怎么回事。他说，她想给孩子做饭，又不会弄电器，过热起火，差点把房子都点了。

佐敦交通方便，靠近九龙公园，公园1997年前是英军威菲路军营，驻军主力是尼泊尔人中最强悍的高山部族，廓尔喀人。二战中英军对日一败涂地，唯有被俘的廓尔喀人决不投降。主权移交后,军队解散,很多廓尔喀人住惯了香港,就留在了佐敦,这一带也成了小尼泊尔,地方虽然不大,专做沙丽的服装店,卖传统 Roti 的小食铺子,能买到排灯节礼物的杂货铺,一应俱全。我隔壁就住了一对尼泊尔小夫妻,经常在屋里弄咖喱,习惯早晨做爱,夜晚吵架,周末消失。我们各自一道木门,共享一道铁门。木门我是从来不锁的,房间不过五平方米,一张床一个柜子,一张书桌一个破电脑,有什么好偷的。晚上睡觉木门关上,不过从来不锁,如我所料,也没有什么人真的尝试推开过。木门不锁,铁门也更加懒怠拉上锁了,为此我的尼泊尔邻居向我表示过抗议,我表示会努力记得,但最终也常常做不到,小夫妻慢慢只能接受,以至于拉上铁门的时候,不知是有意还是无意,用力一甩,总是哐当作响,有时是早上,有时是午夜。

其实关门的声音有时候也不是很响,但坦白说,非常影响我本就有问题的睡眠。从我自己一个人住佐敦开始,失眠的问题更加严重。失眠的时候,身体疲惫不堪,头脑却亮起了灯,不遗余力地照亮自己,仿佛睡着了就不能醒来。我坚持十一点入睡,睡前泡脚喝牛奶,擦干后穿上袜子,再把空调调成低速,拎起耳朵上缘,把耳塞捏扁,螺旋状地塞入耳道,一边塞完塞另一边,顺势再戴上绸料的眼罩,眼皮上都能感受到料子的冰凉。我盖上毯子,双手合十放在肚脐上,放缓呼吸,然后头脑中的人物都活了过来，三点四点，竟还似搓麻将般热闹，起来看书可能就直接看到天亮了，打游戏也匹配不到人。想通过手淫来放松自己的身心，而那些耳机里的声音，和机械律动的肉身，只不过木偶线一样把我勒得更紧。

搬来佐敦后，收信不如以前方便了，因为我和尼泊尔人共享一个信箱，他们似乎经常收到一些奇奇怪怪的政府公函和宣传单张、商场的优惠券、教会的聚会邀请函等。每次回家打开信箱，大多是给他们的信，偶有一张是我的电费单。不过这一回突然收到一封政府公函，我在电梯里就拆开看了，原来是区议会提醒我，地址变更选区也变更了，其实每次选举，候选人我都不认识，有时候是两个秃头选一个，有时候是三个眼镜男选一个，选谁上去都一样，除了争取让小巴多停一站，过年蛇斋饼粽，什么都是一样，从来都是不认识的人决定这里的命运，又何妨继续下去呢。所以每次选举我都选长得最丑陋的那个可怜人，预算他得票最低，至少给人一些安慰。

我想在小房子里买一套遮光窗帘，之前淘宝买了一套，遮光是确实遮光，就是味道有点大，闻着头疼，自然更加睡不好。我于是决定去宜家逛逛买套稍好些的。还是习惯去铜锣湾宜家，遇到开学季节，四围多了许多说普通话的、年轻的愉悦的面孔，依然戴着各种颜色的口罩，在挑拣一切可能用到的东西，或者说拼凑想象生活的每一个部件。一切都在热烈的变化中，只是这种变化，我已经见过好多年了。不是么？每年开学的时候，食堂、图书馆、健身房总是最多人，大家满脸都是要大干一场的神情，然后在每个假期少一拨人，直到期末才想起来要临时抱佛脚。既然如此，何不在开学的时候就放弃呢。

窗帘我并没有买到，合适尺寸的有，但没有遮光材料的。走了一路，又渴又累，我走过样板间的区域，有一对老夫妻坐在电脑椅上休息，两人张着嘴睡着了，妇人紧抱着肚子上的手袋，表情有种淡漠的痛苦，像庙里的泥塑金刚，在戏剧性的时刻保持不动。看着他们的样子，我突然有种困意，好像如果走开了，这种困意就会永远消失一样。这个样板间已经和过去不同了，似乎是为男孩子设计的，单人床、书桌，书桌前有两款不同的电脑椅，其中一把是红色电竞款，和正坐在上面的妇人手中的手袋是一个颜色。床架书桌书柜都是一致的淡木色，床单和墙纸都是深海的蓝色，远看的时候以为是同一抹，近看却越看越深。要是天花板也是这种颜色的就好了，这样想的时候，我已经脱了鞋，躺在了床上，耳朵里塞了随身带的降噪耳机。

我闭上了眼睛，不知道你有没有这样的经验，你闭上眼睛放空自己，茫茫黑色之中，有星轨似的细微暗斑在旋转扩散，那便是个与此不同的清凉世界。那里除了无穷无尽的变幻，什么也没有，那些膨胀弥散的复杂线条，没有任何规律可言。当你略微凝神留意，这些影像就会消失不见，留下电视雪花般的残骸。

在这样的凝神与放空的反复交替中,我正感到自己的呼吸平稳了下来,微微起伏的衣衫如海浪张弛着,而耳内的气压有种宇航服一样的保护。

我逐渐什么也听不见了。

醒来的时候,我短暂地失去了时间概念。像往常一样,我知道,只要自己躺着不动,一切都会好起来的。而两位老人已经离开,我发现身上盖着一条吊着九十九块标签的毛巾被。

我很想再遇见他们,可是谁都知道这是不可能的。但那种睡在样板间中,会有人想到为你盖上毛巾被的感觉,已经离开我太远了,好像小时候。有课的时候,从港大下了课,我有时候会去登龙街吃碗面,然后走到百德新街,下阶梯,习惯性地再去宜家逛逛,人群里老人带着小娃娃,爸爸妈妈推着双胞胎,穿着lululemon的女孩包里露出头的吉娃娃,穿着校服手牵手的中学生情侣共享着AirPods,大家都在寻找自己来此的目的,而我在这时候见到了吴悬。我一眼认出了她,瞬间好像被一节高速行驶的列车鸣着笛迎面撞上,我呆立在原地,身边的顾客川流而过,我人看上去或许好好的,但骨头全碎了。她戴着口罩,穿着制服,把头发扎了起来,不过我还是可以认出她,认得她的眼睛,她时而带笑的微蹙的眉头。不会有错的,我以为我逐渐把她淡忘了,然而我的身体记得很清楚。

我说,你知道吗?其实我可能比你更早知道,你喜欢上了那个助教。我看过你的浏览记录和搜索引擎痕迹,全是有关他的,虽然你没有什么技术,倒是挺执着,几乎用穷举法在找他的一切信息。可是我看到的更多呀,将来,我是说将来,电视上可能会报道他家里的情况,他爸爸什么样,他妈妈什么样,你之后可能就知道了。

我起身去水池上面的储物柜拿下了工具包,重新回到小板凳上,坐在她面前。我说,好几年前,我给你化妆,没化完,我心里一直有根刺,我会再在你脸上化一次妆,顺便把故事说完,这样我的任务就完成了。不要乱动乱喊知道不,本来能活的,我心情不好就把你脖子抹了。

因为胶布贴久了,她的嘴角边缘出现了一些过敏现象,我用生理盐水给她沿着嘴上胶布的边缘处理了一遍,还是按照上一次的工序,粉底蜜粉遮瑕等等。这回她的身体就很乖了,原本溪流一样清澈的眼睛里面,如今也布上许多血丝,好像有人在上游杀鱼。她吓得倒是不敢动,但每次触及她的身体,她都会像微微过电一样颤抖,鼻翼张开,好像忍着一口芥末。

我说,你自己可能没发觉,对比来说,我看得很清楚,这回看你,觉得你的皮肤没有过去好了,我看你经常半夜还挂在网上,你下巴上也经常有痘痘是吧,你自己也知道,买了好几种祛痘膏都没有用。你连你自己都不了解,更不要说姓蒋的了。

我给她画着眉毛,用笔触轻轻驯服那些尾梢,感到一种特殊的趣味。我接着说，你一直以为，自己在追踪他的更新，其实那些豆瓣上新的记录、微博上的照片，都是我用了他账号之后为你发的，他早不用了，你以为你和他的爱好越来越多，其实不过是我在引导你这么觉得。其实事实很明显，我喜欢的电影或者音乐，你也会很喜欢，我们有很多共同爱好，只是你不知道而已。你不知道的太多了，那个经常下午躺在铜锣湾宜家的戴着口罩、穿着同款衣服、留着同样发型的他，其实也是我，只是你认不出来。你不了解我，也不了解他。

她的脸下意识往后缩了一下，身体不自觉地摇晃起来。

我说，他有篇小说《不上锁的人》，只是开了个头，他并不真的失眠，只是虚构情节，但我失眠啊，我可比他写得好多了，所以你看到的内容都是我写下来的，你真笨，还以为是他的自传小说，我看过他的手环睡眠监测数据，每天十一点睡，八点前起，他根本不失眠。不过他确实不喜欢上锁，有几次上课见到他，裤链也没拉好。他的密码都好简单，很容易入侵，甚至他都没有想过要找回。所以我通过这样的方法和你聊天交流。因为你把我所有的联系方式都拉黑了。

她自然无法说话，只是不断在摇头。

他豆瓣账号里那些情诗，都是我写给你的，我以为你会明白，但是你什么也不知道。那天在宜家，我躺在样板间的床上，而你坐在我旁边，手腕放在膝盖上微微蜷曲，脑袋微微歪着，眼角还有笑。我就恼火，你什么时候这么对过我？什么时候给过我这种笑容？你知道你错了吗？我停下画笔道，我才是那个你想了解的人，我才是那个不上锁的人，是我敞开自己想让你看的。全是你的错，我本来已经过上正常的生活了，你又骗了我一次！你看看这个地方！我抓着她的下巴左右摇晃。我接着说，本来这间屋子里还留着一个妈妈给她孩子装饰的墙纸，到处是卡通绿树、太阳高山，我睡在这些墙纸中间，我觉得它们都在嘲讽我，每个小朋友都有人爱，偏我没有，当天回来我就给全刷白了。

她胸口剧烈起伏，发出哼哼唧唧的声音，眼中满是愤怒。我上手撕开她嘴上的胶布。她大呼一口气，嘴上因为胶布粘的时间太长而发红，白皙的皮肉上起了不少小点，好像被一个方形的熨斗烫过一样。我见她嘴角挪移了一下，缓解了面部的不适，继而眼睛死死瞪着我。她脸上的妆化了一半，上半精致爽利，下半却显出惊人的浮皮潦草，甚至可笑。

你不是要人关心你吗，真正有人关心你却又不要了。你倒是和那个姓蒋的一类货色，口是心非。

变态。她低沉的声音来自豹子般的喉头。

我是不正常，你正常吗？天天在网上搜别人的信息，偷看别人的相册，尾随别人，制造偶遇，相信还有从天而降的爱。他正常吗？运营一个死人的账号，天天发些毫无关系的东西。

她缓缓地说,如果你真的想放了我就现在放了我,我不要听你的故事,故事完了,我命也没了,你这种人,什么事做不出。你要是现在放了我,自首还来得及,我可以帮你说几句话证明你是自首的,大家都没事。

你现在还在想着他,听到他要坐牢你害怕了?哼,自首,已经准备要去死的人,自不自首有什么分别,我已经都安排好了。这间房子里面,除了我的指纹,到处都是我从茶杯上提取出来的蒋山的指纹,我3D打印了他的指纹模具,门把手、窗帘上都按上了。我和蒋山的传呼记录我都重新编辑好了,警察之后应该也可以看见。这几天我们俩一起去买了很多工具,买工具的过程应该都被街角的摄像头拍了下来,这些工具现在都在这儿。哦忘了和你说,举报他和女学生不正当接触的也是我,用的是你不常用的那个邮箱。怎么样,我对你形象的塑造不错吧,又害怕他又渴望他,其实我也没有杜撰,就像化妆一样,把你自己都看不到的形象,勾勒出来而已。你挣扎也没有用,确定不想听我说下去吗?你不是还想着他吗?你就不想知道这是怎么一回事?我建议你听一下,了解一下自己的处境。

她没有点头也没有摇头,只是看着我。

我说,我制订了两个方案。我很聪明的,只是你不愿意了解我。

她说，我知道你聪明，但不知道你动这些歪心思，真的，自首还来得及，谁都不用死，我会尽量维护你的，你也不是什么大奸大恶的人。我们还可以回头的，好吗？

我就是个又奸又恶的人，警察昨天上午约见了姓蒋的，因为他们看到了你的那篇日志，看到了我替你俩写的聊天记录，又查到了他有被举报的记录，他已经成了重点怀疑对象。而与此同时他自己其实什么都不知道，所以我用call机匿名约了他午夜十二点在宜家见面，承诺可以把他妈妈留下的账号还给他。

他妈妈的账号是什么？

我笑着道，我都忘了你还不知道，他妈妈疯疯癫癫的，前段时间死了，你的心上人还像个傻子一样继续运营他妈妈的社交网络，掩耳盗铃。老太婆密码也设得很简单，就是他的生日，很快被我破解了，他就没法登录了。

所以你就用他妈妈的账号做诱饵，想在宜家抓住他。

我看着她说，一开始他还有点犹豫，要不要报警，还来问我的意见，我当然就陪他去了，他很尊重我的意见。本来第一个方案，是在宜家库房里面就把他办了，做成审问后畏罪自杀的样子，再写封遗书，然后聊天记录、行踪都对得上。你当然会被解救，我也会被当作从犯审问但会因为不知情而脱罪。这个方案里面，我最喜欢的部分是，你永远不会知道绑架你，用乙醚把你放倒的人是我，只会讨厌这个你曾经喜欢过的人，永远带着懊悔和难过想起他。这样，我就有机会了。

但这个计划失败了，而且就算这个计划成功了你也不会有任何机会，你别做梦了。你真恶心。

我看着她，看着她脸上幼稚而坚决的样子，在迥异的妆造下显得那么地不协调。我说，方案一出了一点小状况，你的小情人用了点小伎俩，靠着警察逃脱了。但是我说过，我有两个方案，虽然我比较喜欢方案一，但是方案二我也早准备好了。他现在身上有一个我给的call机，在进入宜家之前，被我设法调换过，那些我诱导他来的记录全部找不到了，他身上现在的call机是另外一个，我精心打电话留言准备了好几天，都是关于他如何命令我配合他，一起拘禁你，一起买工具，一起布置这个房子的内容，我是他的好兄弟，好帮手。

我从口袋里拿出一张纸，在她面前晃了晃道，方案二就是准备着万一他逃脱的情况的。我刚刚在路上写了另外一封遗书，说明我们两个人都对你抱有某种特别的情愫与幻想因而成为伙伴，而几个小时前那场冲突，起因是我良心发现要自首，而他则因此想要灭口，撞上警察，他一定会诬告我是主谋，这是压垮我的最后一根稻草。于是我决定打开囚禁你的密室，继而从八楼跳下去。于是对于警察来说，昨天晚上的那场冲突更加坐实了他的可疑身份，因为没有人会为了洗脱嫌疑而自杀的，一般人洗脱嫌疑都是为了活着，但我不一样。活着很有意思么，我什么都没有，什么都没有有什么好怕的，所以我的遗书和我的行为都会为他的定罪盖棺定论，用我这条命来诬陷他，估计你也不明白，但这是我对他的报复，报复他自以为是，报复他有钱，可以选择去哪儿读书，报复他明明拥有许多我没有的东西还在那儿无病呻吟，什么不上锁的人什么一无所有，他都没有睁眼看看我，他眼里只有自己。

她急忙说，我可以为他做证，把你的这套说辞和警察举证。

我舒了一口气，说，早知道你会这样了，可是你现在身边有录音机吗，没有人会相信你，你回想一下，你给他社交网络那些留言，你的那些邮件，其实我都不需要更改，保持原状，在警察看来，或者在一般人看来，你就是一个狂热的崇拜者。我在遗书中已经说明，最初绑架你只是他被举报恼羞成怒之下，想要给你的一点教训，而我，这是实情，只要能和你近距离接触，怎样都行。我们一起策划了这次行动，却没有发现社会舆论发酵成这个样子，而与此同时，你发现被自己喜欢的人绑架，却一再维护他的行为，对我则是置之不理，甚至暗中和他商量着什么，这自然给我恐惧和背叛的感觉，也导致我想到自杀。背叛，我是真的这样感觉，每次看到你跟踪他或者和他套近乎，对他笑，我都忍住了。你不觉得你很过分吗，不要脸。

她说，你可真能编。警察不会相信你的。

警察会相信常规，相信摄像头里拍到我一跃而下的样子，而不是一对小情侣之间的互相维护。告诉你吧，就算他最后能正常回到社会上，这样的犯罪事件在前，你们都没法走到一起，你们不会被任何人祝福，家人朋友都不会，最关键的是，他会恨你，你知道吗，因为你会告诉他这个故事，他会知道自己是冤枉的，而这一切的缘起是你。你知道吗，一个无能为力的男人通常会恨女人，我已经把他变成一个无能为力的男人了，就像我一样，而且，我要你清楚地知道这一切，但什么也做不了。

她的脸上阴晴不定，在那些不均匀的油彩之间，那神情却又并不显得可笑，如同隔着一层帷幕，百叶窗在她脸上映出一道一道的明暗，而她在其后默默窥视我，眼波流转中，似乎盈盈欲泪，那些愤怒、怨怼、痛苦、惊颤已经无从分辨，她看着我出神的样子很美，几乎使人心软。

我说，时间差不多了。

我把遗书放进裤子口袋里，拉链拉好，call机放在窗台下，搬来一张椅子，一脚踩上去，另一只脚跨出窗框，身体半探出窗台，夜风就吹了过来。夜晚和死一样清凉，使人心神安宁，我感到一种由衷的幸福和完满，那完满几乎使人忧郁，使人感到胃里的痉挛，甚至感受到久违的困意。谁曾这样看过香港啊，远处越过九龙公园茂密树木的枝丫，可以依稀看到港岛的天空浅浅地发白，似乎在微微颤动，那底下恐怕还有无数的霓虹灯照着人们的夜生活，只是我的视线全被遮住了。对面的住户大多熄了灯，或还在看电视的，墙上窗帘上还有幽蓝的闪光，几户人家的晾衣杆上还挂着衣物，男女的内衣在风中互相挑逗。底下的豆浆店和甜品店还没有收工，依然有人流出入，有情侣，有老人，竟也有年轻的一家三口，孩子在爸爸背上，对面走来几个年轻人大声打着电话，远处似乎还有几个人吵闹推搡的。我看了看我的正下方，稍稍偏离的位置有一辆停在店门口的跑车。我想起爸爸曾经说过，如果真的要出事，至少得在一辆豪车上。我另一只脚也提上窗框，稍稍挪动了一下脚的方向，对着那辆车的位置。我扶着两侧的窗框，脚踩住窗台，人猫着腰缓缓站起来一些，夜更冷了一些，风灌入我的衣服。那辆车离路牙有两三米，我需要稍微用力一点跳。这个游戏我很熟悉，就像把纸团扔进垃圾桶，尿中尿兜上画着的那只苍蝇，就像成为那个与自己很相似的人。为了蓄力，我稍稍屈膝，预备跳得更远。

不要！

她带着哭腔喊道。我回头看了看她，泪水突破我给她化就的层层妆造，到达那发炎发红的局部，几不可见了。

我说，你不是在乎我的生死，你让我不要跳，只是不想你和他走向那样的结局对吧？好好好，你也不用回答我了。

我回过头来，觉得脚踝有点痒，很想挠一挠，不过我管不了这么多，两腿一蹬，飞了出去。我在空中越飞越快，快到地面的时候，我闭紧眼睛，人却好像静止了，好像被一双大手接住了,我睁开眼睛,是爸爸,爸爸把我背在背上,和我说,妈妈在前面的夜市已经点好菜了,就在前头。这家餐厅我记得,我们在里头吃过烧烤、印度飞饼,奶茶也很香。周遭热闹起来,有说粤语的、普通话的,说听不懂的外语的,汽车的鸣笛,煤气灶上爆炒菜色的响声,玻璃酒瓶碰撞,塑料椅子拖动的杂音。我伏在爸爸肩头,默默听着这远远近近的热闹,感到困意来袭,于是我闭上了眼睛。

白鲟

一

从何文田地铁站走到何文田，需要十五分钟。对于何文田地铁站不在何文田这件事，连何文田的本地居民也不理解，就像他们不理解，五十年前这片遍布华人墓地的山头，如何成为了九龙知名的豪宅聚集区。

仲明和主顾刘先生约了十点，他在旺角买完材料，算了时间，走路可能也就十五分钟，但最后决定还是搭小巴去何文田。

到了屋苑，物业人员问了楼座预约情况，和大堂核对，业主确认之后便放他上楼。虽然说是豪宅区，但这个屋苑多是四百尺上下的两居室，阳台大，间隔多，实用率并不高，再加上楼龄老，水管布线网络等皆是问题。大堂给仲明按了电梯，上楼一出门左拐，便到了502室。

开门的是刘先生，他穿着一身运动服，脚踩着塑料拖鞋，戴着N95防尘口罩，客气地和仲明打了个招呼。仲明装模作样地准备脱鞋赤脚下地，刘先生便拿出鞋套，换上吧，都是新的。不大标准的广东话听来有种可笑的迟钝。

仲明换上鞋套,放下背包,见地板上已经铺好了WhatsApp上交代他的塑料薄板。

多少钱买的?仲明问。

五十,买多了也没折扣,刘先生说。

没骗你吧。

没说你骗我,我也正好逛逛,学习一下。

仲明拉开背包,和他说,要去物业借把梯子。他应声下了楼。

仲明抬头见阳台已经封上,其间不大不小正好摆了张行军床,原本的玻璃栏杆凸起的位置挂了三四个收纳吊篮,角落里是盆虎皮兰,已经奄奄一息。

刘先生拿来了梯子,仲明便爬上梯子沿着天花板边缘贴了一圈美纹胶带,约半指宽,各处的电闸开关位边缘也贴了一遍。为什么踢脚线不用美纹胶带?踢脚线用养生胶带就好了,粘牢一段,再扯出塑料薄膜和地上的塑料薄膜连接好,之后刷油漆的时候就不必担心溅出来太远弄脏了。刘先生似乎总有许多问题,需要仲明对每个工序一一解答。仲明要粘天花板吊灯边缘的美纹胶带,便站上了梯子的最高点,刘先生作势要扶,仲明说,当心角落里有块地板很松,别踩实。刘先生试探性用脚一点,果真如他所说,便避开所在,扶着梯子,以便仲明安全粘好一圈的美纹胶带。

不一时到了午间,按照和仲明之前的约定,每天一千五包两餐。二人去对面何文田广场的大家乐买了一份烧鸭饭和一份四宝饭,午市套餐送汤和热饮。

刘先生笑说,刚来香港的时候,不会讲广东话,就会说烧鸭饭和四宝饭,刚进大学的时候天天吃,也吃不厌。

仲明说,香港就是这几样特别,也正常。

刘先生说,我同学也是这样说。

顺口问句,你是哪个大学的?

香港大学。

原来如此,那你是学什么专业的呢?

我学动物学,研究海洋动物。很无聊的,都找不到工作。刘先生笑着又低头喝了口汤,好像要掩饰什么尴尬事似的。

仲明笑了笑,说,找不到跟我学油漆吧。

他说,CV上可以写室内设计。

仲明又问,你封了阳台,内面还要漆吗?要漆的话东西要搬走。

不用的,我最近住在阳台上。

仲明愣了一下,没说话。

所以我和你说用大牌子的漆嘛。他似乎明白仲明想问什么,接着道,我也怕把自己毒死了。

你觉得可以就可以。

不影响你工作进度吧?

仲明说,我之前说一个星期就是一个星期,七天每天一千五，不会多收你钱的。

你别介意，我也是为了省钱。

仲明点了点头说，也是，现在利率这么高，如果空着房子装修接着透气，在外面白交几个月租金不说，这边的物业水电都是饶不了的，里外相差可能小十万块钱。

刘先生听了有些高兴，好像真的突然省了十万块一样，顺手把四宝饭里面的咸鸭蛋片得越来越细。

阳台上早晚不冷吗？仲明问道，我粗看有点漏风。

还好的，封了之后晚上也不是很冷，我之前还预备了一个电暖炉，拖线板接上就能制热，淘宝上的爆款，我看评价很不错，但现在还没用上。刘先生说着，又开始片叉烧，叉烧酥软，被他用筷子一插一个洞。

二手房在交吉之后，通常会留下上手买家的痕迹，海报贴画纸，小朋友在门栏上的身高划痕，最常见的就是取下电视或取下木架之后的那些膨胀螺丝的孔洞，随着时间久长，如大树生根，在墙上延伸自己的生命线。对于膨胀螺丝，仲明有自己的办法，螺丝帽拆掉，然后用锤子把螺杆往墙里面敲，然后用钳子把螺杆外面的铁皮先往外抽，抽出铁皮以后，再用钳子夹住螺杆，一边摇晃一边往外牵拉，随后用小锤上下敲打，晃动几下，就能很轻松地拿出来了。有的螺丝很结实，如上步骤还是取不出来，用凿子在四周凿掉些，再逐次往外拉，如若还不行，用六毫米电锤钻头直接钻进去，深度不低于螺丝的深度，再用钳子夹住外圈边转边往外扯，多半就行了。

客厅的电视墙，一共有二十四个孔洞，取完膨胀螺丝，看起来像精准的狙击手一一点射而成。对于孔洞，仲明带了硬纸箱板，用剪刀铰断，撕成一条条，卷起来，堵在孔洞中，然后围绕着洞口逆时针一圈圈刷上填缝剂，直到把缝隙填满。这时候需要稍微等一下，等待填缝剂略微凝固，就用八十号的砂纸进行打磨，不能太大力，填缝剂会撕裂，也不能太轻，不然无法找平。每个孔洞都需要细心打磨找平，前人随意留下的孔洞，后来人需要很多工夫才能修补。

刘先生看了一圈，点头说，这样的细活我可干不来。

仲明说，这有什么了不起，新香港正需要你们这些知识分子呢。

哈哈，政府要的是那些能赚钱的人才，我们这种，你知道吗，我研究的动物最近被宣布灭绝了，论文都不知道怎么做下去，别提找工作。

你研究的是什么动物？仲明随口问道，一边看着墙上的一个瑕疵，继续用砂纸磨了两下。

我研究的是一种叫作白鲟的动物，一种淡水鱼，你听过吗？

没有听过，淡水鱼我倒知道是什么意思。

刘先生笑道，鱼跃龙门你听过吧，其实跃龙门的不是鲤鱼，是鲟鱼，说的就是白鲟，是最大的淡水鱼，尖嘴，身体很长，大的能有七米长，五六百斤。

仲明道，大的和鲨鱼似的。

刘先生笑道，确实，淡水中的霸王，以前黄河和长江里面都有，特别大。以前明代笔记里有个故事，说钱塘江的渔民在退潮后爬上一座山丘观看海势，突然觉得地动山摇，吓坏了，仔细一看，原来是爬上了一只搁浅在滩涂地上的白鲟。

是不是肉太好吃了所以要灭绝，仲明笑道，这种大鱼片鱼片能片好多，我最喜欢看 YouTube 上面屠宰金枪鱼的视频。

吃肉也是部分原因，主要还是因为长江上建了许多大坝，这种鱼是洄游性的鱼，要去上游产卵的，长江被隔断，鱼妈妈和孩子也隔断了。

等于回家发现家没了，仲明说。

刘先生说，回不了家了呀。

这么一说我就明白了。那怎么办，就因为这你毕不了业了吗？

倒也不会毕不了业，就是本来还期望能更长期地做研究，之后还做研究的话就要转了，实在不行可能还得回家考公务员。

刘先生您是哪儿人呢？

江西的，南昌。

小时候读书时候听说过，有什么好玩的吗？

刘先生笑说，有个你肯定知道，滕王阁。

仲明叹了口气，原来是江西的，我都不知道。

对啊，你们不是有个周星驰，他的名字就来自《滕王阁序》。刘先生露出有些自豪的神情。

我最不喜欢语文，都要背书。

刘先生笑道，滕王阁还是很好玩的，有机会可以去玩玩。

仲明揩了揩手上的油漆，笑笑不说话，继续准备调盘，准备一会倒入乳胶漆。

二

通常油漆刷墙，底色都是选白色，白色有各种各样的白，有珍珠白、豆腐白、百合白、大麦白等，仲明通常会推荐用家天花板刷纯白，而墙体选择偏暖色的白，二者有区分之后会显得楼层更高，而墙体配合色温偏低，大约3000—4000K的暖光灯照明的话，会更有温馨的感觉。很多人会在最初选择房屋颜色的时候标新立异，大多过了几年之后厌烦了，还会刷回白色，每个人都觉得自己和别人不一样，最后都是一样。刘先生为这个白色几乎纠结了一个星期，最终还是听了他的意见，选了蜜合色。这个房子是老房子，原本就有漆面，就不必油底漆，一共油两层，仲明度了一下立面面积，买了八桶蜜合色、两桶纯白。接下来，仲明按部就班地开始刷墙，用经典的W型走位一个房间油到另一个房间，刘先生有时候要帮忙加速工程，仲明也随他去，给他支小刷子，做些简单的边角工作。

刘先生一边玩弄着油扫一边说，其实比我想的要简单啊。

仲明说，你后悔还来得及啊，反正我还是按天结算的。

刘先生摆摆手，不是这个意思，就是小时候家里搬家装修都是家里老头自个儿弄，从来不让我插手，一个人弄到昏天黑地。其实可以让家人帮帮忙的。

仲明不说话，继续刷油漆，过了半晌盯着墙面道，他是不想影响你读书吧。

刘先生说，当爹的都是这样。

读书的时候就买房，和同学们说过吗？仲明问道。

没有没有，怕他们乱想，以为我爹妈多有钱的。

仲明笑道，正常啦，不过还是别说的好。

刘先生意味深长地点头，我也觉得，我觉得香港人有时候好奇怪，有时候第一次见面就上下扫描你，还问你住在哪一区，甚至在哪个屋苑。

仲明叹了一口气，很多人都这样的，在香港买楼就是人上人。

刘先生道，现在楼价跌了，只要肯跟银行借钱，还是有机会的。

这话也不是谁都能说的。仲明摊了摊手道，你见过上手业主吗？

见过，一个中年妇女，带着两个孩子，都是男孩，老是跑来跑去，还喜欢用洒水枪滋人。我还是交房的时候见过她，我和她说那些墙上的储物格不想要，让她请人来弄走，傍晚交钥匙的时候却发现是她一个人架着梯子在拆储物格板。两个孩子坐在地上。

有问过她为什么要卖房子吗？

刘先生说，其实我也不是特别清楚，中介就说要卖，说是也住了好些年了，保养不错，才推荐给我的。

确实保养得不错，仲明说道。

在内地的话，其实根本没人会买四十年楼龄的房子，一是质量不好，二是其实也找不到四十年的楼，都拆了。

倒是常看到强拆的新闻，仲明补充道。

反正我的小学、初中、高中全部拆了，大学也新建了校区，我回去都不认得了。

时间久了，谁能知道底细，你知道何文田以前是什么样的吗？仲明笑道，怕我说了，你房子不想要了。

你说吧，反正已经买下来，大不了三年到期就可以转卖了。

两人各自刷着，也不对望，兀自都笑起来。

仲明说，何文田一听这名字就很村的呀，九龙的一块土坡，以前周边都是田地，庄稼人坟头都安在山上，所以广东人把祭祖叫"拜山"。

所以这边都是坟场？

也不能说都是，反正你家这一带就是华人坟场，因为早年鬼佬觉得华人祭祖烟熏火燎，坟场都要和你们分开。

坟场的问题我之前也略有耳闻，我也问过中介。中介说，阳宅靠阴宅，文昌位，小孩子读书好，何文田属于34校网，年轻爸妈争破头。

你还真信呢。

入乡随俗嘛。

后来这边建了一个医院，专门隔离天花病人，叫油麻地痘所，当时死了不少人，就葬在这边山上。后来又改建做爆竹厂，发生过大爆炸，老人家说，过了几个月都能偶然在瓦砾中看到人骨头。

你这越说越恐怖了。刘先生露出些不舒服的神色。

还没完呢，日本仔占领香港，这一带就是乱葬岗，所以六七十年代难民都是住在这儿，因为本地人都不住的。

现在却变成了豪宅区？还是有点不可思议，幸亏大多数人都不记得了。刘先生叹道。

时间一久，大家什么都不记得了，马照跑，舞照跳。边说，仲明依然没有停下手中的滚轴。

其实我都没什么所谓，一般做了亏心事的富人才怕鬼，普通人家，将来都是要做鬼的，都是苦出身，何来为难自己人。刘先生兀自说道。

油漆通常要油两遍，有些省钱的用家只油一遍，稍待时日，墙面就会显示出一丝一丝的痕迹，能看得到油扫经过的踪影，经过拐角梁柱时需要用小号油扫或者毛笔多走一遍，保证强光下也显得颜色均匀。对于不清楚门道又想砍价的水鱼，业内通常会少油一遍，在类似地方偷工减料，总是有办法对付的。

油到最后一天，基本工序已经完成，二人各自架着梯子，上高处撕美纹胶带，继而下地，再剪开养生胶带和塑料薄膜，折叠好，用绳子捆好。处理垃圾也在仲明的费用之内，香港这种建筑垃圾可不能乱扔，否则是要出钱的。捆好垃圾之前，还需要再把地面打扫一遍，通常会有许多细微的尘埃和漆粒，时间久了沾上脏东西会磨坏地板和瓷砖。

打扫完毕，二人照例吃饭，不过许是有些疲惫，刘先生直接喊了大家乐晚市的双人餐外送，刘先生选了咕咾肉，仲明选了咸鱼肉饼。刘先生还点了两听可乐，可以凑满减，他说。

天气晚间降温很快，今天的例汤是猪骨山药，滚热的汤水下肚，二人觉得浑身又有了一些力气。油漆最好的季节是夏天，因为气温到了十几度以下，家具和油漆里面的甲醛就释放不出来，相反，气温越高，释放越快，往常冬天都是油漆的淡季，但住在阳台上的主顾也并非往常之例可循，仲明也就忍住没有说。

二人吃着两道小菜，刘先生说，你们平常上门油漆会不会遇到很多有趣的主人家？

看你怎么定义有趣了，仲明一边喝汤一边说道。

刘先生道，之前帮我改造厨房的那个师傅很有意思，他调整了一下座椅，竟然有些眉飞色舞起来，那个师傅说他有次上门给人装家具，女主人五十岁上下，穿着一条半透明的吊带纱裙晃来晃去，空气里都是她的气味，嘴里一直和他风言风语，他说他忍得很难受，但又怕人家讹上他，才勉强没接茬。

他能有几个钱，主人家倒有工夫讹诈他？仲明一副不可置信的样子。

我也是这么说，他说你不懂，这年纪的女人老公大多不中用，也没什么思想负担，遇到好些都是这样。

我看啊，他多半是在吹水，仲明道。

刘先生说，我就问他，这么多机会倒真能忍住？他说他吃过大亏。他来香港已经好些年，早有了香港身份证，老婆孩子都在内地，他为了赚钱除了装修还做些物流生意，于是也认识不少生意上的中介，就有人给他介绍假结婚，两地结婚信息不互通，办一次证件十万块，他贪心就拿了。拿了以为就完了，但最近港府查得紧，经常派社工上门看他们的家庭，看看他的新移民"太太"融入情况怎么样。他们没法，只能住在一起，女人住卧室，他睡客厅，他自己说啊，说女人贪他赚钱多，老是穿着内衣走来走去，看得他很难受，还诱惑他。他说，作为男人，那怎么可能忍得住，就做成了真夫妻，这可好，给两个女人交两份家用，一辈子受苦。

仲明笑道，这种故事倒是难得听说。

刘先生也笑道，他还说我现在年纪小，要多把握机会呢。你们常在社会上走动，应该遇到的人也多，你可遇到什么特别的主顾或者特别的房子？

仲明想了半晌，说道，其实这里就挺特别的。

刘先生一惊，以为哪里唐突了他，左右一想又没什么头绪，再一想忙赔着笑道，我确实想得比较多，计较比较多，你别介意才好。

仲明说道，不是你想的那个意思，这样，你去洗手间，架个梯子，靠近排风扇左边一格塑料天花板，手指往上顶一下，就能掀开，你看看有什么东西吗？

刘先生不知何意，左右看了一下。

仲明道，你去看一看，我没有恶意，你看一看就知道了。

刘先生觉得他言语间有些别样的镇定，便真架着梯子往洗手间天花板上掏拨了。

仲明问，摸着什么没有？

刘先生连打了许多个喷嚏，皱着眉头探过头来道，有个信封。

仲明道，就是这个信封，你打开看看。

刘先生鼻子秃噜了几下，又道，有张照片。旅游照，人倒是不认识。你怎么知道天花板上有东西？

白　鲟　113

仲明缓缓道，因为我在这个房子里住过。

三

曼彻斯特冬天很冷，和香港的冬天颇有不同，九月底就起北风，刀切斧割，如维京人的号角与战吼，严峻冷酷，无穷无尽，很难想象这样的世界会有美人鱼的存在。仲明来曼城一开始住在中学同学家，睡沙发，起初准备找些油漆工作，但发现英国本地人常是自己刷油漆，并没有那么多零工的需要。紧接着几个月在皮尔港货柜码头零星顶班，但那边多是保加利亚人的地界，贸贸然没什么久留的机会。

倒是同是曼联球迷的发小，介绍他去了奥尔德姆一家三文鱼包装厂上班，每周四十小时夜班，时薪27英镑，单周发薪，走白工合同避税。因为地方远，招工介绍上还专门说自驾者优先。工作内容比较简单，无非操作机器打包、称重分类、真空装盒等。流水线厂房温度大概五度左右，仲明每次进车间，打卡后需要换上白色工作服，戴上防尘帽、口罩，然后是蓝色塑料围裙、护袖和手套，进到车间就是五个小时起步，每五个小时会停两小时，让机器和人歇一歇。仲明所在的位置就是斩切区，新鲜的三文鱼切头去尾，片柳斩骨，放上不同的传送带。机器噪声很大，旁边的年轻人常常会戴个大耳机边听歌边工作，仲明也准备买一个。他进车间发现各色人都有，听说老板408疫情签、学生签、Working Holiday一签二签三签、BNO、难民签什么都收，自然也遇到了好几个香港人，方便搭伙回家。

三文鱼包装这一行，其实很容易出事，手上全是利器，传送带后面又是各种切割的机械，在夜班高度重复之后，很容易走神切到自己，所以大家经常一边工作一边说话保持清醒。所言无非吃喝玩乐，譬如提振精神的好东西、增强机能的灵药、可以揩油的餐厅之类。仲明一半是没有兴趣一半是没听懂，他主要考虑的是快些攒钱买台二手车，然后有个自己的住处。房子可以先住北郊工业区的床位，车也在网上看好了。现在仲明的心思极简单，所以工友约他看球喝酒他也从来不去，因为在朋友家看球现在还是不要钱的。

两个月后仲明买到了之前心仪的2009年的一辆丰田车，储物空间丰富，便可以开始接私活，三文鱼厂的屯门同事介绍他去南城曼大附近拉肖默的中菜馆送食材，因为拉肖默有些远，下了大夜班大家都不愿意去，仲明盘算了一下，少睡两个小时多八十英镑，觉得可能还可以忍受，回北郊还可以试试带一趟Uber，毕竟正是早高峰的时候。这家川菜馆老板是对福建夫妇，来了十多年，还是一句英语不会说，见他是中国人模样，大清早竟然和他说起福建话，他听得不甚明白，只得点头答应，夫妇二人随即给他煮了一碗面条，加了虾仁香菇瑶柱肉片，是卤面的样式，他一口下肚，五脏六腑都有了温度，毕竟大夜班间歇大多也只是吃一个冷三明治，相较于此，实是天渊之别。

福建夫妇膝下还有个儿子，今年中六，叫家贤，准备申请大学，没心思学习，常常给女孩拍照赚钱零用，英国本地的学校似乎希望不大，他们想让孩子申请香港的学校，常找他探听消息了解情况，早上有时候让他帮忙送他去中学，周末店里忙时会帮着送外卖，凌晨收档时常常一起吃个夜宵。

我看了你的Facebook，家贤边吃剩菜边说。

那么多同名同姓的，你找到的未必是我，仲明边吃边看手机。

我知道，你就是那个黑白头像的。

仲明沉默了半晌说，都不更新的，你看它做什么。

家贤凑近身来，压低声音道，我爸妈要是知道你以前上街的情况，肯定不让你和我在一块玩。说时家贤脸上有着似是而非的笑容。

那就别一块玩啰，仲明面无表情道。

你放心我不会和他们说的，说着，家贤回头看了眼后厨正在驼着背洗碗的两个老人。我还是要去香港读书，至少混个学历，你得帮帮我。

我是帮不了你，你跟着我只能送货切三文鱼，仲明边说边夹了块蚝饼。

家贤笑道，你多教我几句广东话，不能只是"唔该"

"多谢"，要复杂一点的，中介说面试的时候，现在人人学精了，都会学几句广东话套近乎。

骂人话我倒可以教你一些，冚家铲、"五大字"什么的我比较擅长。仲明对他缓缓点头道。

不是那些，那些我之后学，中介帮我准备了一些面试时用得到的素材，我准备单独用粤语说一段，你纠正纠正我口音，让他们觉得我用心。

行啊，不过付费的，时薪五十镑，我很忙的。仲明做了个手指数钱的动作。

也别五十镑不五十镑的，我去读书了PS5留给你玩总算厚道了吧。

那还行，仲明说道，寒暑假你回来可以还给你。

嗯嗯，不过我那个材料有点复杂，我讲一个动物起头的，叫作白鲟，你知道吗？家贤神色得意道。

仲明笑说，知道，大半年前有个人和我说起过，灭绝的鱼嘛，很大一条，尖尖嘴，建了大坝回不了家的嘛。

你也太牛了，你都这么熟了，这件事也是非找你不可了。"白鲟"两个字广东话怎么说？

仲明说了一遍，然后补充道，"白"要爆破，很短促，"鲟"要用些鼻音，和普通话里面沉下去的"沉"有点像。

家贤自己兀自练习起来，用力地发着爆破的音，好像是在骂谁一样。

仲明收到家贤信息的时候已经到家了。信息内容是：

我成长在古城南昌，城中有一座高楼，叫作滕王阁，俯瞰赣江，气势非凡，是"江南三大名楼"之一，有着一千多年的历史。随着朝代兴废，滕王阁一共毁过二十九次，又重建了二十九次，最近一次毁了几十年，建筑学家又通过文字和图画重建了出来。长江之中有一种巨大的淡水鱼，叫作白鲟。白鲟是洄游鱼类，从长江到入海口附近，都有白鲟出没，长江的支流赣江，也是它们的栖息地之一。但上世纪末随着滥捕和兴建大坝，隔断了它们繁殖的路，白鲟也随之逐渐稀少，2022年被宣布灭绝。我和父母离开故乡已经许多年，赣江和滕王阁的印象已经模糊，但我还想回去看看自己的家乡，疫情隔离、经济情况、文化隔阂都是我们回家路上的大坝，我愿回到华人世界，学习生物学，去寻找那些已经消失的白鲟。我相信它们只是躲藏起来，并不是消失，去年云南"消失百年"的竹生羊奶子、大花石蝴蝶、异叶苣苔通通再现，"消失"115年的七子花、"消失"113年的极度濒危的尖齿卫矛也都再次被找到，我想象白鲟也正在赣江水底悄悄游动，寻找回家的路。

仲明照着段落说了一遍粤语，说完之后觉得有点不对味，又给家贤发了一条信息：写得很好，就是太书面语了。

还有，你们不是福建人吗？

家贤秒回了一条信息：都是中介写的，中介说面试官又不知道你祖籍哪里，编得好就行了。

刘先生手里的照片上有两个人，右下角的时间已经模糊了，一男一女紧靠着留影，背景是一座古建筑。刘先生仔细一看道，不就是滕王阁嘛。

仲明说，这两个人是我的爸爸妈妈。这里以前是他们的房子。

他们去过江西？刘先生问道。

好像是，我没有问过，可能是结婚前的旅行吧，那时候内地开放不久，很多人都想去看看。

其实现在发展得挺好的，你也可以回去看看，挺漂亮也挺现代的。

仲明说，实话说了吧，我这样的人罗湖关口都过不了的。

刘先生上下打量了他一圈，说道，我明白了，可是，我以为你这样的情况已经跑路去别的地方了。

仲明说，本来是之前就准备走了。

四

仲明的父亲最后一段时间在病床上就像睡着了一样。

他这辈子就没怎么吃过药，医院也只是陪人进过，健硕惯了，甚至睡觉都不多。父子二人一年多不正经说话，比同居室友还不如，每个月出粮仲明就摆五千块房租在信箱里，老头拿了也不吭声。除了做冬、春节会一张台子上吃饭，其他时候仲明都是点外卖或者在工地上解决。仲明这两年混迹在不同的工地和水电工程中，做点帮忙的活。仲明小时候也做惯一些边角的工作，父亲在电影公司的道具组，工作繁忙常常不着家，仲明便找去片场玩等父亲下班，父亲有时是在制血浆，有时候是在做假肢，或者给泡沫塑料上色，涂成木材的颜色。父亲在剧组有个外号，叫作"通天晓"，剧组凡有些搞不定的场景和需要执生*的安排布置，往往都请他帮忙，他也是豪爽惯了的大佬，常常自己片场的事搞定了，还去隔壁片场帮忙。仲明那时候常常央父亲让他帮忙，父亲应允之余却不许他马虎作耍，直把他当作一个不用钱的学徒，一一都是标准的要求，倘有错漏，反手就是一个巴掌。仲明挨了打也不吭声，硬颈是潮州人的标签，打个巴掌算什么，仲明挨过铜头皮带、藤条、衣架、天线、皮鞋，通常父亲打累了或者手上家伙不顺手了，还是气不顺，会冷冷地和仲明说，去阳台上拿个衣架来，仲明便起身，晃晃悠悠拿了来，继续打。仲明从出生便挨打，心里也曾暗暗发誓，将来要打回来。

---

* 粤语，此处意为随机应变。

那年夏天街上闹哄哄，仲明天天不在家，而老头子夜夜看电视，想看到自己的儿子又害怕见到自己的儿子，几个频道来回切换，直看到睡着，也不见儿子回家。好容易回一次家，却也是从差馆接回来的。那天藤条也打断了，一米八多的仲明始终一声不吭，自己起身喷了点撒隆巴斯，回头看自己的父亲还坐在椅子上捯气，心里满是厌憎。

这一年多，仲明忙着攒钱出国，日日都和自己群组内的朋友玩，有日聚到早上六七点，臧否人物时事好不痛快，回到家开门便闻到一股粪便的气味，往内走去便见父亲倒在地上，裤子上全是便溺晕开的痕迹，老头见了他，嘴里断断续续说了句，好污糟，对唔住啊。仲明爸爸之后便一直昏迷，再没有开口说过话，旁人都和仲明暗示说可以拔管了。仲明却怎么也想不通，原来大脑中一个小肉球破了，有这样的威力，不仅炸坏了自己的身体，也把仲明的积蓄炸没了。他也想不通眼前这个早前还用铜头皮带抽得他背上一道一道的大汉，现在躺在薄被子里，黄瘦得像一只蝙蝠，真想给他两拳，两人起来干一仗。

收拾遗物的时候，仲明发现了一个工具箱，上面写着"邵氏影业"，打开后里面一层层码满了颜料已经干透的颜料盒，一侧是几支笔头已经分叉的油笔，一侧是一个塑料文件夹。仲明打开来，是一些文件，他在邵氏的合同、房契的副本、结婚证书和两人出生证明纸的副本，还有他的出生纸，都夹在一起，没有照片，只有潦草的字迹，长期受潮,几乎要黏在一块。

仲明说道,我后来把钱花完了,就重新攒钱,什么活都做,油漆水电、泥瓦搭棚,让自己忙一些,这不,看到你这个单就上门了嘛。

刘先生问道,你母亲……

我妈啊,年轻时从内地来香港,想当明星,在片场认识我爸的,我爸经不住"诱惑"就结婚了,两个人结婚后就一直住在这儿。后来两人处不来,有天上午她带我去旺角买了好些玩具,午餐带我吃了顿牛排,然后送我回家,她却没上楼,我在楼道口问她要去哪里。我记得很清楚,她说道,我要去上班呢,《海的女儿》的故事小时候和你讲过的吧,妈妈这次是要去演主角的,演一条美人鱼,会在英国上演,所有人都已经在舞台下面等着了,我要去赶飞机。我说,那你早去早回,一起吃晚饭。她笑着摸了摸我的头,就走了。

刘先生道,那你爸也挺不容易的。

仲明说,后来要卖房子搬家,我死赖着不肯走,买家都带测量师傅上门准备重新布置了,我还是哭闹不肯搬。买家有个女儿,是个比我大一些的姐姐,还一直安慰我。我就求她说,东西没搬完就不算搬走,请她帮我把照片藏在厕所的天花板上,总有一天我会把这个房子买回来,到时再把照片拿回来,在此之前请她替我保管好。

所以那个姐姐就是我的上手卖家?

仲明说道,我也不知道,说实话,我也不记得她的样子了,她可能也早忘记这件事了。

你要是想,以后回来的话可以常上来坐坐的,真的,没有问题的,刘先生说。

仲明说,谢谢你这么说。不过,倒真有一件事需要你帮忙。

第二年夏天,家贤还是申请到了港校,按照他的说法,面试官听了他的陈述,明显眼中有光。仲明很怀疑这件事,也许这只是因为香港出生率太低,招生门槛一降再降。

复活节假期的时候,福建一家人邀请他一起去绍斯波特玩,其实就是利物浦边上的南港,来回一个多小时的车程。家贤妈妈听说那边 Ocean Plaza 里面有家很好吃的自助餐,四人便早早计划了上午出发,海边走走,晚些入座吃午餐,因为一点半后第二轮翻台有七折。

这天是难得的晴天,天空高阔,云鸥辽远。仲明一辆小车一路往西开,放着 Mirror 的歌,两位老人上车后很快便张着嘴睡着了,仲明在后视镜中看到他们俩随着道路起伏微微点着头,好像在肯定过去一年的辛苦。家贤坐在副驾驶座位上,玩着手机,突然想起什么似的,和仲明说道,上次你翻拍给我的照片我看了一下,这种古早胶片机很少见,我问了几个朋友,说可能是一个内地牌子,叫海鸥。

仲明说，没有听说过，牌子倒无所谓，日期什么的看得出吗？

家贤说，看不清楚，边缘磨损了，就看到19。

那肯定是19啊，不可能是18××年吧。话说照片上印字这是什么原理呢，能不能倒推回去呢？

家贤来了兴致，说道，这个技术英文叫Date Back。最开始单反相机后背是可以更换的，可以换用日期后背。后来，技术日益进步，用几个按钮代替了复杂的转盘。绝大部分傻瓜机也都有了这种日期功能，后来又发明了记忆功能，还可以记忆若干年的年历、月历、日历，只要第一次调节好日期、时间，相机就会自动打印出正确的日期和时间。不过，这些功能是要用电的，维持记忆也需要用电，纽扣电池就行。纽扣电池很省电，一般可以用三至五年，不过，电量耗尽就无法打印了，储存的时间和日期也会丢失。

仲明道，也就是说，现在就算找到相机，也没法倒推了。

家贤盯着那张照片，看了半天道，我感觉是1990或者1998。

不可能，他们1988年就结婚了，仲明平静地说道。

那你怎么确定这张照片就是结婚前照的呢？

他们结婚前确实去过内地。

结婚后，也可以去啊。我看啊，可能是蜜月旅行也不一定。最关键，你不能就给我一个翻拍照片，下回原片给我看看。

车到了绍斯波特之后，众人见 Ocean Plaza 停车场早已经停满了车，仲明便接着一辆皮卡，停在海滩外侧一架巨型卡通美人鱼广告牌下面。说是海滩外侧，其实已经是多年的滩涂，只剩下沙泥间的零星的几湾海水，放眼望去，沙滩如丘，一路起伏绵延，直达远天，滩涂上有一极长的码头，码头下两排支柱蜈蚣脚一样裸露着插在滩涂上，离地将近两米高，仿若空中楼阁，支柱上那些蓝灰色的寄生贝类的痕迹也似乎在提醒着，众人所在之处，百年前皆是近海的水底。码头左近有一些零星的游客，在沙泥间支起了大阳伞，躺在躺椅上消闲。家贤妈妈在滩涂边脱下外套，披上丝巾在风中摆着并不十分婀娜的造型，丝巾轻轻飘动，家贤拿着单反，家贤爸爸举着 iPad，围着她边走边转边拍，不时配上赞美。

这码头太长，竟有小火车接驳去往尽头，仲明没有坐，走侧面的行人道，沿路顶着风，一直往远处走。码头上木板稀松，刷白的油漆也已然斑驳翘起，铁质的扶手上有海风的腥味。仲明眼望四周，依然是退潮后的大片滩涂，可不知怎的，似乎总能听到海潮的声音。走到码头尽头，大概需要十来分钟的时间，末尾栏杆边有许多老年人正一起合影，其中一个老人指着北方遥远的一团黑线说道，那是布莱克浦港。摄影的老人，招着手，友善邀请仲明给他们拍照，仲明给他们打直打横，各拍了一张，老人看过后，连连感谢。仲明站在栏杆边望去,海潮似乎还在不可见的地平线外。

仲明拿出手机,翻看那张翻拍的照片,滕王阁下的两个人笑容灿烂。他在谷歌上搜索了一下滕王阁,看看百科知识中,发现有这样一行文字:"1989年10月8日,重建的滕王阁正式落成并对外开放。"仲明一惊,原来那看不清的数字可能真是1990,如此想着,他看着母亲的腰腹,也确有些隆起了。

仲明原以为他从来没有去过将来也未必有机会去的内地,但其实在他还在母亲腹中时就去过了,去过毁坏了二十九次,又重建了二十九次的滕王阁。而在滕王阁俯瞰的赣江之下,其时或正有白鲟游过,去更上游栖息繁育,它们在水中疾行,不过是渔网和大坝间的幸存者,并不了然未来的命运如何。仲明站在码头上,想起刘先生受托依然摆在那间房子天花板上的照片,心里很安静。此时北风鼓动着码头上的幡旗,而他被滩涂湿地包围,在等待着潮水归来。

文康乐舞

一

天还没亮，我就醒了，闹钟并没响，窗帘外头也还是蓝灰色，我闭上眼睛，头脑中一条条过着今天的拍摄计划，已然没有了睡意，于是我就这样等着闹钟响起来。

早上六点我们按照约定，到了林船长家，准备拍几个镜头，做一段简单的访问，之后再一路跟拍。到了他家自建的小三层门口，便见到他早站在当门等候，身材不高，身上一件赤红底黑字阿玛尼 logo 衫，底下一条中裤，一双人字拖。他削肩膀圆肚子，小臂小腿格外粗，项上一个大光头，细看却有一层薄薄的如霜白发。他皮肤黝黑，面阔耳方，眉毛很浓，眼睛却很细，笑意盈盈，很似庙里负责外事的大和尚，他稍稍举了下左手朝我们示意，点着头和我们打招呼，继而伸出右手和我们一一握手。他的手指很粗，手掌也很厚，像是戴了层手套。

今日是他出海的日子，我们设计的第一组镜头就是他在门口空地上整理出海用的绳子和箩筐，顺便介绍他们家世代出海的故事。第二组镜头是他和伙计把粮油用品搬上

文康乐舞

小货车，先送往码头。第三组镜头是室内景，拍摄他和他家人临别一起吃早饭的场景。

外头是和别人家一式的三层楼，里头却十分富丽，欧式天花板大吊灯，底下是红木家具，大理石瓷砖贴满墙面与地面，他的妻子和两个儿子正在八仙桌前吃早饭，三个人都比林船长高大，只是胖得没有款式。桌上早饭十分丰富，猪蹄、卤面、炸虾还有蒸鱼。林船长和我一一介绍这些菜色里的海货，都是他出海捕鱼的收获。一道道菜，摄像师挨个给特写。我看了有些饿了，小吕小声和我说，早上几乎什么也没吃。我说拍完这场再说吧。

2013年的时候开始做这行。他摊着手说，我点点头，指挥小吕给镜头。

就有贷款和油补了嘛，就有了第一艘船。

您现在一共有几艘船？我问道。

他张开一个手掌，有五艘。他说，刚开始的时候就一艘，一次出去两三天，满载。

方便透露一下一次出海的收入吗？

他搓着手，笑起来道，一天两万块的样子吧。他顿了顿，接着说，不过也要伙计工钱等成本，还贷款嘛。

出海是不是要去很远？

一百多海里，到台湾海峡，很多到那里跑船的。其实，一天两万块也是好几年前的行情，现在油价贵，收入不如以前，竞争也多，有时候要去远些的地方，广东、浙江还有钓鱼岛，我们都去的，所以现在一去就是好几天。

我们调转镜头，问女主人担心吗。她一边吃虾一边笑道，肯定担心啊，我劝他也可以早点退休的。

林船长笑笑，没办法的，我们是海上跑惯了的，福建人讲，爱拼才会赢嘛，不出去闯一闯，总归不安心。

林船长下一步是去斗美宫烧香，预备八点半出发，他去楼上拿早先预备的供品。我们在屋里又补拍了几个镜头，也和他两个儿子聊了几句，问他们将来有什么计划，也要做船长吗？

他们两人露出迷茫的表情，大哥道，我要做个rapper。

做个……什么？

大哥说，我要做个rapper。说着就对着镜头唱起来，呦呦我是林广智，来自祥芝，X-I-A-N-G-Z-H-I，keep it real，呦，我老爸出海，到海上捕鱼，捕很多大鱼，有很多酸楚，也引来嫉妒，呦呦，我们赚了很多钱，于是他们红了眼，他们说我们是富有人，可是他们没有办法，那是我们的实力，他们嫉妒，管他们嫉妒，他们就是嫉妒……

我看了眼小吕，都拍下来了吗？

小吕点点头。

林船长从楼上拿下来一红帆布袋的供品，打开来看，里头都是祈福的纸钱，黄底红字的繁体字"平安发财"，周边的一圈"发"倒是简体字。林船长把帆布袋放在电动车前面,让我坐后座,车子不很大,我小心跨过去,两手抓紧后头扶手。摄像跟车,小吕摇下车玻璃,指指自己脑袋,意思是头盔呢?

我还没来得及反应,车就突突突地往前走了。

车走得飞快,偶有停驻的时候,我便问他,这斗美宫每次出海都会去拜拜的吧?

他说,那是肯定的啊,里头供奉着池、朱、李三位王爷,专门保护我们出海渔船,很灵呐,香火也旺。池王爷能祛瘟去病,特殊时期,更要拜拜,你说对吧,争取出海了顺顺利利回家。

您说得是,我也这样想,这大半个月给你们添麻烦。拍完纪录片我们争取也顺顺利利回香港。

不麻烦不麻烦,你们很好啊,我两个儿子就是不肯读书,其实也不笨的,小时候也拿三好学生,年年都是。你们后面多和他俩聊聊天,带带他们,将来去香港念书,也拍电影。

我笑说,那很好啊,欢迎来香港,但别学电影,特别是别拍纪录片,我现在后悔死了,就怕毕不了业。

他说,毕业应该不愁吧,主要是找工作。他顿了一下道,毕业的事情,节上可以去领导那里走动走动。

我笑了,接着他的话道,刚刚您说斗美宫池王爷祛病,我家乡村里很巧也有个大庙,车公庙,供奉车大元帅,四境保平安,就是三百多年前求他祛疫,才立了车公庙。

他说，蛮好，村里面主要做什么生意？

我说，村里是养蚝，也捕鱼，虽然比这边小多了，但也有点像。

他说，养蚝辛苦啊，种蚝田，吊蚝排，蚝又长得慢，拢共要好几年才能上市的。

我笑道，村上人也做惯了这种辛苦活，不过这些年也走了不少年轻人了。

他说，你一个女孩子挺厉害，拍电影又扛机器脚架，又要负责交通和规划什么的，也辛苦的。

我笑着答他，学这个就是这样。而且男孩女孩也没啥不一样的。

没啥不一样的，他重复道。

斗美宫我事先做过调查，在祥渔村，面朝洛阳江入海口，又离泉州港很近。这庙宇始建于清代，现在这三开间的建筑，是1992年重修的，周边村镇渔民出海都会来拜拜。到了庙门口，早有地方上负责外事的同事等着我们，姓赵的一位副主任，早前对接拍摄许可也是小吕请他二舅出面，对接了赵副主任安排的。他倒也没怎么多话，简单打个招呼，戴着口罩，客气地远远站在外面，茶色眼镜，polo衫，黑西裤，瘦得有些憔悴，像八十年代内地的公务员。

这斗美宫远看不大，但赭瓦上红绿相间的腾龙鸱尾设计极为繁复，很有闽南本地的特色，地面四周用铝合金门窗包裹，约是防台风的设计，进到玻璃门内，当门四根巨大的盘龙柱，金碧辉煌，却也用透明塑料纸包裹着。门上"斗美宫"三字，再进去就是正厅，这庙宇虽不大只三进，但纵深了得，两排大供桌上密密麻麻摆满了几十个红色塑料箩筐，里头是一色的米和油，也有牛奶饮料、旺旺雪米饼之类，加上各自一个供品纸袋，上面还写着字。箩筐间不容空隙，整个把供桌遮住了，几乎使人觉得这些满满当当的供品篮，是悬浮在空气中。大梁上挂着两排红灯笼，书"清供植福"，下头是赭色幡帷和坛帐，上面各绣着三个八卦，里头是池、朱、李三个金字，下面便是神坛，上供着三位王爷的木雕像，庄严英武。林船长提上自己的供品，小吕已经在跟拍了，他给了我一个 OK 的手势。

我问道，这纸钱的供品袋上写的是什么？

林船长道，那是出海船的船号，船长的人名。

单拖双拖是什么意思？我看下头有写。

一条船叫单拖，两条船就叫双拖。

他继而走了一遍流程给我们看，点香三叩首，掷筊点祈福灯。拍完斗美宫的镜头，我们便一同坐车去码头，赵副主任也跟着。到了码头赵副主任和码头领导报备之后，我们用无人机拍了几个航拍镜头。我们以码头为背景又问了几个经济前景的问题，林船长答了几句，就说要早些上船了。我们跟着他继续拍了几个在码头上摆东西上船的镜头，又问了几句天气和几个船只保养的问题，眼见时间已经差不多了。我们最后一个镜头就是我站在码头上，和甲板上的林船长挥手告别。

下午要回厦门拍另外一条故事线,拍三四天,等林船长返航再拍几组镜头,接着回晋江。十一点没到,赵副主任带我们去码头一家餐厅吃饭,小吕父母和二舅二舅妈已经等在那边,点了一桌菜。昨天中午我们已经吃了一顿大的,今天又是大鱼大肉,我见了却有点没胃口。小吕父亲要给我们倒茅台,我也推辞了。吃到一半,我突然想起应该拍几个林船长住的村子的镜头,今天光线这么好,却漏拍了,过几天据说下雨,恐怕就不好补了。我看了看小吕和他家人。我说,要不你在这吃,反正不顺路,我自己去拍几个镜头就回来,简单的,也不耽误你吃饭。

他没说话,赵副主任主动提出来送我去,说,我开车送你过去,你在我车上吃点,回来正好。

一路无话,我把塑料袋里的冷面包吃了半个,肚子倒有些疼起来,小腹沉沉的,知道是来 M。其实昨晚上就有点预兆,想着今天早上在酒店门口买一包卫生巾,后来竟忘了,忙起来我便也没怎么理会。此时我心下想着采访的内容,同时一路翻看后面几天的路线,还有走访计划,单觉得人有些疲乏。乡间路是很平坦顺畅的,但偶也有些泥泞起伏处,这么一晃一晃,我倒有些想吐了,但想想似乎也没有很远的距离,大约可以忍一忍。在犹豫是否要和赵副主任说让他慢一点的当口,我觉得可能不能再忍了。

赵主任,这附近能停车吗?

文康乐舞

怎么了，马上到了呀，估计再开个十来分钟。

赵主任，我要用下洗手间，现在就要用。

赵副主任愣了一下，也没有回头，似乎在犹豫说什么好。

我说，我怕把你车弄脏了。

车快速穿越田埂，拐过一排大棚，便又上了一条大路，路上一个人也没有。而两边是一例的樟树，郁郁葱葱的，好像夹道欢迎。这大路在一个土坡前离奇一拐，道路也齐整开来，好像是有人刻意修过。

前面就到了，别着急，马上就好，赵副主任说道。他方向盘把得很稳，一只手伸出来，指着前面说，过了石桥，前面那几家。

我尽量稍稍侧过身不动，把脸贴在车玻璃上，瞥见车过桥后上了石子路，迎面便是几棵高得难以在车窗里看清的古树，近处则是错落的农村自建房，多是本地常见的南洋骑楼，有石质的也有砖质的，走了一段变成联排的小三层，红砖绿栏杆，一片赭一片白，中间夹着一条蜿蜒的车道，直通到看不清的所在。房子多贴着年节上的春联，也有挂灯笼的，但各自底下不同，除了家门前各停了几辆助力车外，倒也有一两家改造成小卖部模样，贴些广告招贴，酸奶、中国移动不一而足，有的则当门立着架子晒满了水茄子和各色生果。我一家一家看过来，想着到底哪家能把洗手间借给我。

车停在一栋装修新净的小三层门前，赵副主任先下了车，头也不回便往里头走，我也开了车门，走出来低头检查，确认座位没有弄脏，手里的纸巾握得也没有那么紧了。我尽量缩小步幅，前后望了望，当下正是吃饭的时候，各家都闭了门。倒只有这家是开了门的，门楣上贴着四个字，"显佑乡里"，底下披挂着帘子，看不见里面的底细。

不稍时，赵副主任和一位老妇人出门来，老妇人向我额首，侧身微笑道，你跟我来。

这妇人穿着围裙，约略五十多岁，焗的一头乌发，而眉眼间是不容怀疑的善意。我看了一眼赵副主任。赵副主任抬抬眼镜，点头道，你跟着王老师进去就好了。

赵副主任还没说完话，王老师已经为我掀起了帘子，我感到抱歉道，不好意思添麻烦了，遂低头穿了过去。进门后，我便一愣，里面竟是满堂华彩，与外头朴素的装潢不同，里头原是一间进深足有七八米，明亮阔大且整洁的佛堂。四壁与地下皆是洁白光滑的瓷砖，光亮照上去，显出牛奶在玻璃杯中的质感。佛堂尽头一张宽大的实木长台，前头三个蒲团，左右两个大花瓶。长台上头设了一座神坛，架设了帷幔，中间摆了十数个木雕和陶瓷佛像，大小虽不一致，却安排得十分齐整，庄严厚重，每一尊雕像都披着黄澄澄的披风，匆促间认得有佛陀、弥勒、观音、天后、关公等，底下是十数个接了电的莲座灯，焰火如水，遍照面前的新鲜水果与鲜花，另还有些零食、纸包牛奶，照例也码放得整整齐齐。神坛顶上垂一架大琉璃盏，亮着灯,照得神坛上的尊容栩栩如生。

在后头,可以一会出来再拜拜,不着急的。王老师微微拧转脖颈,露出耐心而宽容的表情。

后头的洗手间也非常整洁,我却更加烦躁起来。褪下裤子头皮后颈都在发麻,下午的计划怎么办。

我一边想一边恼火,却听见有人轻轻敲门。我忙道,不好意思不好意思,我马上好。

外头传来那王老师的说话声,你要是不方便,一定和我说。

我愣住了,恐怕赵副主任见了已明白七八分光景,便和她说了。

她在门外接着说,你别误会,我也是瞎想的,万一你需要换点什么,我是说万一的话,你要和我说。我女儿比你大不了多少,家里还有些她没穿过的衣服,或许你可以替换的,都是干净的。

我厚着脸问王老师拿了一条黑色长裤,后来又怕不保险,几乎是扇着自己耳光问王老师,家里会不会恰好还有一次性的内裤。王老师在外头愣了一下,说一次性内裤倒是没有,不过有新的。

王老师女儿的尺码稍稍要比我小一些,不过这已经无关紧要,能穿进去就已经很好了。离开洗手间前我再三确认洗手池和抽水马桶我已经擦干净了,地上也没有水渍,卷筒上的厕纸我恨不得像酒店里那样折出一个角来。我把脏衣服卷一卷塞包里，小心地开了门，见王老师坐在穿堂的一张小板凳上。我背和膝盖都自然地弯下来，双手合十，连连道歉，冒昧打扰，我过几天把裤子洗得干干净净，一定亲自送回来。王老师笑着站起身迎上来道，别这么客气，赵主任说你们香港高才生过来拍片子很不容易。我女儿也是学电影的，她之前在外头也多得人照顾，咱们去前头礼堂拜拜吧，我看你也有心。

我连连点头，便跟在她后头回到了佛堂。

赵副主任见我出来，便站了起来，倒也没说什么，打量了我一下，他反倒局促起来，像斗美宫前那样站在一边。来到神坛前，王老师拈了三支香递给我道，在香炉上借个光，拜三拜便是了。铜炉的香灰里立着几支红烛，我手里斜着悬起三支香，便停在焰火上，除了一阵热气，又有一阵异香扑面而来，那十数尊雕像的表情似乎也显得更生动庄严起来。点燃香头后，两只手悬回，用手指拈住香尾部，高举过头，鞠了三躬，再在蒲团上叩拜再三。

起来时，王老师笑说，年轻人还像你这么懂的不多了，我看你像烧惯了香的，还是香港都这样？

我说，我们香港村里也有个庙，车公庙，之前还和赵主任讲起，三百年前我们蚝村村民为了感谢车公显灵，祛除瘟疫，于是在神前许下承诺，每隔十年举办一次打醮。除了联乡打醮，村民日常初一十五都要上庙拜拜的。说起来，车公庙前还有棵大榕树，根深蒂固，历来街坊们都会

文康乐舞　　139

在树根上摆上各式自家送来的佛祖、观音、关公，总有几十尊，底下香火极旺，看到您这儿，我一下觉得特别亲切。

王老师笑说，你倒提醒了我，你稍微等等。说着风风火火到后头去了，我不明所以，站在原地，四下安静下来，却听见长台上原来细细播放着佛教音乐，轻吟浅诵，往复无际，煞是好听，我顿时觉得心神安稳，拍摄的事好像也没有那么急了。她回来时，手上端着一碗米粥汤，说，今天刚熬的，你可能这几天累着了，要补补，再不济暖暖胃也好。我见粥里有些咸肉小菜、虾米小蚝仔，道，王老师，我这真是久久没尝过这粥的味道了。

王老师问，你之前来过泉州？

我摇摇头道，我们村车公庙十年一次联乡打醮，到今年年底又该打了。我参加过两回，每次法事结束，长辈们会给我们熬蚝粥，香的不得了，我见这碗粥就想到了。

你是想家了，王老师缓缓道。

我咕噜咕噜喝了下去，顿时觉得五脏六腑有了位置，身上发了一阵汗，也多了些气力。

我一再道谢，王老师接过空碗道，过几天就是十五了，我女儿初一十五都会回来，家里人也比较多，你要是能过来再拜拜更好，那时候不仅有粥还有面，你也可以尝尝。

我说，好咧。随后和她加了微信，说是言出必行，要回来还东西。我见她的微信头像是一朵荷花，名字叫"心香一瓣"。

和王老师告了别，便和赵副主任上了车。赵副主任一直没说话，我便先开了腔，问道，这一路上真是添麻烦，您饭没吃好，车也开得不痛快，都怪我。只是没想到还有这样的地方。

赵副主任说，不算什么事，正好开到这边村上，我想到她家肯定是不会关门的，旧相识了，开个口没什么。

我说，都说泉州民间信仰厉害，家里有这样的佛堂，走进去，真挺震撼的。

赵副主任没有说话。

我接着道，她说女儿初一十五会回来，可能我们过几天回来拍还能碰到。

赵副主任还是没有说话，外头阴了起来，玻璃上多了一些小细点，赵副主任打开雨刮器，车里只剩下空调的气流和橡胶与玻璃摩擦的声音。

赵副主任两只手托在方向盘上，手指轻轻拍了拍，说道，她女儿去世十来年了，那堂佛像，就是为她女儿而设的。

二

香港富山公众殓房之前媒体有报道过，存放率超过300%。我不明白这数字具体是什么概念，直到自己来到此地，走进冷冻室，见到成批棕色的标准棺材不得不像金华火腿那样一个个码在一起，堆在几米见方的钢架上，而钢架也分几层，密密麻麻挤满了，棺材板上面贴着手写的编号，整个冷冻室约有二三十个这样的钢架，而棺材的数量我已经不会数了。同样因为过载的原因，冷冻室也没有我预期的那么冷，于是顺理成章地，即便我穿着防护服，戴着N95口罩和面罩，那种肮脏厕所里才会有的陈年臭味依然弥散在空气中。刘警官、工作人员和我三个人，都是全副武装进来，工作人员口中小声念着号码，走到冷冻室一角，找准一个钢架，从门口挪来一架扶梯，便上架子从上头推出一口棺材，沿着扶梯外头的斜坡，那棺材就慢慢滑下来，我和刘警官想要去扶一把，却见那人这一套动作无比娴熟稳当，恍若从宜家的货仓运下一件崭新的家具。他继而扭开卡扣打开棺材盖，便见到一个黑色不透明的尸袋，工作人员说，可能有点味。说着他拉开侧面的拉链，里面又有个透明的尸袋，侧面挂着个黄色标签，上面写着"第二类"。尸袋里散发出混杂着双氧水的怪味。

比我想象的好点。我指了一下，和他俩说。

刘警官和工作人员都没有说话。

我自顾自轻声笑了一下，却好像因此呛了自己，咳了几声，咳着咳着眼泪就止不住了，我感觉自己像个灌满水的气球，眼睛的位置被人扎了两个洞。我试着憋住气，肩膀却一直在抖，面罩上于是很快起了雾，这样很好，这样他们就看不见我哭了。

确认了身份，就要填表格，落实火葬和土葬的意向。我选了火葬，老头说过，钻石山火葬场好，设计新颖现代，又是环保风格，旁边还有足球场，非常好。

窗口填完表格，去休息室换下防护服，我回到大厅座位和刘警官一起等法医科医生叫号。刘警官坐着没有说话，周遭极其安静，气氛凝滞，只是大厅角落里一直有人吸鼻涕，以及伴随着轻微的咳嗽声和纸张翻页的沙沙声，如同音乐厅里交响篇章之间，那短暂的休息。

很快工作人员就叫了号，我便依照引导进了医生的办公室。推开门，戴着面罩口罩、身穿工作服的医生便站起身来，和我打了个招呼，示意我在办公室里面坐下。我向他颔首致意，随即坐下，他也坐下，见他背后有几张奖状，以及和港英时期警察的合照。

张小姐你好，我姓李，知道你骤然丧亲，真是非常遗憾，说什么也弥补不了你的损失。不过，大家都希望把老人的丧事办好，把事情弄清楚，后面的事情也就顺了。

我点点头。

李医生接着说，相信警官也和你简单说明了情况。我们今天会面，主要是想了解一下张先生之前的情况，做个备案。还有就是和你确定一下是否需要解剖。

不要解剖，都这样了，真的别再折腾了。

张小姐，你的意思我们了解了，我也完全理解，但是我也不能打包票。最后还是要死因裁判官决定。

文康乐舞

这个我也知道的。

张小姐,我也要循例问问死者,也就是你父亲有什么既往病史,以及过世前有没有什么特别的情况可以和我们解释说明一下。

我之前和刘警官说了,他主要是心脏不大好,搭过桥,其他也没什么病史。我这几个月都在忙毕业作品,人在内地拍片子。其实我在香港也是和同学合租,所以也没有经常和他见面,一般是周末,周末的时候才回去。他平时一个人住,和Tommy会出去散步,我一直很放心……听起来,你会不会觉得我很不孝。

李医生说,张小姐,你不用太自责,这也是一些偶然和客观原因造成的。

我想说话又忍住了。

李医生接着说,我们也给那只金毛犬做了检验,目前来看没有外源药物的影响,它的生理指标也很正常。我们这边走了流程,你拿到葬纸,然后尸体和狗,你都可以领回去。死亡证就还需要等通知。你这几天也要多休息,来这么一趟,对你来说也很不容易的了。

我说,其实情况比我想的好一点。

什么好一点?我不大明白。

遗体的情况,我是说遗体的情况。我之前居家隔离的时候,看新闻,说香港这一波疫情,医院和殓房都爆满了,很多遗体在医院停了超过八个小时才能送到公共殓房，殓房最近人流大，进进出出门都关不上，制冷效果又差，TVB 采访里面，有家属说，遗体摆得都发霉了，我听了吓得不行。还有人说在殓房和运输的时候这么叠放在一起，压坏了好多尸体，变形腐败得厉害，说甚至整个尸体肿起来，都没法辨认了。我那几天一直害怕他会变成这个样子，而且他本来又是那样的情况。

李医生说，这种情况我们心里也很难过，谁不想老人家走得体面，殓房现在已经二十四小时营业了，医院开死亡证也在加急想办法了，你放心吧，你父亲的情况，我们会尽快处理好的。你说的情况这几天已经好多了。

李医生轻轻推了推他鼻子上的眼镜，这时候我仔细端详，才看见他的黑眼圈以及眼白间的血丝，或许是恍惚，我甚至觉得他的脸颊轻轻抽动了一下。他给我递上了表格。

表格和那些政府文件无甚两样，一度甚至让我觉得自己在填税单，"最后还是要死因裁判官决定"，我脑中又回想起李医生的话。回到香港已经十来天了，什么都没法做自己的主，可是如今谁又不是呢，生人如此，死者亦是。我在去厦门的高铁上接到导师的微信电话，我本以为是之前问的采访报批的问题，接起来却是说，警察联系不到我，就联系了他，让我赶紧回家，老头子没了。

我问，是染疫吗？

导师说，现在一切还不清楚，先回来再说。

拍摄的事情，只能全部安排给了小吕，路上算了时间

文康乐舞

买了第二天的机票，下了火车直奔医院做核酸，晚上在酒店整理了回香港可能要用到的文件和隔离要求，顺便把拍摄提纲给小吕讲了一遍。第二天早上等医院开门拿纸质核酸报告，然后打车去机场，到了香港落地后，再排队做核酸，一排的桌子连成一线，每张桌子后面坐着一个机场工作人员，像大学社团招新那样，一个也不放过地填表格、查证件、领测试瓶、贴标签、排队检测，再在一块室内空地上一人一桌一椅，像DSE考试那样，让我们等待结果。一个个等着自己测试标签上的名字，被人喊起，戴上手环回家自主隔离。

我换好手机卡，就收到一条小吕的信息。小吕昨天知道了我的日程安排，帮忙收拾东西，也安慰了我一晚上，不仅对自己的工作安排没有一句怨言，今天还发了好几条笑话逗我。我在车上点开看，又是一条笑话："在家关久了，我发现邻居都变了，早上我在小区里散步，花园边上看到二栋的吴老太，蹲在地上在和她的猫说话，和那只猫说别再抽烟了，再咳嗽就去小区群里举报它。我都看愣了，回到家和我们家狗一边做快测，一边讲起这件事，它也笑了老半天。"

到出租屋前，我给刘警官打了个电话问他具体情况。刘警官简单寒暄说，要不我们在Zoom上视频聊吧。

Zoom会议的时候我意识到左上角显示正在录像，刘警官穿着制服，耸着肩出现在屏幕里，脸上显出微微讨好的神色。

我说，你直说好了，我有心理准备。等我隔离完了就太晚了。我这几天在家休息，也正好缓一缓，都视频聊这么庄重了，但说无妨。

刘警官在屏幕里像个羞赧的见习生，犹豫了一下才说道，我们是接到邻居报案，上门的。

我说，嗯。

有味道，敲门也不应。他接着说，我们破门前有敲门，打电话，但什么声音也没有。我们当时也觉得不妙了。破门进去的时候，发现屋里打碎了很多东西，桌上、茶几上、沙发上有很多玻璃碎屑。门窗都闭着，味道大的不得了。你确定要我说下去吗？

你说。

我们进卧室的时候，见到人向里侧卧在床上，好像很冷蜷缩成一团，后面裤子都烂了，身上……刘警官挠了挠头，本就稀疏的头发更加倒向一边。

他接着说，他身上有排泄物，下半身也是血肉淋漓，裤子上、床上地上都是。我们几个都吓坏了，我也没做几年，从来没见过这种状况。然后……

然后怎么样？

他说，我们正想着怎么整理这个场面，想着卫生和防疫的问题，这时候我突然发觉角落里有两个小点在发光，我们这时候才注意到墙角蹲坐着一只金毛犬，嘴角也都是血。

我说，黐线*，Tommy很聪明的，和老头子比我还亲，他会咬死老头子？

他说，你先别着急，我们也在做毒性检测，还没出结果，我们也纳闷，这狗非常乖，我们把它隔离起来，他一声也没有叫过，吃饭就吃饭，睡觉就睡觉。我们也问了法医，法医说，你父亲可能是因为新冠诱发心脏病突然去世的，家里又没人，也没吃的，狗自然就饿极了。人去世后肌肉失去肌力，大便会失禁，狗闻了味道，饿得不行，就会去咬。而且法医说，死者两条腿都水肿了，上面也有撕咬的痕迹。

Tommy来的时候还是一只小狗，我问过老头为什么会选一只金毛。他说，那时候在铜锣湾街上走，见到保护遗弃动物协会在为被弃养的小狗摆摊寻找新主人，见到周边人群聚拢来，其他小狗都摇头打滚伸舌头，只有Tommy在角落里，好像害羞一样，我想起来我小时候也很害羞。那时候人在广州，小学老师问大家，想不想成为龙梅和玉荣那样的英雄，本来就是很光荣的事情，大家都举手，可我却很害怕。我看大多数同学正襟危坐，两只小臂一横一竖，像你小时候看的奥特曼一样，有的高举的手在身前甚至画了个圈，有的直接站起来，还有举着手走到

---

* 粤语，意为神经病、神经兮兮。

讲台边的。我更加害怕了，害怕大家的热情。我是在北方出生的，我知道冬季在雪天里走的感觉，我不想成为那样的英雄，我可不想冻伤，再截肢。

后来呢？后来你举手了吗？我问。

后来我就来香港了呀。他说着笑起来，然后那笑容似乎又在瞬间消歇。

我记忆中，早上老头会陪Tommy出去散步，从佛光街走到窝打老道，梭桠道再上太子道西，从加多利山绕回来，走路正好一个小时。晚餐后会在何文田山带它散散步，街坊们都喜欢它，说一老一小都很讲究，老的出街总要油头，小的出街也是毛发顺滑，干净体面。许多时候在常盛街公园和何文田公园休息，就有老人小孩来和它打招呼，甚至会有博美朝它瞎嚷嚷，但它总是好好先生温柔和顺，从不乱吠。

隔离的第二天，有个陌生电话打过来，我刚开始没接，后来一直响，我就接通了，是龚叔。龚叔说打不通老头的电话，就辗转问家里小一辈以及和我做过同学的孩子，才要到了电话。他问我老张怎么回事啊不接电话，我说他死了。对面不响，叹了口气说，已经是这回第三个过世的老人了。这次上表比十年前打醮上表的人数少了几十个，不是移民就是老了走了。有什么事要帮忙和我们说，村上人都挂念他的，要来送送他。我说，谢谢谢谢。他道，客气什么，都是自己人。我心里盘算着嗣后可能确实需要帮忙，边想边说着闲篇，今年打醮日子定了什么时候？他说十二月二十四到二十八，你可一定得来。我说我还不好说十二月的安排。龚叔说，你们家就剩下你一个人，拜神要代表，而且你出嫁之后，就不能参加打醮了。我笑道，你怎么知道我会不会嫁人呢。

我在家隔离的第四到第七天，在TOBY上预约请人上门取核酸样品到小区检验，收到短信通知的结果，都没有问题。导师在此期间和我打了几次电话，说毕业作品的事情就不必担心了，大不了请小吕先拍，我就在家剪剪片子。我当然说好，他说，还有什么要帮忙吗？我说，可能要跟你借点钱。因为死亡证办下来之前，银行会一直冻结父亲的个人资产，好似他的去世还有一线生机似的。殓房要花钱，殡仪馆预约要花钱，殡仪馆的电话打了许多家，很多家都不愿意接收新冠死者，后来找到红磡一家，也讲明要加钱，仵工穿防护服要加钱，守夜仪式之后，房间要请人做消毒，空置一天，人工地方成本都要加钱。加上上半年为了筹备拍片，垫付款项投下去不少，别说贷款还不上，房租都要交不起了。警察取证之后，刘警官联系我，和我商量找了家叫作"念亲恩"的凶宅清洁服务，他说再不弄房子毁了，我说行。我上网看了一下，基本消费六千八，包括清洁血迹、尸水、尸虫，清理一般遗体气味，员工一次性保护衣以及专用药水和清洁用具。而且特别说明，遗体发现不超过九十六小时，而且单位实用面积不超过四百五十尺，否则要加钱。师傅咒水洒净遗屋法事功德金，另外还要两千八。因为怕事情办不好，我联系了龚叔，龚叔一口答应帮忙联络，说当天会帮忙看着财物防止丢东西。他后来联系上刘警官开了门，后面的事情，他就不愿意再多说什么了。哎呀，反正现在干干净净了，你也别多想。现在干干净净了，他反复说道。

小吕有天晚上给我打微信电话，问我隔离的情况，我说都还好。他停顿了一下，说，你可能没看内地这边的新闻，林船长失联了。

失联了，什么意思？

前段时间台湾不是地震吗，震中在海上，风浪大。地震之后地面就收不到他那艘船的信号了，其他同期出航的船倒回来了，说海上天气突然变化，乌压压的，浪很大，原话说的是，感觉大海站起来了，吓人得很。满打满算，那艘船已经失联五天了，新闻上都在滚动播报。

五天，还有粮食和淡水么？

新闻里也这么担忧着呢。救援队也在全力找寻，但天气确实不好，难度不小。

小吕接着说，看新闻的时候还不知道，看到采访家人，我才知道这不是林船长家吗，他太太哭的啊，小时候知道有个说法叫涕泗横流，看到采访画面我才知道，眼泪都在她皱纹里淌，往耳朵流。后来赵主任也让我加她微信，她说让我能不能发动香港媒体也关注一下，我劝了劝她，我说我们也都是学生。

我说，还是要帮帮她。你帮帮她。

小吕说，是的，我也准备拍点素材放到小红书还有IG上面去，争取多点关注。

我说，我还想到一个人，或许也帮得上忙。

解除自我隔离的那天早上，打开手机，照例收到王老师的早安短信，王老师每天早上都会在七点准时给我发早安表情，"周一好""周二好""端午安康""初一宜上香"等等，不一而足。回香港的那天，因为时间太赶，我裤子穿身上，到了香港才想起来。我在微信上和她解释我父亲病故，但也没有多说，只是和她讲衣服都洗好了，隔离结束就寄到福建。她发语音说办正事要紧，如果需要，可以帮我父亲念念经，她也有空的，可以帮帮忙。

我一边感谢她，一边把爸爸的姓名、生日、籍贯发给她的时候，心里想，怎么会变成这样，是怎么走到这一步的，这中间到底发生了什么，怎么一个活生生的人回来就躺在冷冰冰的地方了，甚至都没有告别的机会。我越想越急，现在我不该是大汗淋漓，梦中惊坐起吗，然而我的心跳并没有那样跳动，除了难受之外，更是委屈，为什么会是我，为什么会是爸爸，我又做错了什么。这个时候我也意识到，屏幕后面这个人，和我一样，她也什么都没做错啊。

王老师也安慰我，让我不要忘记现在的感觉。我说，不会忘的。她说，你最近有做什么梦听见什么声音吗？我说有，一直在做赶飞机的梦，一直追一直追，飞机轰隆轰隆，和打雷似的。王老师接着安慰我，让我别着急，先好好休息，可能哪一天我就能听见爸爸留给我的话了，需要一些时间。我接着问，她是多久听见女儿留给她的话的。王老师没有立即回我，我看到微信上一直显示正在输入中，过了一会出现一段长文字：

> 她过了两三个月才肯和我说话，不过也只是在梦里，后来她心情好了一些，和我说了很多真心话，以前她都不和我说话，戴个耳机，也不知道里面播的是什么，嘴里动着说的是什么，现在她愿意和我说了，我也懂了，以前看不明白的事情现在看得越加明白，她就是有这样的力量，但她还是有自己的脾气的，不会说破。这几年，我在梦里见到她的机会变多了，而我越来越老，她还是那么年轻，甚至一次比一次年纪小，上周我还梦见她，是小时候的样子，她见到我都有点害怕，说妈妈你怎么这么老了。我便说，见不到你自然老得快，不过也好，也许相见的时间更快，不过也不用担心，我会用心办好你托我的事。我记得很清楚这个梦，她的每个梦我都记得，我甚至怕忘了，醒来就用笔记下来，这个梦最后，她笑起来，她正在换牙，一口不零不整的，她还在怀里吃奶的时候，刚

出牙，老咬我，那时候脾气就不好，我好疼，又不愿意惹她，真疼啊，那段时间好苦，月子里还是经常反胃恶心，就这么吐了一整年。时间一长，那时候的感觉慢慢忘了。不过每次梦见她，醒过来，还是觉得胸口疼，都想起来了，好像她在用乳牙咬我。

顺丰快递的客服告诉我，现在香港是疫区，从香港往内地寄衣服这种私人用品是不允许的。我问，什么时候可以恢复？他很官方地回答，等通知。然而先等来的通知是领取葬纸和 Tommy。Tommy 瘦了，警察牵着它在警察局门口等的时候，我几乎没有认出来，它变了一个样子，变成了一只邋遢的老年狗了。我蹲下来摸摸它的下巴，另一只手抚弄它的背，毛发杂乱，自然警察是不会帮它刷毛护理的。我向它伸出手掌，它熟练地把手放在我手心里，张开嘴吐着舌头，露出了久违了的笑容，继而摇晃着脑袋，摆着扫帚般的大尾巴，在我怀里蹭来蹭去，它温暖的呼吸打在我臂弯里，好像有很多话想要和我说，像它小时候的样子。我轻轻掰开它的嘴，看看它之前那颗坏牙有没有恶化，倒还是老样子，单纯是吃得不好吧，我想。它舔舔我的手，眼睛眯起来。

换上自己家的绳子，把它带回了出租屋。在淋浴房里面放水给它洗澡，给它抹了毛发护理的沐浴露，洗干净再用吹风机给它吹干，前后折腾了一个多小时，它倒也只是耷拉着耳朵，乖乖地不响，剪指甲掏耳朵都十分配合，也没有把身上的水甩得到处都是。我好久没有帮它洗澡了，上次可能还是中学的时候，它那时候以人的寿命来看，还是个青少年。自然，狗老的速度比人快多了，它现在的年纪，大概已经相当于七八十岁的老人了。给它洗澡的时候，我的手穿过水流穿过它的毛发，如在雨中穿过苇草地，泥泞潮湿，还有连泥泞潮湿都遮蔽不了的干枯。给Tommy吃了它往日喜爱的那些狗粮，我发现它食量小了很多，也不知道是之前就这样，还是出事后才这样。它吃了点东西，自己窝在角落里，很快就睡着了。坐在它旁边，我发现它身上长了好几个之前没有见过的肉色疣子，过去见过腋下有一个，如今多了不少。而它唇边嘴角和后背的那些白毛，仿佛是此刻生长出来的，从无到有，Tommy好像是一夕变老的。我常常听人说，人到一定岁数，会突然变老，摔了一跤，或者生了一场病，全变了。如同我回想老头的时候，他的样子好像还是那个长脸的、清瘦的、在中学门口等我的样子。

小吕又没头没尾给我发了一条信息，好像还是一个笑话："现在这世界颠倒了，偷偷跑出去找同学玩的都是老人，儿女们着急忙慌各处找，捉回来拿着酒精追着屁股后面一顿喷，喷完一顿批评教育，要求老人写好保证书，甚至还有关老人禁闭的。可惜就可惜在，老人没有青春再写青春小说回忆这些了。"

文康乐舞

我问，王老师那儿你联系了吧？

小吕说，联系好了。

她说什么了吗？她感觉怎么样？

她说她女儿肯定能帮上忙，她说得好肯定。

她也这么和我说。

林船长两个儿子也一块去，那个会说 rap 的儿子，叫林广智。

我也加他微信了。

他说了没，他主动要求诵经，大家都说他孝顺，明天早上就做法事，林船长整个村的人都会去帮忙祈福，乡亲们好多预备三点多就起来，挺多事，我也准备早点去帮忙。

我说，三点你起得来？你不是平常这个点睡吗？

小吕笑说，那咋办，你让我又要帮忙又要拍片，你这是从导演干到制片，专门折腾我。

我说，难得见你这么配合。

小吕给传了几张现场布置的照片，和黑天里佛堂里已经提前开始布置的一段视频，说道，不过也确实适合拍点东西，场面挺大，事情又要紧，我还挺紧张。咱们俩明天都得早起，这么一整天。

我说，我不紧张。

殡仪馆遗体告别，一切都很简陋，说是遗体告别。其实棺材在殓房就已经封好了，按照香港食环署与医管局的规定，新冠死者不得开棺告别。从殡仪馆买来的寿衣只能平摊开，摆在棺盖上，殡仪馆换气扇风大，我拿了几本经文，把寿衣给压实了，不然到处跑。遗像摆在中间，鲜花和挽联都是殡仪馆现成的，底下是几个朋友送来的花圈，有龚叔的，也有妈妈那边久未联络的亲戚合送的。堂倌、打佬、喃呒师傅都已经退场，我带着 Tommy 坐在侧边的接待台后，底下是无数的空座椅。龚叔来的时候给我带了外卖的烧腊饭当晚餐，说现在晚上不能堂食了，不早点买要饿肚子，我道谢着接过，给他递了封吉仪，他装在口袋里。他似乎本要说些什么，但一时见了底下的 Tommy，眉毛便横起来，声口没有好气，我便也没多说话，他拜了几拜后便走了。龚叔曾和我坚决要求，处理掉 Tommy。我自然不肯，他说如果下不了手，可以他来处理，不用我插手。我明确和他表达了我的反对意见，我说它是我唯一的家人了。他当时憋着气，胸口鼓鼓的，那个气憋着大概有半分钟才呼出来，然后掉头走了，和今天一样。

告别室对面也是同等大小的一间，穿过两道门望过去，遗像上是个老年男子，是阻了你的路，会连连道歉的谦和模样。底下布置和我这边一模一样，而整个下午，据我观察，一个人都没有来过。然而厅堂中间却总有一位银发黑衫、打扮斯文高贵的妇人，她垂手伫立，好似一尊雕像，只是偶尔才坐下。她不时鞠个半躬，好像房间里面来了我所看不见的访客，她须向来宾表示谢意。远远地，可以看见她脸上那温和有礼的笑容，因为她并没有戴口罩。

香港如今公共场合室内必须戴口罩，可是她并没有，而且大大方方的，我一时觉得这笑容很熟悉。因为疫情阻隔，因移民而离港的年轻人多半没法回家奔丧，之前堂倌和我说，最近生意多，但其实都很冷清，家人一两个，也没有太多宾客来吊丧。坐在椅子上这样望着她，到了夜里，Tommy早已经睡着，我手机也没电了，我胡思乱想着，才明白，她的笑容像王老师。她们好像都相信着世间无须向人解释的事物与真理，有种异教的邪气与美。

赵副主任在开车送我的时候，略略说起了王老师的事。王老师家里有些产业，丈夫是跑外贸的，收入非常不错，家里人都信佛，原来都是庙里烧头香的信众。夫妻二人正派守信，待人厚道大方，在村里颇有些声名，帮村上修路，帮商品粮找销路，不少人受过他们家的恩惠。他们膝下有个独女，和母亲生得很像，打小聪明，爱看书，写作文什么的常得奖，成绩也很不错，就是有时候说些话，怎么说，挺有自己想法，有点高深古怪，大家听不懂。就是这样一个女孩，大家都喜欢，后来突然之间听到消息说她谈恋爱想不开，寻了短见。父母自然是痛不欲生，尤其是王老师，那段时间和木头人似的。说来也怪，有一天她突然又精神焕发起来，嗣后几日便在家中装修扩建佛堂，大家不明白何事，她便直陈，女儿火化之后她做了一个梦，女儿托梦给她，说她自己原是天上仙女，因事下凡，同她做了一场母女，虽然只得二十年，总是一场尘缘，要她积德行善，与人方便。说完她就醒了，从此之后她就不工作了，专心侍奉，在家中请了一堂佛像，个个供奉端正，又寻了莆田的一位老师傅，造了一尊女像，一同供在佛堂上，日日香烛鲜花不断，初一十五便给乡亲们派米派面。乡亲们都觉得有些因由，一家人又虔诚可信，于是来拜拜的人也越来越多。

我问，赵主任你怎么看这事，你信吗？

赵副主任说，大家都信的，小朋友肚子不舒服，高烧不退，去庙里请一碗汤，真的药到病除，我侄子也喝过他们家的汤。后来名气就越来越大，别的村也有人来，这佛堂原来都没有名字，大家现在就叫作仙女庙，又有善男信女点灯送匾之类，很是灵验。这几年疫情，不说你也能想到，大家有些不舒服不放心，总来庙里讨些汤汤粥粥，确实好像很灵，名气也特别大，能解乡亲们的疑难。

我说，王老师不容易，母亲做到这个份上，真是惊天动地。

赵副主任想了一会，说道，我明白你的意思，你这么一说，我想起上回省里领导带人来县里考察，我们安排歌舞表演，其中有一个古典舞，叫文康乐舞。

我说，没听说过。

赵副主任说，我也没听过，我因为要写主持稿，做了点功课，说这文康乐舞是隋末宫廷九部乐最后一部。原来是纪念一个古人，庾亮，谥号文康，东晋时候的世家大官，做到太尉。人死了，家里的歌伎很想念他，就戴面具，面具上画他的脸，然后模仿他的仪容跳舞，后来就叫文康乐舞。这个乐舞在唐朝之后就失传了，现在靠一些考古数据，还有南方的一些傩舞，复原了出来。

我说，不是太明白这个意思。

赵副主任道，我可能说得不好，我的意思就是说，信也好不信也好，佛像也好关公也好，这些不同的样子背后都是人的样子，佛堂也好仙女庙也好，背后其实都是王老师呀，她想她女儿了，不想不成了，诸天神佛都来成全她。

三

看到这样的眼神，让我想到多年前在跑马地。那时候我还和老头一起住，我们俩靠在马场的护栏边，拿着望远镜看着护栏里面的马，各色马匹为即将出赛的骑手们牵着，镜头里看，马的发光的皮色和壮阔的肌肉线条，在体育场的高台射灯下煞是性感，人高马大，此言不虚。我喝着饮料，见老头拿着马经和手机，还在最后下注。他正在下的这匹马，叫作"马加鞭"，今天最后一场。他嘴里叼着牙签，抖动着马经道，你第一次看跑马，一般都很邪，你说说还要加哪一匹。我说你选的这匹马，名字就挺好，其他什么，铁金刚、桃花云、无敌勇士，听上去都不大靠谱。

他听了笑道，我看这几天的报道，西门独和诸葛数，两个马评家，都觉得"马加鞭"有潜力，但太年轻，未来可期，倒也都把它列作第十组前三之选。要是都看好它拿冠军，反而没番头，我最近来看了好几次，你看到"马加鞭"的腿没？我问，十七号？他说，是十七号，你看它那个腿，身体的比例，虽然马年纪小一点，但这个骨架很好，有时候就是这样，一次比赛一下子黑马就冲出来。

接着他左右望了一下，和我附耳低声说道，你龚叔和我讲，盘口今天有异动，"马加鞭"有机会变成大黑马，庄家独赢。他攥紧了拳头，接着道，所以有点消息也跟着庄家，蹭点油水。我说，这种消息，我们平常人怎么会收得到。你还是少押一点，玩玩而已，别当真。

老头喷了我一声，斜着眼睛缩回了脑袋，一副"和你也说不通"的样子。

第十场开跑了，"马加鞭"果然一马当先，我过去少看跑马，见骑手脚踩马镫，屁股离开马鞍，整个人几乎悬停在空中，煞是好笑。老头却紧张得不行，两手攥成拳，举在胸前，好像很快就要举手过顶，但他始终没有，他还在等待那个冲线时刻。也有别的马匹要接近超过，但始终没有，到了最后第二个弯道正在我们面前，连我都屏住了呼吸。

过弯的时候，几匹马挤在一起，也不知道是和别的马碰撞，还是自己脚踝扭了一下，"马加鞭"马失前蹄，向前扑倒，不仅自己摔倒，还牵连了另外两匹马，在沙地上扬起巨大的尘埃烟幕，我们身后不少人都惊叫了起来，而骑手滚到了一边，挣扎着站起来，呆立在那里。"马加鞭"也挣扎起身，还要跑，往前挣扎了两步，想要完全站起来，还是不成，后腿上肌肉青筋暴现，几只蹄子，往外支棱，几次三番以身抢地，却站不起来了，只是扬起一阵又一阵的沙土。此时响起巨大的欢呼声，已经有人冲线了。

"马加鞭"的骑手迅速上前想要牵住自己不肯安歇的马，此时另外两匹被撞的马也已经站起来，往终点缓步。"马加鞭"无法克制自己狂躁的情绪，此时连骑手都不想跑了，它还在往前挣扎。骑手似乎对场下大声喊着什么，而我注意到，马腿上有块尖利的东西凸出来了。

围栏被打开，一大批工作人员冲进跑道，带着遮挡板和黑色布帘子，把"马加鞭"团团围起来，也有几个医生模样的人带着药箱急匆匆走进来。骑手一屁股坐在了地上。

我们走吧，这马完了。老头头也不回就往出口走去。

我后来才知道，马如果受伤骨折，是没得治的，因为马是一种不会休息，无法停下来的动物，它只能一直跑一直向前，骨折了韧带断裂了，一样如此。如果把马匹强行固定，非但不能愈合，连睡觉都要站着的马，会极端痛苦，而且一定会有大量并发症，所以一般马受重伤了，一定会出于人道主义关怀给予安乐死，甚至在赛场上直接执行。

我一直不能忘怀那不能起身的马，那凸起的大眼睛。

Tommy 不怎么吃东西了，趴在窝里，醒来的时候睁着眼睛望我，那眼神和那匹马一模一样。上次带他出去已经是十多天前，最近疫情严重，街坊们在群组里讨论，有的说大型犬也会传播病毒，之前家养仓鼠已经统一扑杀了，狗估计也危险，建议大家至少不要再遛狗了，人心惶惶，吵成一团。为了避免惹麻烦，我也不敢带它出街了，只是在家里稍稍转圈。刚接回来的时候去胜利道的宠物医院，开了一点药，起初两天还有用，现在已经几乎吃不进东西。再问医生，医生问有没有吃过什么奇怪东西，吃坏了？我也不知道怎么回答。而等到我觉得有必要如实回答的时候，宠物医院和诊所都关闭了，一方面是医管局和卫生署的防疫要求，另一方面也是宠物医院和诊所减少员工感染风险的考虑。上次医生也曾说过，狗狗年纪大了，骨头心脏都有问题，天命难违，最主要是减轻痛苦。

还是没有林船长的消息，小吕说林船长的太太、儿子又坐船去湄洲岛了。和王老师聊天的时候我也没有问，她也没有提那天她念了太长时间的经文，低血糖差点晕倒的事。她说法事当天遇到几个人，那几个人已经不认识她了，或者假装不认识。但她都记得很清楚，每个人的名字都记得，女儿转化那天（王老师都是用"转化"这个词），这几个都在码头附近干活，警察录口供的时候都亲口承认曾经看到过一个戴兜帽戴耳机的长发女孩坐在岸边，坐了一下

文康乐舞　　163

午，但没有人过去关心一下，问一声，或者打个110，一个都没有，都忙着自己的事情。她又发了一条，说过了三七她买了把新菜刀，当时想把他们都捅了，想了好几天，脑子里出现了一种嗡嗡的声音，好像是寺庙里面的钵或者磬，高频震动的那种声音，像遥远的叹息，像雨天的预兆，有一种宁静与安稳，好像有人安慰着她，轻轻拍她的肩膀，应该是女儿在安慰她。我说肯定是的。她说，那时候已经失眠好多天了，突然能睡着了。

我有天清早被吵醒，发现Tommy正摇着尾巴，上半身趴在我床上，嘴里叼着一个橡胶球，放在我手边，然后不住地舔我。我说，你想出去玩？

它咧着嘴笑，好像是点头的意思。

我拿起那颗球，朝客厅丢去，它箭也似的回身，好像突然年轻了，腾的一声就跑走，球似乎还在地上弹跳，就已经被它咬住，一冲一冲地回转到卧室，嘴里叼着那颗球，凑上前来朝我哈气，还叫了两声。

我突然之间有种无名火，想把那颗球丢到窗外，直接蒙上被子，继续睡觉。但它一直在对我笑，眼神却又是那样可怜，我便起身带着它回到客厅，玩了一会球，再把它抱到窝里，吃药休息。

那天夜里大概一点，闹钟一响，我就起身，Tommy睡着了，我小心把它摇醒，它懵懂状看着我，不知何意。我给它套上绳子牵着，橡胶球塞兜里，自己换了鞋出门，走货梯下了楼出了屋苑。我牵着它，跟着路灯的光纤一路往外头走，不一会便到了常盛街公园。说是公园，其实小得可怜，一分钟就能走一圈。入口上了锁，护栏却不高，我抱着Tommy过了护栏，自己也翻进去。公园里大灯已经关上，只剩下路旁的路灯洒下褐色的光，透过榆树照下来，好像一地的榆钱，正被黑色的海浪淘洗。公园里的滑滑梯、健步器、跷跷板，还有单杠双杠上面都缠满了红白相间的、康文署的封条。我带着Tommy走了一圈，它似乎兴奋起来，在封条间穿来穿去，还咬着封条扯来扯去。

　　我把橡胶球朝它身后轻轻抛去，它叫了一声，摇晃着一身绒毛便去追，一会就得意地跑了回来，把橡胶球放在我手里，自己还转了两圈。我再抛出去，它再接，如此往复，我甚至有时候都忘了它老了病了，这个抛球的动作成为一种肌肉记忆，只要我不觉得它会累，它就不会老。半夜的常盛街很安静，除了偶尔汽车驶过，和树叶摩擦的声音外，只有Tommy和我。后来我困了，Tommy好像也困了，我便和它一起回家。这是它最后一次出门。

　　狗狗关节痛需要吃的卡洛芬，现在只剩最后一板，之前开的时候一天三粒，现在诊所关了，我只能早晚给它吃半粒，省着点吃。实际上吃半粒已经很艰难，吃下去的东西常常都吐出来，嘴角脸上都是酸臭的黏液，擦都擦不完，让我想起它小时候，倒也是这样爱流口水。我也在网上查过，狗可不可以吃布洛芬和扑热息痛，答案是不能，

文康乐舞

狗和人的体质不同，吃了会有生命危险，更何况，如今这个时世，全球都缺布洛芬和扑热息痛，人都顾不上，更别说狗了。家里消炎药和止痛药是越来越少，狗尿片倒是越来越多，Tommy 日常大多数时候趴着，我给它始终穿着纸尿裤，因为现在它大小便已经很不自如了，而且一天要换好几回，否则味道很大之余，还容易生疮，因此必须第一时间擦洗，出租屋墙上安了一块小黑板，明确记录它吃饭和上厕所的时间。大多数的时候，它在窝里，脸半埋在自己的臂弯中，舌头伸在外面哈气，总让我觉得吐出去的气多，吸进去的气少。而此时它的脸上总浮起哀戚的惹人心疼的神色，好像是一块冰正在融化，周遭都能感受到寒冷与雾气，而这块冰也正在迅速萎缩瘫软。街坊们都喜欢 Tommy 的一个很重要原因就是它爱笑，其实金毛、柴犬、柯基这样的犬类，只是因为面部结构让人觉得它们总是在笑而已。而连它都露出这样的神色的话，我大概知道它是太痛了。我把它抱在怀里，怕它冷，又怕它融化得更快。

林船长被搜救船找到了。小吕打电话给我的时候，大喊，找到了找到了！

我什么也没问就明白了，跳起来啊啊地乱叫。自己赤着脚在屋子里乱蹦，脚指头踢到了椅子腿，也不觉得疼。

人没事？我心神稍定，忙着问。

小吕说饿瘦了一大圈，脱水，人精神还不错，还在医院检查。地震的时候船里面发动机发电机都坏了，发不出信号，只能原地等待救援。幸好人没事，他老婆孩子还在湄洲岛上拜妈祖，已经在赶回来的路上了。

我说，你有拍到点什么的吧？

小吕说，你放心，第一时间，我比家属还快，船员上岸的时候，赵主任和我在码头上一起抱着大喊大叫，说起来还怪不好意思。本来有人要拦我，赵主任和他们说，都是正面宣传。我拍下来，林船长状态还不错的，我屏摄了几段，发给了他老婆孩子，也给王老师发了。

这自然应该，王老师说什么？

小吕语气略略迟疑，说，王老师说太好了，太好了，便自己赶来医院了。

哦，那倒难为她专门走一趟了。

小吕接着说，她很快赶来了，起初和赵主任寒暄了几句，之后林船长从一个科室转另一个科室的时候，她突然冲了上去，扯住轮椅问林船长，你见到她了？她说什么了？她突然这么一下，把大家都吓坏了，护士还有保安都在拉她，但七八个人都拉不动她，我也蒙了，我从没见过她这个样子，我都怕她要连轮椅带人一起抢出去，她身上背上好几个人拽着，但嘴里仍一直喊，你见到她了？她说什么了？你见到她了？她说什么了？林船长吓坏了，什么也说不出，他根本不认识眼前这个眼泪鼻涕一把一把的女人是谁。

Tommy大小便完全失禁了，嘴角不断浮起像冰激凌一样的浓稠白沫，眼睛为已经稀疏的白毛所覆盖，神采渐消，喉头似乎有痰，发出咕噜咕噜的声音，我抚弄着它的背和腹部，希望它好受一点，可是我再小心抚弄，它的肚子依然突突捯气，一伸一缩，好像为什么牵引着。它只有侧卧的时候才感觉好一些，抽搐的情况也微微缓解，它如同处在连续不断的梦中，像人类那样梦见从树上、床上、楼梯上摔下来，失重地落在不可预期的地方。可它要落在哪里呢？

在如是的抽搐中，它的身体逐渐变冷变硬，可是它喜欢的冬天还未来临。Tommy 喜欢冬天，喜欢雪，老头带着 Tommy 和我曾经回过他出生的地方，我们裹得严严实实在冰河边漫步，Tommy 在前头乱窜，跑前跑后，继而在雪地上吐着舌头打滚，如在盐海里翻腾，雪都几乎热起来。农人说落雪狗欢喜，确是真的。

可惜雪停了，我边走边和老头说。

雪其实没停，下到别的地方了，老头答道。

难得回来一次，倒正好错过，我听他们说，把天都下黑了。唉。

老头说，雪停了才好看呢，你看看。他指着已经稍稍解冻的冰河。

在冻结的冰面和偶然决口继而翻涌的碎冰间，我走近后似乎可以听到底下传来持续不断的、低频的如雷轰鸣，这声音摇撼着我，越来越响。

我问老头，你听见了吗？

他用戴着手套的手指指自己的耳朵，继而踩着雪，迈步到河边的一棵大榆树下，此时 Tommy 已经跑到更远处的河湾。我们面前这棵榆树有两三米高，枝丫上满是积雪，粗壮的树根被压得倒向一边，显现出一种没有生气的煤黑色，而雪是结晶那样的白，好像这棵榆树是巧克力做的，上面撒满奶油和糖霜。老头背过身，侧身靠在树根上，先是屁股，然后是后背、脑袋、双腿也松弛下来，如同靠在一张椅子上，又像坐在坟墓里。

这时 Tommy 见我们没有跟上，又跑了回来，蹦蹦跳跳的，拿脖子去蹭老头的腿，轻轻咬他的裤子，不让他坐着，老头用手轻轻安抚了几下 Tommy，Tommy 终于安静了，坐在树底下。我拿起手机拍了几张照，四围走走看看。除了那低频的回响，以及北风和呼吸摩擦羽绒服的声音，四周原来安静极了。烧红的太阳此时正挂在大榆树虬生的枝节上，而枝节上的雪尚未落尽，被镀上一层金色。

这样我就能听见那声音了。他闭上眼睛，手掌放在腹上，轻声说道。

四

冬天真的来了，人们终于又可以在兰桂坊庆祝万圣节了。那条熟悉的小斜坡上人头攒动，大部分人都不戴口罩了，而是戴上蜘蛛侠、钢铁侠、小丑或者V字仇杀队的面罩，或以浓妆遮面，一簇簇鬼佬肩并着肩，唱着异域的歌曲。人们手舞足蹈，手上或是酒精或是烟草，各色脸孔上下翻动，像极了狂热球迷的波兹南舞。年轻的彩色身影如剪纸一样四处拼贴，而COA酒吧门口的石阶上还是坐满了各色的人，有穿羽绒服的，有穿泳装的，人手一杯梅斯卡尔，等待着永远无法入席的卡座。另一边是一个足球吧，几台大电视放着欧冠的直播画面，曼城对塞维利亚，底下是簇拥在一起的足球信徒们，手里都拿着啤酒。

中学唱诗班的同学要移民去英国了，晚上吃了海底捞，又来这边续场。散场后，小吕和我就在这边石阶上坐了一会。

小吕问我，讲个笑话给你听好不好？

我说，我不让你讲你也会讲的。

小吕笑说，疫情前香港人在公共场所要是放了一个屁，一般会用咳嗽来掩饰。疫情来了，香港人要是咳了一声，一般会用放屁来掩饰。疫情过去，香港人怎么化解尴尬呢？

你在问我啊？

对呀。

不知道。

尴尬的时候香港人会讲笑话。

好冷……你不会真放了个屁吧。

小吕朝我挤挤眼睛道，你不让我放我也会放的。

我踢了他一脚，骂道，好臭，从来不见你吃蔬菜。说完我往旁边移了一格。

小吕说，说正经的，我觉得，纪录片就在这里结尾好不好。从各种神佛信仰，又来到世俗烟火，回归凡尘，兰若寺到兰桂坊，阿弥陀佛。

我想了一下说，还是有始有终，我想拍我们蚝村的车大元帅。

小吕说，真的假的，我和你讲不划算的，在这里拍又不用和老头子们申请，带着机子来这里咔咔拍几个钟点，大把受访者，帅哥美女多好看。打醮什么的流程很长的，不好剪。

我说，就正好被我们撞上十年一次打醮，肯定有说法的，得拍。你一天到晚张口闭口讲佛经，这叫缘法知道不。

小吕说，那你和老人们商量去，做法事不给拍的话，我可帮不了你。真的，这边一边拍还能一边喝两杯，多舒服。

我说，我会去和他们说，纪录片开头已经是你选的了，这结尾我想做主。

小吕拿着啤酒，站起身来，双手举在空中，停顿了半秒，周遭爆发出巨大的欢呼声，小吕乐得跺脚蹦跳，摇头晃脑地吹口哨。我抬头看，见电视上的球员打入了单刀，奔跑着越过广告牌，跳入欢呼的观众群中，为怒吼的人群

文康乐舞

所淹没。

　　正醮日,我们俩坐在村口吴老伯士多的椅子上校对着之前准备的资料,吴老伯一早去广场帮忙,店头并不开。我俩身边各处都插满了打醮的彩旗,为北风鼓动,如赤色焰火的海。而人流已经陆陆续续从村口过,往三清宫去,老老小小,或疏或密的脚步声不断传来。大人牵着小孩,牵不住的,竞相往台阶路沿上跳跃,日子为大,老人更不愿深责,只是这些第一回参加的调皮孩子身上的崭新马褂棉服可不敢蒙灰,几个母亲蹲下擦拭,一边小声嘀咕一边调整小朋友口罩上的金属条;几个女孩戴着花色的口罩,约是豆蔻年纪,鼓起青春的勇气,相约穿了单衫,露出手腕和脚脖子,配合网上时兴的妆容和首饰,显出超越年纪的成熟和无所适从,初次走红毯似的。她们几个只自个儿说话,其间,或有打个喷嚏,便偷偷掏出纸巾。王叔叔和于叔叔经过时,正高举着自拍杆在录影,口罩褪到下巴,我上去打招呼,许久不见。起先二人都愣住了,直到我解开口罩,他们挪移着老花镜,好像突然变年轻了一样,露着假牙互相说道,真像啊。继而又说起父亲的事,无不黯然,约着年后便要去祭拜;时间虽尚早,人流却越走越快,原来后头村长来了,穿着传统皂色礼服。十分神气,后面乱哄哄跟着不少人,有骑自行车的,有站在平衡车上的,也有坐在轮椅上的,那是温婆婆。温婆婆经历过八次打醮,是大家的榜样。

小吕说，好大阵仗。

我说，毕竟十年一次。

小吕说，配上几组外景，蚝涌河、飞鹅山、蚝村的招牌、蚝排、渔船、车公庙的匾额、车大元帅画像、香炉、蒲团，这么一串下来会很好看。小吕一边说，一边挥舞手臂，好像在指点江山。

我点点头，在手机上记下一些临时想到的要点。我和小吕说道，我们可以转到东边去拍一下外墙的涂鸦。

涂鸦？

我说，今年组委会里头很有几个年轻人，龚叔的儿子他们找了几个涂鸦艺术家，在围村外墙上面画涂鸦，就照着村民给的一些老照片画，这几天很多的乡亲没法回来打醮，也都把他们画在上面。

我们一路走过去，间或遇到几个少时的同学和邻居，停下来寒暄几句，都指望我们多给他们拍点视频材料，我俩打着哈哈应付。龚叔给我看过涂鸦草图，那时候还是线稿，这几日再看，围村六尺高的灰砖外墙上，已经是绵延数百米栩栩如生的彩色画了。小吕找几个角度拍了几段，我也一一和他讲解，其实飞鹅山、蚝涌河又何必拍实景，上头油彩描绘的舞狮队、养蚝人一一在列，栩栩如生，蚝村小学足球队、取龙水的流程、走赦书、鬼王夜巡的场景等不一而足。上面的人物，以蚝涌河为背景，如山水长卷款款而行，许多都熟识。我给小吕指着，这是村长，这个是车公庙司祝,这是整个村最长寿的温婆婆,我再指着河边的一对男女,戴着眼镜的女子坐在轮椅上,背后的男人一手推着轮椅一手抱着一个小朋友,我和小吕说,这个小朋友就是我呀。

小吕看着我说,通常不知道说什么的时候,我就应该说笑话了。

你说呗。

小吕笑着说,我突然不会说了,你要不介意,我给你拍几张和涂鸦的合照好吗?

行。

小吕边拍边指挥我摆造型,继而说,今天是大日子,你要多笑才是,今天不仅是打醮,也是我们杀青的日子。

我双手合十说,攒人品攒人品,车大元帅保佑。

小吕笑说,我改口,"可能"是我们杀青的日子。你这回给车大元帅捐了多少钱,管用的吧。

我说,怎么不管用,打醮丁口费盛惠一千二,我另替我爸也捐了点东西。

围墙上头这百来米的长度上,竹棚上挨个搭好了高十米的花牌,花牌联排成阵,如城墙一般高耸。细看那花牌大红底子,顶上是纸扎的墨绿孔雀,左右是龙凤麒麟传统帛画,其外设有"龙柱"及大将,上有灯笼及八仙装饰,中间则是一例的样式,"蚝村联乡十年一届""太平清醮",底下有的是"国泰民安",有的是"神恩庇佑",有的是"酬谢神恩"。再底下就是捐助人的名字，我领着小吕走了小半圈，指着花牌找到了父亲的名字，吴恩佑。我在心里又默念了一遍。

前日已经拍完取水、扬幡、三朝三忏等仪式。小吕最喜欢祭小幽，那是分衣施食的仪式，是给十八男鬼、十八女鬼，共三十六个小鬼分衣施食。仪式中加插"卖杂货"或"讲鬼古"环节，由两名道士以即兴相声形式讲述在地府买卖的笑话，村民极其爱看，小吕也被逗得不行，拍了好些。除了我们拍摄之外，其实也有其他摄影团队，和我们一样也是几个学生，村长专门找来为移民海外的蚝村后代 Zoom 现场直播打醮活动，弥补不能参加十年一次盛会的遗憾。

正醮日日程排得满满当当，上午十点三清宫已经人头攒动，水泄不通，彩旗在敬天的香烟中载浮载沉。进行完迎人缘榜仪式后，卜杯选出的五个缘首和两个揽榜穿着皂色嵌红礼服，戴着簪花挂红羽翎礼帽，托着人缘榜步行经蚝涌河到对岸蚝涌村的陈氏祠堂门前空地，村民跟在后头浩浩荡荡，戏院散场似的，然后由蚝涌联乡太平清醮筹备委员会主席等人做"好命公"一起贴榜。"好命公"将金榜贴在庙旁墙上，以供省览，方便村民在榜上寻找自己的名字。于榜上有名的人是为参与打醮仪式之人，拥有功德以酬谢神恩。然后喃呒师傅用鸡冠洁净及诵读一遍榜上人名，寓意榜上有名者都会得到神明的保佑，阖家平安。我和小吕一边拍一边找,也寻见了自己的名字。

之后我们紧锣密鼓地拍了走赦书等仪式,这年上场的是村长的儿子,上次见他还在上小学,如今人高马大,身上绑着赦书,上下都是黑色,脚上蹬着 Nike 跑鞋,围着村子狂奔一周,小朋友们都在后头追,锣鼓喧天,扬起无数烟尘,如太保神行。下午便是酬神戏,在大戏棚里面演神功大戏,好些老人一早就提着热水袋来占座,座位上酒精先喷一轮才坐下。推着轮椅来的也有不少,演的是《贺寿》《加官》《仙姬大送子》及《六国大封相》等,热闹非凡。戏棚外头又搭了一个电影幕布,上面是 Zoom 直播几十个人的摄像头,上头都是不能回香港、羁留在外的乡亲,底下摆了数十个塑料凳,老人们在底下拿着话筒和镜头里的人说话,镜头里年轻人怀里的移民第二代,多是乡亲们第一回见的。有几个老人还要给见面利是,工作人员解释半天才明白隔着屏幕隔着半个地球,暂时给不了。

天色渐渐暗下来,神棚却显得格外亮,花牌顶上的彩色纸扎,在风中微微颤动起来,为花牌四周的灯光一照,像小时候揉成一团的塑料糖纸慢慢松懈开来,显出晶莹透亮的成色。底下人头攒动处,如今已是"迎圣"仪式,是恭请三清至尊、城隍前来参加醮事。而车公大神的尊位早前已经从庙中搭乘轿子移驾至神棚祭坛正中,坛上高士口中念念有词,坛下信众薙草般一片,起起又伏伏。神坛下首各是乡亲们准备的糕点水果红烛鲜花,几乎不能见一丝空隙，更有些老人家拿出相机凑在神坛旁拍照录像。而祭坛旁边就是大士台。

大士台上便是五六米高的纸扎大士端坐，我们从小叫"大士爷"，亦即面燃大士，也叫焰口鬼王，是解救恶鬼冤魂的佛教护法。大士面相凶恶，黑色脸面，圆目獠牙，五色油彩在脸上显出扭曲复杂的神色。一身红衣金甲，大戏打扮，一手毛笔一手令旗，威武庄严，是山门里天王的架势。而整个仪式的高潮部分，就是大士出巡，超度四境游魂。

神棚内经忏不歇，众人合十祝祷，而几十个青壮汉子将大士从大士台上搬下来，村长儿子拿着大声公站在大士前，对大士身后跟从的上百人喊话："出巡期间不得喊他人名字，有人喊你的名字也不要答应。再重复一遍，出巡期间不得喊他人名字，有人喊你的名字也不要答应！"继而把外套系在腰上，迈开步，预备绕着村子走一圈，村长儿子边走边鼓起腮帮，汗顺着脸颊流下来，他对着大声公喊道："大士出巡，肃静回避！"身后百人齐齐呼应："大士出巡，肃静回避！"前面一声，后面一阵，此时围村的花牌，灯光全亮，上头的赤焰背景如城墙着火，烧亮了半个天空，地上出巡的大士威武肃穆，我们跟在人群后头一路拍，只见得大士后背上的彩旗舞动，而底下一片黑压压的人群，头颅浮浮沉沉，如潜在夜海深处，跟从巨大抹香鲸的舟鲕鱼群。

文康乐舞

大士回转到神棚前，坛上左右并排的十来个道士，便在车公尊仪前念经超度亡灵，为无主孤魂引路，村民们便提着各式箩筐包袱蜂拥至大士像底下摆上自己早前准备的自家附荐灵位，以及观音衣、平安钱、招财进宝、寿金、幽衣幽禄、五角衣、溪钱、七彩衣纸等。有抱着小孩化的，有开着手机视频化的，我让小吕继续拍，我从背包里也拿出自己准备的纸钱和王老师从福建寄过来的、她念过的经文，准备烧化。

我把头发绑起来蹲在地上，周遭响起擦擦的打火声，继而是星星点点的闪光，不一时身边都亮起来，鼓动起炽热的气流，卷着风，升腾起联排的火焰，把我也包围了。我也从周边借火，点燃了手里的纸钱。热气腾腾的，面前的视野都扭曲了，而火焰灼得脸疼眼睛痒，四围的人也都皱着眉头不紧不慢地化，口中念念有词，有广东话、普通话、客家话、疍家话，也有英文，那声音凑在一块，忽高忽低忽远忽近，显出冷酷而无畏的音调来，即使烈火焚身也能不动如山，声音越来越响，把我包围，我也随着念起来。而我所念的，也是十年前老头带着我化纸钱时一一教我的，我一句也不会更改。

地上的供品点着了一条火海，横贯广场，火头足有半人高，在火焰中可以见到一些黑色的筋骨，瘫软熔化，不成形状。大家都耐不住热，站起来，而此时大士也被引上火，点着了，他的红衣金甲、令旗毛笔都在热浪与火舌中变得透明，萎缩蜷曲，而那巨人的黝黑骨架屹立着，火势更大了，被风引着向更高处攒动。点点火星从天上降落下来，伴着那些没有烧净的灰白纸钱，在烟气与热浪中浮游，好像一边下着火，一边下着雪。

大士化毕，今晚的既定流程大体完成。村民从神棚出来，转移到车公庙侧面准备集体吃酬神饭，人群里也闹哄起来，大棚下摆着板凳碗筷，且等大菜和蚝粥。吴伯伯那几桌菜还没上，自个儿带的酒已经喝上了，呼呼哈哈，举着手笑闹起来，排球拦网似的，把酒杯推来推去。周边数桌趁着吃的还没来，先组成大大小小的群体，取下口罩，合起影来，"茄子""三二一"的声音，此起彼伏。我和小吕放下机器，坐在大棚角落，恰在榕树下。树下烛火辉煌，原本的几十尊佛像错落在大大小小的红烛香炉间，氤氲庄严，焰火在佛像脸上晃动，显得栩栩如生。不时还有村民搬着自家的佛像出来，放在树下，纳瑞祈福，愈加壮观。

棚下人坐得越来越满，这时倒能和一整天脚不点地的龚叔打招呼，龚叔和王叔叔、于叔叔端着大托盘，上面总共有七八碗蚝粥，一桌一桌来分。我们喝完粥，龚叔才自己端着一碗过来坐。

龚叔显得很高兴，一时看看我一时看看小吕，问东问西，那意思是我生性了，照他上回的意思，找男朋友了。

我便直说，你别瞎打听，都是朋友而已。

小吕瞪大了眼睛，眨都不眨，抿着嘴笑。

龚叔眉毛一挑动，你老妈当年也是这么和我们介绍的，现在你都这么大了。

我吁了一口气道，那不能一样。

小吕不作声，只管剔牙。

龚叔低声朝我侧身笑道，你多做做他工作，小孩跟谁姓都一样，你爸妈不就蛮好。下回打醮一家三口，热热闹闹。

我不理会，龚叔便一顿吸溜，把碗中剩下的蚝粥都喝完了，也不见他嚼。他起身摇晃一下，抹一抹嘴，刚待要走，突然醒酒了似的一激灵，手伸进口袋里掏拨，只听见钥匙指甲刀哗啦哗啦响，摸了半天，还是一一在桌上摊开寻找，从一串钥匙中找到一小串，递给了我。

该回去了，他说道，肯定落灰了，至少打扫一下。

我接过钥匙，他拍了拍我肩膀，就走了。

晚上小吕开车送我，在亚皆老道堵车，因是双旦假期，街面竟也有不少行人，公交车站上也站了好些，其中不少戴着口罩，等着夜班车带他们回家。

小吕说，我想到一个笑话。

怎么又突然说起笑话来？

从城门河开到旺角，你可一句话也没说。你看我不是把两边窗户都摇下来一道缝吗，怕闷死了。

怕闷别送我了，我自己下来走也一样的，车这么堵，其实走几步也一样的，不远了。

不是那意思，逗逗你开心的呀。

我没想理他。但看他一副可怜样，今天又拍了一天，还要送我，便道，说吧说吧，快些的。

小吕说，其实也不是很好笑。

我瞪了他一眼，你这人怎么回事，还说不说。

我说说说，有一个银行劫匪戴毛线面罩去恒生银行打劫，进门见到戴着口罩的银行职员，还没开口，银行职员说，扫了安心出行没有？没扫？去那边排队。劫匪气急败坏，拿出枪顶着他额头，银行职员说，你这体温枪坏了，都没发出声音。劫匪哪里受得了这种奇耻大辱，大声喊道，我是来抢劫的！银行职员说，你看看那边。劫匪顺着他手指的方向看，有一条排队的人流，个个戴着口罩。银行职员说，进来个个都像你蒙着脸，神色慌张，去那边排队吧。

我看了他一眼，完了？

他说，讲完了。是不是不好笑，我改进一下。

我说，这个笑话用英文讲效果好一点，面罩、口罩都是 mask，就有谐音梗了。

小吕笑道，你说得有道理。

我说，你还记得我和你说过那个文康乐舞的故事吧。

小吕点点头。

我接着道，面具和口罩的英文也都是 mask，现在疫情已经过去了，但刚刚你可能也看到了，公交车站台上大家还是戴着口罩，我见到他们，突然觉得，也许他们也像戴面具的歌伎一样，用戴口罩的方式悼念自己的家人吧。

小吕按了一下喇叭，车流还是纹丝不动。他望着远处道，别想这么多了，我今天可累坏了，必须早点回家睡觉，毕竟明天还要排队去抢银行呢。

这个笑话好一点，我说道。

小吕笑道，我拍完片去抢银行了，你拍完片子有什么打算吗？

这不还没剪吗。

那剪完了呢？

我说，没什么打算。可能去趟福建吧，有东西要还给王老师，顺便和她见面说说话，之前约好了的。

小吕说，自己去？

我说，自己去。

王老师这几个月不时和我分享一下庙里的活动，我感觉她精神头很不错，初一十五依然做法事活动，传来的视频和照片里头，散粥散米散面，鲜花莲灯，幡帷佛音，好不齐整。她知道我们要打醮，提前准备了许多经文寄过来，后来知道全是她从早到晚念过的，保佑父亲离苦得乐，得入清凉世界。

她主动提及林船长，说林船长恢复得很不错，重新剃了个寸头，又出船了，家里人也拦不住。他其实也被媒体采访烦了，电视台天天滚动播放他在海上怎么烤鱼烤衣服，怎么弄淡水怎么和船员轮班。林船长回来之后，两边走动也多了,这回出船又来庙里重新请了些法物。

王老师说道,我便问他,在海上的时候有没有听到什么,见到什么?

我没有说话。

王老师说,他最开始说不记得了,白天睡觉,晚上风浪大不敢睡,就是一片黑。然后我又问了他几回,他后来终于想起来了。

想起来什么?

他说被搜救船找到的前一天晚上风雨极大,极黑,浪把船拍起来又按下去,身边全是水,好像闭着眼睛在洗衣机里滚。头晕眼花,突然外头亮起来,像白天那么亮,用林船长自己的话说,太亮了,视力都模糊了,然后是轰隆隆的雷,震得人胸口疼,过了好一会,视力才在黑暗中恢复,在雨中还能看到白光的巨大残影,好像从天而降的发光高速公路。

所以是闪电?

王老师说,不是一般的闪电。就这么巧,他看到听到之后,风雨就小了?第二天就获救了?自从她转化以后,我看事情和以前不一样了,听东西也不一样了,以前不明白的现在明白了。这就是她,我很肯定,要花点时间才能看清,她其实一直在我们身边,我肯定。

我说,我现在也越来越肯定了,我最近才想明白,我父亲并不是不告而别,他留下了一部分自己,在 Tommy

身上，在屋子里，在这个世界上。Tommy 陪我度过了最后一段时间，就是我父亲和我的告别。

王老师说，都是有原因的，我们会看得更清楚。就像林船长说的，那天早上出太阳了，天空由紫变蓝，天都特别干净，像被洗过，好像昨天的大风大浪已经过去很久，海最远的地方正有只船在靠近，只是我们现在还看不见。

第二天早上五点我就醒了，我洗了个头，带上钥匙，东西都放在书包里，像过去那样下楼，过对面街，坐红色小巴，到底站。进了屋苑，到了三座，我和大堂打了招呼，他睁着眼睛，不知道怎么和我说话，我便朝他笑笑，顺便开了信箱，拿了信。

我在电梯里翻看信件，除了广告推销，就是一封政府函，上头写着"加急"，撕了信头拉开来看，还是领取死亡证通知，我将文件又塞回信封，上到十一楼，电梯门一开，都丢在门口的垃圾桶里。到了家门口，我掏出钥匙，插进锁孔，我一时忘记了要往左扭还是往右扭，出租房用的是电子锁，平时回来，老头很早就会开着门等我。我试了好几回，终于解了保险，扭开了门。

比我想象的好点。

老头若还在，指定被我这句逗乐。实际上房子确实非常整洁干净，龚叔真是费心：地上扫得干干净净，佛龛插着灯，甚至桌上的老酒瓶子都没扔，码得整整齐齐。各间房间都倒贴着崭新的福字。

老头的棉拖鞋还摆在鞋柜底层，买的时候尺寸小，他又不舍得买新的，将就穿了好多年都没有扔掉。他走路多，加上足弓外翻，因此拖鞋外侧磨得厉害，显出底里灰色的胎，而发硬的鞋头上也形成了高高低低的、他脚趾的形状，好像随时都抓紧着。我俯身脱了运动鞋，取了他的棉拖鞋穿上，脚尖直伸到前头，踩在地上，单觉得里头空空荡荡的。

我换好鞋走进卧室看，窗帘和床褥都给换了，洗手间池子上的牙膏牙刷都很是整齐，只是逛了一圈，不知狗窝摆哪儿了。龚叔几次喊我去拿钥匙，我也一直没去。想先给他转钱他还不乐意，后来转给他儿子，和他说了一声。今天过来看，还是转少了。

我把每个房间的窗户都打开，窗帘扯在一边。我看客厅玻璃上，还有暴雨后微小的泥点痕迹，泥点子外头，就是屋苑中庭的大榆树，榆树底下有滑梯、秋千和跷跷板，几个老人坐在榆树下的砖砌护栏上，向着小孩子招手，喊着什么。小孩子们哪顾得大人呼喊，一个滑梯，玩出翻山越岭的感觉。一会玩累了，便走到老人面前讨水喝，老人拍拍孩子膝头的尘土，还没拍完，小孩已经咕咚咕咚喝完，玩伴一招呼，又撒腿跑远了。

我把老头的牌位放在佛龛边上，再摆了一个小金毛手办，小吕淘宝上给我买的，说和 Tommy 很像。确实像，都爱笑。我在佛龛前拜了几拜，便坐在窗边老头常坐的藤椅上，椅面冻屁股，这几天香港天冷，说可能新界还会下雪。藤椅边上就是他的茶几，茶几盖板玻璃下面是他和妈妈的合照，还有 Tommy 和我小时候的合照，还有税单、备忘的手写电话号码，一个是煤气的一个是物业的，还有几张不认识的名片。

  我坐了一会，看看钟上的时针分针，意识到时间好像差不多了，该是老头和 Tommy 散步回来的时候了。我想，这个世界上，大概只剩下我还记得他们散步的时间表了。我于是起身走到门口，把木门防盗门都打开，继而探出头来往外面看，看一眼左边，再看一眼右边，但是什么也没有，楼道里安静极了，只有冬日早晨清新干燥的空气，在周遭漫步。门敞着，我缓缓回到藤椅边，继续坐下，慢慢合上眼睛。我想，我还不够老呢，有什么声音，我一定都能听见。

示巴的女儿们

A

小火车咔嗒咔嗒地向前突进,在轨道上又稳又快地走着。汪聪看着那小火车头拖着一节一节车厢的样子,难掩心中的欢乐,嘴里哼哼着出了声,呜呜呜,是在模仿火车的汽笛声。旁边的导购员小姐,望着眼前四十多岁的中年男人如此幼稚的行为,实在难以掩饰笑意,不失礼貌地轻轻笑了起来,咱们这款火车是德国进口,用的是环保树脂材料。也是昨天才刚刚补上货,您可以去网上查一查,大牌子,大人小孩都放心。

汪聪正准备掏出手机搜索一下这个牌子,手机刚拿到半空,便停了下来,他几乎要嘲笑自己了,便转头问导购员小姐,我拍张照给我太太行吗?

当然行。

展示柜里的小火车在环形轨道上一圈又一圈地往复,汪聪边拍边问,这个火车轨道不用另外付钱吧,买了小火车就附含在包装里面?

导购员肯定地对他点了点头。

三个小时之前，王院长离席的时候也是这般对他点头。下午全院教务大会上正式宣布汪聪晋升副教授，公示半个月。汪聪早就打定主意，在下午的议程中必须保持镇静，不愿人见他得意的神色。会议中他除了和主持的院长有必要的眼神交流之外，其他时间都在默读着手中各项同场讨论的其他议程的内容，几乎要背了下来。通过这种转移注意力的手法，他几乎毫无表情地度过了这个下午。会议结束的时候，他和新来的青年教师嘘寒问暖了几句，显出从未有过的热情与关心，从宿舍讲到科研经费。这位青年教师，几乎说得有些动情，终于有了一位前辈的倾听者。而在汪聪，他只是为了熬过散席时可能的寒暄时间，既不想和自己的死对头有任何眼神往来，也不想和领导有过分热情的交流让人说闲话。不过在和这位青年教师的言谈间，他还是瞥见院长离席时朝他微笑着点了点头。

我得先走了，汪聪说道，还有些事，下回接着聊，有什么事可以找我帮助。青年教师尚有些意犹未尽，也只得作罢，末尾还说了一句，我是相信你的。汪聪没明白他的意思，也不接口，离开时拍拍他的肩膀，多发几篇论文，你也快了。说完便下班取车，往玩具街去了。

这天的行程他早就安排定了，买完玩具就去上周预订的粤菜馆和太太一起庆功。太太早早就到了，正在玩手游，他坐下说了今天的遭遇，太太连连点头。

我们领导走前还特意和我点了点头，汪聪说道。

哦，是吗，那很好啊。太太一边说一边继续玩着手游，咱们先点菜吧。

行，清蒸巴沙、上汤金银菜、慢煮叉烧……西芹腰果，点这几个怎么样，再加一窝老火汤。

太太抬头看了他一眼，没有说话。

汪聪说，你要是嫌重复，想吃什么炸鸡，也可以吃的。

太太道，这是粤菜馆，哪儿有炸鸡，算了算了，就按你说的点吧。

汪聪很高兴，招呼服务员点菜。餐食自是一如既往的质量，清淡营养，不过太太并没有吃太多，除了叉烧都打包了一些回家。她这段时间一直在玩手游，吃的睡的都少了，不但吃饭时候玩，夜里也会去小房间玩，并不和他一起入寝，他便也不知道她几点睡的。这段分房睡的时间，汪聪十分多梦，梦到同样一个场景：自己突然醒来，发现太太不见了。

而当他午夜梦醒，小心地推开小房间的门，见到太太依然在玩游戏，却不知道是该庆幸还是该责备，但他常看到一对乌黑的眼睛望着他，好像在恐惧着什么。

吃完粤菜回到家，照例她还是盘腿上了沙发，继续歪着玩手机。

汪聪放下公文包，把客厅灯微微调暗，便走近靠在她身边，询问了几句闲话，太太也得空回他两句。

他随即猴上身去，手往她外套里摸索，附耳说道，今

示巴的女儿们

晚上我有没有机会？

别动我。太太拧了下身子，继续盯着手机。

今天难得心情这么好……汪聪接着伸手解了她一颗扣子。

a

汪聪在后座，摸索起右后方的安全带，横过自己的胸腹，扣在腰间。车实在太快了，驾驶座窗户全开着，夜风一兜一兜地呼在脸上。他不禁后悔起来，或者，自己本应该在仙林过一夜第二天再搭高铁回家，但如今已然不可能回头了。车没上高速，这也自然，他在APP上就是这么选的，不承担高速费用。

他见顺风车司机右手推了一下鼻梁上的玳瑁眼镜，继而伸过副驾驶座位，拿起一个透明塑料保温杯，揭了盖，将其中的咖啡色液体咕咚咕咚吞下，继而再旋紧盖子，照旧摆在副驾驶位置上。汪聪在后视镜里观察司机的样貌，大略三十岁的年纪，盘了个丸子头，后视镜中只看到她似乎刷了假睫毛，妆倒是很淡。从后面看，她穿了一套连衣短裙，她似乎有些冷，把在方向盘上的手，常常挪移下去扯扯裙摆，想要遮住膝盖，或者顺手点一下吸附在表盘支架上的手机，查看是否有新的消息。

汪聪想提醒她开车不要玩手机，但不知道如何开口。

他便说，麻烦可以把窗户关小一点吗？这两天打台风，其实还是挺凉的。

司机没有说什么，把玻璃稍微往上推了一点，她没有回头也没有看后视镜，过了一小会说道，订单确定取消了吧？

确定取消了，汪聪说，下车付给你一百一十块。微信行吧？

微信行。

司机没有再说话。

车子颠簸起来，驶上了一条乡间小路，视野已经被灰蓝色吞没，只剩下车灯照亮的局部，向车后跑去。开了一支烟的光景，间或能看见几间亮堂的民房在路边，招牌写着民宿酒家之类，门口零星站着几个男女，面目模糊。

汪聪看了一会，有些倦了，司机依然左手扒着方向盘，右手时不时扯一下自己的裙摆。

今天晚上真是很奇怪，汪聪心里纳闷道。明明是顺风车，却只搭了他一个人，从南京到家门口，不上高速一百块就肯走，也不知道这司机怎么回本。上车前为了发上车位置，还加了司机的微信，看她的头像，是一个卡通图像，一件衣服，一条裤子在风中飘。汪聪点开她的朋友圈，自拍P得过分，甚至不能确定是不是本人，还有都是一些饭菜的照片和自拍，以及一些人生格言，劝人放下之类。地区写的是埃塞俄比亚。

示巴的女儿们　　193

这时汪聪又看了看司机,突然之间意识到她的造型,那个有些过分卡通的眼镜框,让他想起一个日本漫画角色,阿拉蕾。

是刻意这样打扮,为了遮盖年龄或者其他什么吗?他想到今天研讨会讨论的那篇单姓小说家的中篇小说,写东北出租车连环杀人故事,八九十年代的背景,凶手只挑夜更出租车下手。凶手和被害司机说去个远的地方,车费加些走不走,司机多半会走,到了地方,绳索一套,小刀一拉,抛尸劫车。小说里说警察们排查不果,只能自己上阵,扮成司机钓鱼执法,队里一共六个人,一个女的不会开车,其他全上了。这时候研讨会上有一位执拗的女学者就反复指出,为什么警队里只有女性不会开车,她觉得不合理,作者有潜在的性别歧视的倾向,她说她之后会专门写一篇文章说这个。

汪聪之所以想到研讨会的事,是他多年教创意写作的经验让他下意识觉得,眼前这位女司机,可能是个卧底女警,就像小说中的一样,刻意低价接这种长途偏远的顺风车,兴许可以撞见那个流窜在沪宁线的深夜出租车杀手。她的不大合身的装束,刻意装可爱的眼镜,和对价钱的态度,似乎都在佐证汪聪这样一个猜想。

汪聪越想越得意,兼之倦怠,酒力再起作用,便犯困起来,随即合上了眼。

汪聪自己估计,合上眼可能还不足三十秒,就听见女司机说话了，你要睡觉了吗？

汪聪愣了一愣，说，没有，但有点累。

那女司机说，我发烧了，困得要命。

汪聪听得头皮有点发麻，掏摸着口袋里的口罩，又顺手摸了摸安全带，确定是系好了。

我和我闺蜜聊聊天，上一个客人知道我发烧，我和闺蜜打打电话也没说什么，我刚刚喝了太多咖啡，想吐。

你喝太快了，汪聪说，一面开车一面打电话也不安全，你开慢些倒没事。

那你陪我说说话，女司机道，真是有点难受，昨天三十九度，吃了好几粒退烧药。

汪聪此时看看窗外，陌生的郊景已经几乎被黑色吞没，黑夜的温度随风爬过窗户，在车玻璃上留下冰碴划过似的痕迹。

发烧其实也不一定要出车了，休息一下，汪聪说。

女司机说道，我昨天送客人来南京，晚上一测就烧了，睡了一觉，今天总要回来的。

还是没有好透，汪聪道。

女司机也不接话，笑说，你是家长还是老师啊，我看送你那几个好像是老师的样子。

汪聪明白她说的是刘教授他们，道，都是同行，我也是教书的，今天有活动，开会做研究，晚上吃完饭他们送送我。

女司机说，还是大学好，我就是没文化，最近几年一直后悔。

汪聪说，你也可以继续上学啊，现在国家都在推动终身学习，有很多再进学校的机会。

女司机笑道，你猜我多大了？

汪聪感觉她三十五左右，说了三十二。

女司机笑道，我女儿都上大学了。

汪聪愣了一下，这道算术题迷住了他，和过往那些提问者不同，他嗅到了一些违法犯罪的气味。

女司机见他不说话，说道，没文化，生得早，那时候啥也不懂，也没感觉。

汪聪想了想，说生太早对身体不好。

女司机冷笑道，你有孩子吗？

汪聪道，有的，有个大胖小子，和我小时候一模一样。

不想再生个闺女？

一个也够了，养孩子也挺贵，奶粉玩具都不便宜。

女司机笑道，你们大学老师还缺钱呢？

文科，教文科的，没油水，也没外快的，就拿点死工资。汪聪其实并没有都说实话，其实有时候也有点外快，他周末好多次出差去外地给企业家讲国学，或者近代历史，他得钱，企业家得文凭，皆大欢喜，还颇有几个年轻女企业家要拉着他请他吃饭。

女司机笑道，文科女学生多，不便宜了你们。

汪聪清了清嗓子道，那是以前，现在管得严，女孩也不那么傻了。

女司机道，听起来有点遗憾呀，我读到中学就不念了，退学前有个男老师对我还挺好，高高瘦瘦，戴个眼镜，我就很喜欢他，他经常表扬我的作文，我那时候文章写得蛮好的。

汪聪还在想着女企业家，也不知道怎么接她的话，就说，听上去是蛮好的老师。

女司机道，后来听说把一个女学生搞怀孕了，被学校开除了。

汪聪没说话。

女司机继续说，所以我说男人没一个好东西，这些年我算是见识透了。

汪聪想说什么，但没有说出口，他隐约觉得似乎不是第一次听到这个说法了。

女司机继续说道，我第一个老公，我对他那么好，还是要出去找人。我赚钱我煮饭我带孩子，还是说走就走。所以我这些年，就比较多在抖音上看那个什么，断离舍，想不通呀。

汪聪道，断舍离。

断舍离，对对对，到底是老师，我没什么文化不要笑我。

我也经常说错的。

女司机说，我现在也后悔当时没有好好读书。那时候心太野了,爸妈都忙着做生意,我就跟着几个同学去水库游泳,一待一天,或者去看电影,或者就在公园里坐着。我那时候晚上不回家,我不是乡下的,是镇上的,就在镇上纺织厂的机床旁边看,机床就在那儿哐当哐当响,我就很高兴,我能看一晚上。

汪聪听着出神,见周遭亮了起来,车子似乎进了市区,入夜街面并没有什么人。打开手机定位看是镇江,他开口道,如果看到店铺,停一停吧,我有点口渴。他心里很担心这个司机疲劳驾驶,也想让她歇一歇。

女司机重复了一遍,看到店铺停一停。

汪聪说,窗户关小一点吧,有点冷。说着按住鼻梁上的口罩软夹,闭上了眼睛。

B

学校组织的第二届华文文学与海洋文学研讨会进行到第二天下午,照例大家组织了一个圆桌,在演讲厅中间摆了几张小沙发,汪聪和系主任、刊物主编一行坐下,恳谈海洋文学的发展可能和新动向,几位嘉宾也分别谈了与会两日的心得感想。其中还有学者专门表扬了汪聪的论文,底下学生甚多,不少都是他创意写作班上的同学,眼中闪烁着崇拜的弧光。汪聪旋转着无名指上的戒指,面露微笑,他偷眼看了一下自己的手指,根部的白色已经无法辨认,他更是安了心,点头接受奉承。初初进入学校读文学的时候,和女孩子打招呼都不敢高声,而如今,面对课堂那些提问吞吞吐吐的女孩,要他在小说或研究著作上签名,颤抖的递笔的手,他几乎没有一丝同情。那些都是唾手可得的,他这样告诉自己。

晚上应酬结束,请了代驾,汪聪到了家门口,敲门没人应。他在楼道里做了几个伸展运动,感应顶灯终于亮了,指纹锁试了一遍,发红光没通过,又试了一遍还是没通过,第三遍的时候直接锁死三分钟,这才发现自己伸错了手。他打电话给太太,电话关机了,他在外头等了三分钟,不时做几个伸展运动保持顶灯的光亮,他感到对门的老太太似乎在猫眼上观察他,手里此时大概也抱着她那只黑猫。上年去外地出差半夜到家,有人去居委会举报他,大略就是她了。

进门换了鞋,脱了外套挂了起来,洗洗手,抹了抹脸,照着镜子,发觉自己的白头发好像多了几根,他用剪鼻毛的弯头剪铰了两下,却也铰下不少黑头发,他顿感心烦,胡乱漱口,澡也不想洗,便往卧室去。太太背朝着外面,给他留了夜灯,他不仅步履没有进退,手上也失了分寸,一下上手,就把她的背给扳了过来,她眼睛猛睁,仿佛在树上惊醒,往后倒爬了两步,好像要退回巢穴中。

汪聪见她额头上有些青肿,便在床沿坐下问,刚刚怎么不开门? 让我好等。

太太说，睡着了。

汪聪接着问，你头上怎么回事，摔的？

太太没说话。

汪聪说，明天开车送你去医院看看，早些好了，怪难看的，现在疼吗？

太太说，挺疼的。

明天去敷点药，你之前看的那个王医生，不是挺厉害，挂个专家门诊。

我今天去了，已经敷过药了。

汪聪仔细端详她的伤口说道，敷药还这么厉害，你怎么和王医生说的？

我说走路磕到了。太太看向别处。

汪聪没说话，复又站起身，脱掉上衣，然后准备扯衬衫扣子，这时候太太和他说道，今天早上我又验了一下。

汪聪没说话。

太太摇了摇头，脸上浮现出也许酒后才能察觉到的笑意。

创意写作导论的课安排在下午，连上两个小时，汪聪走进阶梯教室的时候，四周已经疏疏落落坐了不少人。他走上讲台，在电脑开机的时候，拧开水壶，喝了几口，他自从开始教书就有慢性咽炎，罗汉果菊花茶团购了一大堆摆在办公室橱柜里。他把优盘插在电脑主机上，找到PPT，准备播放，投影仪上出现了"创意写作导论二"的课程标题，还有课程的基本信息、上课时间和周次。

这时很有几个学生合上了电脑，拔下电源，整理书包，起身往外走，身后的折叠椅板合上，发出吱吱呀呀的声音。也有几个女孩面无表情地戴上了耳机，继续看着电脑屏幕，露出与课程无关的笑容。

汪聪有些疑惑，又看了看PPT上的时间与地点，顺手又看了看左手的腕表。他又环顾四周，发现大部分同学都没见过，明明导论一也是他教的，如何会有这样的情况。他扫视了一周，发现教室后面坐了一个人，他倒是认识的，是那个女司机，如果她没有出现，他几乎把她忘了。汪聪喉头又紧了起来，把茶杯举起来，喝了一口。

汪聪没有理会面前这些陌生同学，硬着头皮把两个小时的课讲了下来。今天的主题是早期西方传说故事，汪聪解析了所罗门王和示巴女王的故事模型，说这示巴女王是非洲东岸王朝的领袖，也就是如今埃塞俄比亚地区的王者，因为仰慕所罗门王的力量和他华丽的宫室，而带着黄金香料和其他奇珍异宝前来耶路撒冷拜访，还向所罗门王提了三个问题。所罗门王一一对答解决，示巴女王非常崇拜他，说听闻的好言语，远不到见面的一半，于是渐生情丝，二人心意相通，是夜欢好。第二天示巴女王领了无数赏赐，心满意足回到自己的国度，诞下一名男婴，也就是后来智取约柜的曼涅里克，阿克苏姆国王。汪聪讲得正起劲，却发现其间陆续有人离开，好像进出一间自习教室，以至于他本想和学生们互动一下，猜想一下女王到底问了什么问题，此时也只能作罢。女司机一会玩玩手机，一会听一阵写点什么，偶尔露出认真的神情。

铃声一响，汪聪夹着水壶就往外走，到门口转弯的地方就被女司机截住。

汪老师，女司机笑道。

汪聪说，你怎么来了？

女司机说，那天你说可以来听你的课的，你忘了？她向前挪了两步，看得出，脚还是有点踉跄。

汪聪退了半步，笑道，没忘。其实他已经不记得自己有没有说过了。

女司机扬着脸说，你还鼓励我写小说，我今天听课记了好多笔记。她几乎要展示给他看。

挺好的。我……汪聪作势看看表说道，一会有会，要不回头再聊？

女司机脸上流露出一闪而过的不悦，说，我已经写了一大段了。

要不你邮箱发给我？

我没有你邮箱。

我微信一会发给你。汪聪说完便走了。

那时候，汪聪见到在病床上的太太，蜷缩成了一团，裹在被子里，好像这样就能消弭自己的疼痛。汪聪脑子里始终挥之不去一个意象，同样蜷缩着的一具女婴尸体，灰白底色下的青紫，像杯底沉淀的墨汁，慢慢透明以致消失，连同肋骨下隐隐可见的内脏，被包裹在浸湿的层层草纸中，丢在一个编织袋内，上面写着，"医疗废物"。

太太在怀孕中后期被诊断患有一种十分危险的妊娠并发症。已经满二十六周的胎儿在某个未知的夜晚停止了心跳，汪聪觉得自己对那个夜晚有特别的印象，因为那天晚上他特别多尿。太太很快被告知要在医院立即进行引产手术。

会被火化吗？太太问。

你放心吧，我会处理好，汪聪说道。

汪聪不知道也不想过问这具女尸，是不是和其他人切下的肿瘤、扁桃体，或多出来的手指一起腐烂，变成和草木灰一样的养料，往地底更深处下潜。

太太醒来的时候说道，我妈差点被丢掉。

汪聪把水杯递给她，喝点水吧。

太太说，当时已经摆在人家门口了。

汪聪说，别想太多了，多休息。

当时是一个冬天，她一边喝水一边说，是我外婆夜里知道了又把她拎回来的。外婆说，当时雪地上，已经有只野狗扯开包袱，在舔她的脸，小脸泛红，像笑又没笑。

短信来了，汪聪看了看手机，是女司机提醒他，你把邮箱地址发给我吧。汪聪右手发地址，左手从罐头里掏拨几颗坚果塞在嘴里，他戒烟之后，书桌上总是会备一些小零食，让自己烟瘾犯了的时候嘴里有点味道。为了健康考虑，他并没有选择有盐分的版本，就像家里的牛奶也都是低脂的，洗手液都是无酒精的。电脑右下角弹出一条邮件提醒。汪聪点开，是女司机的邮件，没有称呼也没有落款，内容是：写了个开头，你给我看看。汪聪往下翻，发现不过只有几百字：

  她敲了一下门，随后扭锁进来，木门吱的一声。她左手提着手提箱，右手稍带上门，却并不掩上。

  她看着汪老师不动，汪老师看着手机点了一下头，嗯了一声。

  她转身合上了门，放下手提箱，开始解裙子。

  汪老师说，你等会。一边发短信。

  她愣了一下，裙子拉链拉了一半。

  汪老师说，你先坐。他边放下手机边说，我有几句话想问你。

  知识分子，她说。

  汪老师愣了一下，没说话。

  她说，一般的都是事后再问，你们知识分子都比较着急。

  她猫着腰打开放在一边的手提箱，取出几套衣服，平整地摆在床沿上,她面无表情地说,你看看要我穿哪套衣服,你可以边看边问问题,都在钟数里面。

他说,穿那个校服的。

她随即收起其他几件衣服道,这件撕破要赔的,也别弄上乱七八糟的东西,干洗要骂。

她熟练地穿脱衣服,对着落地镜子支起裙摆,左右微微摆动,汪老师却无论如何见不到她镜中的身影。此时,他倒忘了刚刚要问什么问题了。

完事之后,汪老师往裤兜里掏摸,却找不到那包烟。

我们这不能抽烟,她说。

花钱也不能抽?

花钱可以,但得另外,还有四十分钟的钟钱里不能找补。她边刷短视频边说,火机三块钱一个。

汪老师说,我想起要问你啥了,你老家哪儿的?

冰岛的,她说。

看着不像,他说。

你看我微信,上面就是这么说,来自冰岛。她拿着手机在汪聪眼前一晃。

定位他倒没注意,单看到她的头像是一个卡通公仔,微信名是一个表情符号。

她收回手机,继续斜躺在汪聪身边。汪老师侧过去用手摸她的胸部。她瞪了他一眼,我不喜欢别人这么摸我。

汪老师说，你气性还挺大。

她说，我就是不喜欢别人这么摸我。

汪老师一愣，想说点什么，但忍住了。

她看了汪老师一眼说道，别看不起人，你这样的我见多了。

没有看不起你，汪聪说道，别误会。

我一开始不是做这个的。她半坐起来玩手机，说道，我以前是开饭店的。

哦，所以是什么饭店？

卖海鲜的，我老家那边没什么海鲜餐厅，我就和闺蜜合开了一家。

现在还在吗？

她笑着说，后来变成了一家补习中心，最近好像又关门了。

冰岛也有补习中心？

她看了汪老师一眼，不说话。

汪老师也玩了会手机，想着晚饭，搜着附近有什么好吃的餐馆，不自觉地，就筛选了一批海鲜餐厅。

她不一会就问汪老师，你好了没？就还有三十分钟了，我们要提醒客人的。

再等会，汪老师说，咱们聊聊天。

她说，你结婚了吧？

汪老师说，你怎么知道？

她说，你虽然没有戴戒指，但是你无名指根部皮肤比较白。

厉害，汪老师夸道。

有老婆还出来滚，你也挺厉害。

汪老师接着说，你们家饭店有什么招牌菜？

蒸羊羔、蒸熊掌、蒸鹿尾儿、烧花鸭、烧雏鸡……

你正经点。

炒蛏子、炒蛤蜊、花蟹，她说，还有些别的，不记得了。

b

汪聪再醒来的时候，汽车已经到了丹阳，远处的交通指示牌告诉他，常州还有五十二公里。车停在一个加油站前，窗玻璃半开着，渗进来的夜风提示他，时间似乎已经不早了，汪聪看看手环，已经十点半了。

女司机说，你醒了。

汪聪说，是，有点渴。下来喝点水，你要喝什么吗？

女司机说我不用，还是有点恶心，不喝东西了，你快去快回，不然我到家一点了。说着，刷起了手机。

汪聪下车，往加油站便利店走去，不知道为什么，他总觉得加油站的灯光好像一直跟着他。

进了便利店,响起熟悉的欢迎音乐,坐在收银台穿制服的收银员,正刷着短视频,见他进来,像突然想起一个遥远而令人疲惫的事实那样说道,欢迎!光临……

汪聪挑了两瓶水,便到服务台边结算,拿出了自己的支付码,收银员一手端着手机,一手拿着机器扫了一下汪聪的手机。

嘀的一声,显得十分刺耳。汪聪准备往外面走,那嘀嘀的声音却好像若近若远地跟着他,一下一下。汪聪敲敲自己的脑门,觉得自己可能是睡多了。那嘀嘀的声音却似乎并不消散,像植物人病床前的生理监视仪发出的心跳声。

汪聪腋下夹着一瓶水,拧开手中那瓶的瓶盖,咕咚咕咚地灌了几口,脑子也清楚了几分,便先走到车头,将腋下那瓶水递给了女司机。

这时候他看清了女司机,虽然戴着眼镜是为了遮皱纹,但本人看上去却有些少年人的气质,她那略显可爱的发色和裙子,也稍微显得没有那么奇怪。

女司机说,谢谢。多少钱?

汪聪说,两瓶有优惠,不要你钱。

女司机把水接过来说道,我不喜欢这样,你到时转账少转点给我就行了。

汪聪笑道,到时候再说吧。边说他走到后方,拉开车门上了车。

车起速很快,汪聪笑道,这新能源车开的感觉怎么样?

女司机笑说,我不懂这些,我也是搭了朋友租别人的。有时候要充电,经常有个心事,现在我就有点后悔,刚刚应该充一下的。她点了一下手机,播放了一条语音,是一个女人的声音,说着汪聪并不理解的方言。

汪聪说,温州的?

女司机说,你怎么知道,听得懂吗?

汪聪犹豫了一下说道,还好,认识一个女孩就说温州话,脾气挺倔的。

女司机笑说,我们温州女孩子可不是好欺负的。

听起来有故事。

谁没有故事?

汪聪笑道,不瞒您说,我在大学里教授创意写作,平时也写小说,爱听故事。

女司机问,创意写作是什么,写作还能没创意?

汪聪道,比如抖音上面那些乱七八糟的东西,都是乱写的,就没有创意。

女司机似乎有些不高兴,想了一下,我觉得挺好看的,一看一下午。

汪聪说,将来你看些好的,就不看这些了。

女司机说,那也未必。

汪聪没接她的话,说道,我平时坐车常常和司机聊天,司机见多识广,我常常请他们和我说说他们的故事,或者

示巴的女儿们　　209

听到的故事。

然后呢?

说起来,其实我也是个小说家,你可能在电视上见过我,或者你去淘宝搜搜我的书,就了解了。

不知道抖音上搜的到吗?

兴许也能搜到。

女司机问他,那你有听过什么好故事吗?

汪聪说,听过一些,比如一个男司机和我说过,在酒吧街载过一个大美女,blingbling 的,看上去很有钱的样子,她喝得醉醺醺的,上了车好像很热,一直扯自己的吊带,还一直和他说话,问他多大年纪,赚多少钱一天。之后就开始说胡话,邀请他一起上楼。

汪聪喝了口水道,我问他后来上去没有。他说他没有,他是有女朋友的,不可能上去的。

女司机扑哧一声冷笑道,男人没一个好东西。

这话有点不好理解。

他说的时候是不是很得意?

我不大记得了,好像有点那意思。

他多半是说谎,大美女哪可能和他搭讪,一个上了年纪的胖女人倒是有可能,可能和他说了几句风话,他就骨头痒了,又没胆子。这女人下了车,他得意自己被人撩拨,又很满意自己没有踏出那一步,其实他没有踏出那一步的唯一原因就是对方是个丑陋的老女人,否则想都不想就上去了。末了自己还老玩味这事，逢人说起，就说是一个大美女。

汪聪听了有点心惊，琢磨也不是没有道理，便笑道，你说的也有可能，那你也说说呗，有啥好玩的事？

女司机似乎稍微加了点油门，夜风从前面的窗子穿进来，汪聪感觉似乎有些冰凉的碎粒在摩擦自己的脸。女司机道，我先说个我朋友和我说的故事吧。我这个好闺蜜在杭州工作，互联网企业，收入很不错，学历高，身边一帮朋友也很优秀。在园区前后脚一共四个女孩，成了很好的朋友，她们一起上瑜伽课，分享烦恼和生活趣事，互相出主意，给彼此叫外卖，网购拼券，推荐品牌，互相拍照，说将来要互相做伴娘。关系非常好，好到什么程度，其中有个来自东北的女孩，她的男朋友迷恋赌博，在外面欠了很多钱，甚至牵连到女孩的资产，四个女孩也是一起商量着解决，没有和其他人求助，当然她最后也和这个长得很帅的男孩分了手，后来一直单身。去年年底，其中一个家在金华的姑娘就要结婚了，但你知道，那时候是特殊时期，出门出市都很不方便，单位明面上不鼓励，实际上就是不允许。我那个小朋友和另一个闺蜜，最后都没法去给金华的姑娘当伴娘。而东北的姑娘就想了个办法，非得去当伴娘不可。她公司性质不同，有外派任务，她就想办法调整了工作安排，借工作名义离开。因为那时候高铁停运，高速公路也严格管理出入。所以东北女孩找了个师傅带她上

示巴的女儿们　　211

路，这师傅也有意思，本来做物流公司，几年时间公司趴了，欠了好多钱，自己出来接点私活，哪儿都去。东北姑娘也是人豪爽，朋友多，通过朋友的朋友找上了师傅，大清早送她去金华，晚上再送她去第三地。说来运气有点不好，去程的时候，路上就爆胎了，靠边换轮胎还耽搁了一点时间，东北姑娘在车上化妆换鞋，总算没耽误时辰。婚礼很隆重也很热闹，大家欢欢喜喜庆祝一番，一切都很完美，金华女孩非常感动，说什么都要让东北女孩住几天，东北女孩倒不能依她，星夜要走，明天还要去别的地方办事，师傅都在外头等着，新娘这才依依不舍地送她出门上车。新娘继续招呼亲戚，吃了几口饭，和大家说了一会话，就接到了电话：东北姑娘车还没到义乌，就撞上了一辆泥头车。司机和东北姑娘都是当场死亡。司机的媳妇去认尸，马上吐了。金华的新娘很伤心也很自责，和其他两个姑娘商量，一定要把她的后事处理好，办得体面干净，就等女孩父母从东北赶来拿主意。

这东北姑娘生得美，爱打扮，再加上平时收入很高，家里挺多奢侈品，几个姐妹一方面帮她整理遗物，退租，一方面也想把这些包包卖一卖，帮补一下老人。拿去报价，发现八十几个包都是假的，首饰项链也大有问题，几个姑娘弄不明白是怎么一回事。遇到房东，房东说，这人不常住这儿啊。几个姑娘更加吃惊，明明给东北女孩隔三岔五点的夜宵都是送到她这儿的地址，还在朋友圈晒呢，怎么会人不在这儿。整理遗物的当口，有一天遇到一个男人上门，穿着公务员那种polo线衫，黑色光面夹克，胡子不是很干净，耳边有点白发。三个姑娘全都不认识他，一问更是吓一跳，说他是东北女孩的男朋友。姑娘们都以为这女孩是单身，这中年男人说他们谈了快一年，女孩住在他那儿，有听说她们三个，但她说将来再介绍自己给她们认识。姑娘平时和几个姐妹到了出租屋，告别后会另外打车去他那儿，外卖都是他骑电动车去她住处拿的。三个女孩再细看这个男人，条件看上去确实比之前那个差了很多，这女孩重视面子，许是还没想好怎么介绍自己的新男朋友，尤其是和前一任分手后，闺蜜都一再劝她仔细拣个好的。

父母到的比预想的晚，从前机票火车票都是女儿帮着弄，两个老人手忙脚乱，定错了班机，闺蜜说有一次听东北女孩私底下讲过，父母感情不好，若不是她一直维持，恐怕早就分开了。三个女孩去机场接这俩人，大费周章接上，一路上发现俩人也不大说话，听意思也不住在一块，但好像也没离。见了尸骨，俩人也没有号哭，只是木然落泪，嫌没换一身齐整衣服给闺女，三个女孩也不好接话。时值年底，地方上公安和他们说，今年这边事故有点多，交通事故认定书恐怕要等一月份，给他们做好了基本文件内容，到时可以火化，于是这个东北姑娘就在停尸间等了一个月。转眼一月，交通事故认定书下来了，死亡证明什么的都齐备，又遇上冬季，老人家许多都熬不过。老话说，年关阎王爷收人了，两下里夹攻，丧事各处都乱了套，各种吹手大锣都分身乏术，有些人家才分到一个吹手，还是喉咙嘶哑，戴着口罩上门来的。

想了不少办法，我那个闺蜜托了在市里工作的舅舅，总算在年关前安排了火化。遗体告别前，三个姑娘认真打扮了一番，到了场地，拿着单子寻了半天也没找见挂闺蜜照片的屋子，倒是见了老人和之前说的那个男朋友才知道到了地方，但里头既没有遗像，也没有牌位，但见墙上"室内区域不得吸烟"。问为什么呀，二老说在他们东北老家，没出阁的姑娘，不能有遗像，也不可以有牌位。金华姑娘待要说话，被其他两个姑娘拿住了手，往后掰扯，金华姑娘越想越伤心，拧着眉毛没让眼泪掉下来，见二老佝偻着背在整理女儿衣服，才稍稍把气吞了半口回去。中间殡仪馆的领导，可能是一个分管火化的小头目，戴着口罩，英姿勃发地在火化操作区的窗口招呼他们，给老爷子和那个男朋友让了两根烟，两人都没收，这不影响他客气，听他说专门给安排了最大的火炉，机器新火力旺，烧得干净。烧完了操作台推出来，有工作人员专门拿着一个小扫帚，刷墙灰那样把骨灰拢到一起，陆陆续续收进之前准备好的骨灰瓷罐中。小领导很周到，嘱咐工作人员给他们多扫一点，工作人员照做了，仔仔细细把瓷罐填得平了口，这才拧上盖，给了家属。平台上地上还遗留了一些骨灰，工作人员麻利地扫进了垃圾桶。

老人家最后决定把骨灰撒在杭州湾,女孩回家也不能有墓碑,二老说杭州湾连着东海,黄海渤海一路能到松花江,也是一样的意思。你说好玩不。

汪聪说,好故事,你说得也好。此时他心里想,难怪《一千零一夜》中的国王喜欢听女人说故事。女人说故事确实有种特别的魅力,甚至吸引人用生命来威胁她们。

女司机说,这姑娘我没见过,有义气有意思,就这么被抹平了,没了,完全消失了,什么都没留下。要不你有机会写出来?不然这个姑娘真被人忘了。

汪聪道,有机会真要写写,不过写的可能还没有你说的那么好,你不会就是故事里的那个闺蜜吧。

她就是刚刚给我发消息的那个,女司机指了指方向盘右侧的手机道,她语音和我说的。

汪聪看完小说,心里很不舒服,不明白这篇小说为什么用一个也姓汪的老师作为主角,还要去找小姐,他觉得这个人有点窥私癖,且他以为自己会看到的小说也不是这个内容。心烦意乱的时候,他又往嘴里塞了几颗坚果,不知怎么的,倒感觉有些咖啡的香气。这让他又想起那个夜晚的黑暗,以及那些莫名其妙的对话。他在讲西方文学史的时候,提到过咖啡的起源。咖啡起源自埃塞俄比亚,是一个阿拉伯牧羊人,偶然发现自己的羊子吃了一种红浆果

示巴的女儿们　　215

就会特别兴奋,牧羊人自己尝了一下,余韵难忘。他便把奇异的果实转交给了当地的修道院,讲述那无法言喻的气味。修士们却把这种果实斥为异端,愤怒地将这种果实,也就是咖啡豆丢入了火中,高温燃烧之下,咖啡豆散发出曼妙无端的香味,修士们和牧羊人,以及汪聪在此种异香中,沉入了睡眠。

C

那天早上,太太在洗手间内坐了很久,汪聪以为她低血糖,便推门询问情况,但见她坐在洗手间一侧的角落里掩面流泪,洗手台盆上摆着一只验孕棒,验孕棒上显示两条横线。汪聪心知她是怀孕了,自然喜上心头,他身体向前蹲低,手掌轻轻抱着她的肩膀,而她好似柔若无骨,周身如一团云雾。汪聪拍拍她的后背,和她说,你害怕吗?

太太点点头,又往后向角落里缩了一点。

汪聪笑道,你别担心,这次肯定和上次不一样,会是一个很棒的宝宝。

太太小声说,上一个也是很好的。

汪聪摸着她的手,说道,都是很好的。

太太没有说话。

汪聪伸出手,撩开她的长发,捧着她的脸,见到她额角上的伤尚未痊愈,笑着说,一切都会顺顺利利,你不用害怕。

太太轻声说，我害怕你……怕你控制不住自己。

汪聪用手捏捏她的脸颊，说道，害怕我失望吗？我高兴还来不及，最好的医院最好的病房，我们这回一定能成功，好不好？

太太没有说话，汪聪知道她是如此的，上次她也是这样的反应。

当天汪聪就开车带她到医院做了初步的检查，胎儿状况良好。医生和他说，她的身体情况，这次很不容易，千万保重为是。汪聪自然不住点头表示同意。从医院回家路上，汪聪特地去菜市场买了一些食材，到家后洗米煮饭，蒸了条桂花鱼，炒了个西红柿鸡蛋，焖了土豆鸡块，做完已经快十二点半。吃完洗碗收拾，汪聪照顾太太上床午休，自己则在沙发上刷起之前收藏的一些备孕教程，看着看着竟有些累，毕竟奔忙了大半天，便在沙发上披了条毯子，就睡了下去。

汪聪做了一个梦，梦中他非常生气，具体是什么原因也说不出来，他只感到一股无名火直冲脑门，他一直在家里追自己的太太，好像她犯了什么错必须得把她脑袋拧下来似的，她躲在桌子底下，一会又躲在床底下，他伸手掏拨不着，额头上直冒汗。这时候电话响了，《梦中的婚礼》，熟悉的钢琴声，他不管，但电话一直响，太太颤巍巍、声音发抖和他说，有电话。他这时候睁开眼睛，看着太太的刘海胡乱地垂下来，脸上红红的，心里更加烦闷，几乎喘不过气。他的心脏突突突地跳，好像有个不肯停下的乒乓球，在胸口反弹。电话还在响着，他挣扎着爬起来，接过了电话。

对面说话的是他的研究生王焕。她说，汪老师，学校大门口来了一个五十岁左右的中年妇女，披着丧麻抱着一个女孩的遗像，一直跪着，说要找校长和你，后面还有几个亲戚模样的拉着条幅，文字不好看，您这几天要是回校别走正门了，最好先别回学校了。汪聪没有说话，就把电话挂了，他走到卧室门前，发现房内并无动静，便又回身坐上了沙发。

这时候短信来了，是那个女司机。小说看了吗？写得不好吗？

他看了短信，回想了一下那篇小说的情节，说，为什么要让男主角姓汪？

女司机显示正在输入中，等了老半天，显示一条语音，你怎么知道你自己是主角？

汪聪去阳台打了个电话过去，电话刚刚接通，他劈头就说，你不要乱写，根本没有这样的事。

女司机说，我在开车，你别吼我。说起来，我还在你家附近呢。

谁问你这些？！谁让你写这些东西的？

你鼓励我写的呀。

我鼓励你写的是你自己的故事。

女司机停顿了一下说，你当时也说有什么想法都写出来啊。我就写写看呗。

汪聪说，你不是开车的嘛，开车就写开车，写你自己的生活。

女司机笑说，吃了炮仗了，火气这么大，我有个女儿，上大学了，平时不说话，我看电脑上的搜索记录和浏览记录全是一个男老师。我有问过她，她也不理我，我就自己网上找找看，他是教写作的，抖音上面还有一些他的视频，长得挺干净，讲写作，我也听进去一些，说什么冰山理论，梦就是现实的冰山，反之亦然。我经常梦见我妈，她早死了，我觉得他说的挺对的。

汪聪没有说话。

女司机接着说，他也讲过你上课讲的那个非洲女王的故事，他说不同文化和信仰，对这个故事有不同的解答，有的说他们是纯粹的外交关系，有的说是国王通过卑鄙的手段强奸了她，才有后来的婴儿，女王根本不是自愿的，也有的说，女王其实是脚掌毛茸茸的恶魔，她诱惑了英明神武的国王，让他和恶魔签订契约。总之有很多说法。

汪聪说，他说的没错，可是和你写的又有什么关系？

女司机说，我听说你们学校死了一个女孩，好几个月了，之前微信群里听人聊过，说是喜欢上了男老师，跳了

示巴的女儿们

人工湖，还有人发了捞尸体的视频。总之，有很多说法。

汪聪说，别造谣传谣，现在互联网上什么都有，搞得人心惶惶的。

女司机说，我也有女儿，我心里肯定不踏实，好多男老师都很年轻，学历高会说话，我女儿都不怎么和我说话了。我也害怕啊。

汪聪说，所以你就写这么些东西，算是什么意思啊？

女司机缓缓说道，就想想象一下这些男老师的生活是什么样的。也有很多女学生喜欢你吧？

汪聪说道，你这些无聊的想法还是放下吧，你也别再发给我了。

女司机笑了，停顿了一会，说道，你就不想知道后来的故事是怎么样的？

汪聪把手机拿开了耳朵，按下了挂机键。

他坐在沙发上想厘清一下思路，下巴因为一直没有喝水而显得干燥，他不断摸着自己的脸，却感觉自己的胡子都在生长，更加浓密坚硬了。同时后背也觉得潮湿黏腻起来，好像短短的时间里，气温都升高了。他打开电视，电视上正在播放国际新闻，委内瑞拉一列火车驶入隧道后，隧道发生塌方，火车上有一班春游的小学生也同时被困。而画面中正是记者在采访心急如焚的学生家长，有一个父亲很平静地接受采访，似乎在有意克制自己，诉说一件和自己无关的事情，而另一位母亲则十分焦躁，好像随时准备打人。他看着看着，便又睡着了。

睁开眼的时候，电视亮极了，四周暗下里，极安静，如一声叹息的悠长余音。

汪聪此时只觉头痛欲裂，好像在梦中又做了一个梦。他关上电视，打开手机，已经七点了，屏幕亮得像手电，他起身的时候腰椎和膝盖同时发出一声弹响，像打开一道朽坏落灰的门。他打开房间的灯，照亮了四周，邻居家厨房的说话声、油爆的嗞嗞声、碗筷合作一处的碰撞声，突然一下涌了进来。他走到卧室前，微微推开门，内里还是一片黑。太太似乎还没有醒来。

汪聪小心地往内踱步，口中说，起床啦，手按下灯的开关。

床上被子乱乱地堆在一边，中间是一件干瘪的睡衣、一条睡裤，睡衣下摆和睡裤上沿相当准确地连在一起，好像人是化作一道烟云突然消失的。

c

车在薛家下了高速，很快就能进市区了。

汪聪看了看手机，已经没有什么电了，和司机说，能借你的线充个电吗？

女司机说，可以，把自己导航手机线拔了下来，向后伸手接过了汪聪递过来的手机，把线插了上去。

汪聪笑说，你车开得好，故事也多，要不以后需要用车，我就打电话找你。

女司机道，谢谢你，客气了。以前也有几个客人这么说，后来都没有打过电话来。而且我这个人怕麻烦，我一般就是南京和常州单程来回开，省得麻烦。市里短途开得累，我不喜欢动脑子。

汪聪想了想说，我太太身体不大好，有时候要去南京看病。

你会陪她去吗？

我一般会尽量陪她去。

女司机冷笑了一声，清了清嗓子，说道，你算好的了，我为我那个老公跳楼，他陪了半个月，就找机会去看麻将了。

汪聪没有说话。

女司机说，我现在开车开久了，右脚都没有感觉了。右边神经坏死，当时看病花了好多钱也没用。

汪聪说，或许大城市还有好医生。

女司机说，医生说骨盆粉碎性骨折，没办法的。我对我老公很好的，医院住了半年，我公公中风，我都去医院送饭，腰疼得要死，我也不管。

汪聪说道，你这么开车，很辛苦，还是要多保养，换个行当的好。

女司机说，是的，刚开始开我可以连着开十二个小时，后来实在受不住,加了个靠垫,有时候也要去门口的推拿店让师傅推拿一下。除了开车,也没什么别的去处,我没有什么文化,公司坐班坐不住,做点小生意,开开饭馆遇到疫情,也歇了。

汪聪说,现在餐饮难做,太多事要操心。说着他倒饿了,想着到家后可以吃碗泡面。

女司机在路口尽头抹着方向盘,拐了一个九十度的弯,汪聪在毫无准备下却觉得好像转了一圈,来到了会使人失重的另一个位面。估计小半个小时就到了,女司机说。

辛苦你,还没请教你贵姓。

我姓王,大王的王。

我就叫你王老师吧。

我不是老师,你才是老师。你说你教写作,我也想问问你,我觉得我好多故事可以写成小说,不知道怎么弄。

汪聪说,王师傅,小说不一定要顺着写,可以有灵感的时候先把小说最想要写的那部分写出来。然后,适当的情节重复有利于制造戏剧性什么的。还有就是,不要在小说中写太抽象的观念,把人物写出来用其行动来表现。不要想太多了,写好了还能改的嘛。当然还要多读书,找到自己喜欢的作品,尝试模仿一下也是很好的。

王师傅说,我有写日记,怎么弄成小说故事?

汪聪有了兴致,笑道,你有写日记那太好了,有时候整理一下,就是小说了,还专门有种小说是日记体,就记下一些日常琐事就行,有时候真实的就很打动人,你刚刚讲的东北女孩的故事,就特别好。

王师傅说,真的有的就没法说。那个东北女孩的故事,她爸妈估计也不会说,旁人都是当新闻看的,反正也不发生在自己身上,那女孩长得好看,死了可能还称了谁的心也不一定。我老子死了,他几个兄弟先想着要分他的地,尸体还没找到,打谷场上已经用石灰新撒好了界了。

后来呢?

后来找到了,在下游。整个人泡发了,皮肤和饺子皮一样,都透明了,脸肿得眼睛都看不到,一块青一块紫。我那时候不在家,都是听乡亲们说的。

汪聪觉得有些古怪,且说,难为你说这些。

王师傅说,我还巴不得他早点死了。

汪聪没说话,静静听着。

王师傅说,我妈运气不好,也不是运气不好,是身边的人对她不好。好好地考上了上海的学校,娘老子怕她去大城市不回来,想留她在身边养老,许了隔壁村的男人,就是死老头来的。本来她读过几年书,在大队里做书记,好歹是个干部,死老头非要我弟弟,为了这,经常揍我妈,鼻青脸肿的,不过瘾顺便揍我。后来弟弟生下来,挨批评罚款,书记也没的做了,她身体也弄坏了,她经常尿床,洗完弟弟的洗自己的,竹竿上没空过。会不会很无聊,这些不能写小说的吧?

汪聪笑道，王师傅你说得挺好的，心里怎么想就怎么写，写下来都是好故事，你说得挺好的，后来呢？

王师傅说，你介意我抽根烟吗？

汪聪把窗户摇下来，说，你抽吧。

王师傅摸索半天，笑说，火机落在南京的加油站了。算了，也快到了。

汪聪说，你慢点开也成，想听你说故事。说着他挪了挪屁股，腿几乎有点麻了。

后来我跑了呀，王师傅说，死老头越喝越多，喝完就打人，我妈帮人做塑料包装赚来的钱他偷拿了转头去赌。后来我妈把钱都存在银行，账号密码不和他说，就被他扯着头发往墙上撞。送去医院的时候右眼睁不开，额头缝了十几针。我就和我老公说，你要是个男人，就整治整治这个死人。他约着几个兄弟堵过他一回，这死老头麻袋一套就老实了，说他几句就尿裤子，后来板砖拍晕了就走了。第二天他还是被捉蛇的人在地里救起来的。后来乖了些时间，就想着要弄我来了。我枕头底下塞把水果刀，也给我妈买了一把。我不怕他。但也觉得没意思，突然就很没意思。我就和我那个老公跑了，出去打工，很快就有了个孩子。走之前我妈给了我一张卡，和我说，密码是我生日。里头有零有整的，一段时间不看，里面的钱还会变多，你说好玩不。

汪聪不知道如何作答，预感这个故事将要有转折。

王师傅在前头红灯处减速停下，头顶是一幅建设文明城市的标语。她把手交叉在方向盘上说，我妈后来来找过我一次，之前说她肚子疼，我说你来我这儿看看，我就带她去看看，医生说的话很难听，她就在我这儿住了三个礼拜，宁波挺多好吃的，她就天天吃馒头，她说她就喜欢吃馒头，你说好玩不。她回到家，没什么力气，只能躺着。在乡里医院开点药，在家里吃，让死老头陪着她，饭菜啊也没有好好弄，她那时候身体已经不大好动弹了，翻个身要半天。死老头把热水瓶啊、药啊、冷馒头都放在夜壶箱上，自个儿出去赌场看麻将了。我妈醒过来渴得厉害，半天没人，自己想掏拨热水瓶喝水，结果热水瓶打翻了，滚水都倒在她身上，她连嚎的力气都没有了。死老头回来，她浑身烂的烂肿的肿，人也只是捯气。死老头凑近了问她话，她就模模糊糊说了句，洗裤子。然后人就没了。

我觉得就是死老头害死的。我妈惨啊，我经常梦见她，她也不会和我说旁的，就问我冷不冷，饿不饿，钱收到没，来来回回就三句。

你妈妈很伟大，汪聪说。

伟大有什么用，王师傅接口道，我倒希望她自私点。在宁波的时候，她和我说过，她跑过一回，当时还没弟弟，被打得寒了心，也怀不上，就想跑。我和她说你这不是跑，你是走。她没说话，想了一下说，走的时候，把家里看了一遍，发现没一样东西是必须带走的，或者说没一样东西是自己的。大床上有她睡觉的一件坎肩、一条裤子，她想叠好了再走，叠一半又想，还叠什么我都叠了半辈子了，就扔在床上甩手不管了。她说她那时候快意极了。

不好意思打断你，汪聪说道，前面桥底下左拐快点。

王师傅边拐方向盘边说，她在走之前，去我们小学门口等着我放学，放学的时候，小朋友一排排地冲出来，她说我打排头第一个，没出来几步就一个狗吃屎，摔在地上，同学们笑的笑，扶的扶。我妈走上来帮我背起书包，陪我一起走在田埂上。她当时问我，去另一个地方读书好不好？我完全不记得有这么回事，她说我一直和她讲下礼拜春游的事，讲班上同学的丑事，讲着讲着就到家了。没过多久，她就怀孕了，想起来，那段时间她是开心还是不开心，完全没有印象了。

汪聪说，走东二门进去。他顺势把喝得差不多的矿泉水瓶插在车门上。

王师傅打方向盘右转到底。

汪聪说，谢谢你王师傅，我到了，你看看我微信给你转了一百二十块。他摇下车窗，和门卫打了个招呼。

王师傅说，你不用多给我，一百一就是一百一，上回也是一个老板非要多给我。

您也挺不容易的，真的，拿着吧，我微信上正好这么多钱。汪聪说着拉开车门下了车。外头更冷些，他缩了缩脖子。

王师傅把车窗摇得更低,说,我要是写出来发给你看看。

汪聪急着上楼,便道,你微信发给我好了。

王师傅说,能来听你的课吗?

汪聪没有回答,就上楼去了。

X

汪聪挂了电话,又拿起电话,想了想,还是放下了。房子的每个角落都找过了,太太带走了几件衣服、一些药品、一个旅行拎包和她自己的手机,以及手机充电线。汪聪检查了一下洗手间和床头柜,卫生巾也都没有拆封的痕迹。在本市她没有其他的亲戚,辞职来此之后,她一直没有工作,似乎也没有什么朋友,有的话他也毫无印象了。他打开家中的电脑,查看有可能的浏览记录,发现除了一些他的上网痕迹,淘宝、草榴之类,并没有什么特别值得注意的关键词,最新一条倒是让他有点介意,冰岛。他很快查看了一下手机,发现沪宁线没有直飞冰岛的航班,查完之后他觉得自己很可笑,怎么会是冰岛。汪聪去到小区物业的保安监控室,调出录像查看妻子的行踪。小区保安显现出前所未有的兴奋与配合,露出微妙的笑容,放下了吃了一半的盒饭,和他一起连续不断地翻看楼栋和小区的出入记录,屏幕上黑白色的痕迹让这些活动影像显现出古旧的痕迹,好像是若干年前的影像。花了一小段时间查看之后，他们二人发现太太是傍晚时分下楼，坐上了一辆绿色牌照的新能源车，离开了小区。保安翻出了汽车出入小区的登记记录，把车牌号写在一张纸条上给了他，和他说，网约车，我有点印象。

汪聪对太太常用的约车平台有点印象，听她说价钱比较便宜，他自己也用过这个平台。他走开往楼栋去，余光见到这个保安还在张望。

汪聪打电话给网约车的客服平台，按了无数个数字号码，听了两首半歌之后，终于接通了，汪聪耐着性子和客服说，我太太叫了一辆车，车牌我有印象，上车后一路也很顺，就是下车急了点，她手机落在车上了，我把车牌号告诉你，你把司机的电话给我吧。接线员有点犹豫，想了一下，说，我们平台这边给您联系一下车主，车主会稍后打给您。

汪聪想要发作，但还是忍住了。他同意了接线员的要求，问多久可以接到电话，接线员相当肯定地说，五分钟。

挂完电话，汪聪突然觉得有些饿了，他已经相当一段时间没有吃东西喝水了。

汪聪坐在楼栋下的小花园等着，电话响了，他接起来，显示的是一串数字。打头一个女声说道，我本来正找你呢。

汪聪听出来，是王师傅。他吸了一口气，说道，你把她送到哪儿去了？

王师傅说，我送她不止一回了。

什么意思？

见面说，你和客服说一下手机已经拿到了。

什么时候见？

我先睡一晚，明天早上十点在城北汽车站见怎么样，今天开了大半天了，刚刚把车给了搭子，明天正好休假。

汪聪没有说话。

王师傅说，你要是想报警也可以，不过我建议你想清楚，是不是有更好的解决方案。

我太太现在怎么样？

你明天见到就知道了。

汪聪说，我怎么感觉这一切都怪怪的，感觉像一个做了很多次的噩梦。

王师傅笑了笑，说，也许你根本没醒呢。说完，就把电话挂了。

汪聪眼前突然已经是城北汽车站了，他觉得自己好像是在连续剧一般的梦中穿行，周边已经极是热闹，和开仓赈灾一样，各色人举着拖着各种东西，向某个看不见的中心涌去。汪聪看势头不对，把车停在对面的私人停车场，他对这一带并不很熟悉，这与其说是停车场不如说是一块拆迁空地，不过铁栅栏外立着一个小亭子罢了。一个老太太上来，要了十块钱，并塞给他一张纸，他也看不懂上面写的是什么。他停好车锁好，离开停车场往后一看，小亭子侧面立着一块牌子：停车五元。

汪聪在十点接到电话，没有显示号码，是王师傅的声音：我在汽车站后门口的小面包车站，我已经到了站牌下面，你过来吧。说完就挂了。

汪聪绕过马路上的人流，走向汽车站侧面一条林荫路，两边各是早市的商贩，卖着麻糕和饭团之类的东西，而快递站热闹非常，出入的是各色的路人。小巴站牌下停着一辆小巴，这辆破旧的灰色小巴周身贴着一些药房的广告，甚至还有一张2008年奥运会的贴纸。这辆车把小巴站牌完全挡住了，汪聪绕了一圈才确定这是一个载人运输工具，并确认了站牌的确存在。当他走到车头，见到王师傅和他招手，王师傅今天没有化妆，显示出正常的年纪，身上换了一件外套，里面一条连衣裙，而纤细的小腿上没有任何血色。王师傅招呼他坐在她旁边，汪聪缓缓坐下。车上并没有旁人，而司机正在吃盒饭，上车时他已经扒拉了一半。见有人上车，他扒拉得快了些，不几时饭盒一合，塑料袋一扎，便丢在引擎盖上的红色塑料筐中，筐里还有一壶泡得发黑的茶水和一盒椰树香烟。司机把一次性筷子折断，向窗户外面丢了出去，左手扶着手刹，问道，去哪儿的？

王师傅答道，开到底，小冰岛。同时示意汪聪在她身边坐下。

司机说，一共六块，下车时扫码给我。汪聪听了和王师傅小声道，冰岛？王师傅说，是小冰岛。司机松开手刹，折叠车门应声关上，车身震动了一下，便突突突地往前进了。

王师傅看着窗外说，我知道你有很多问题想问，不过建议你还是听我的，稍微休息一会吧，得要好一会才能到，见到她你就都明白了。

汪聪见她自个儿闭眼养神，本欲再问，最后也作罢了。

小巴一路行得飞快，直往郊外驶去，玻璃上的景色逐渐变换，高楼不见了，过了座桥，便是大片的棚户和密密匝匝的电线，把视野切割得七零八落。离市区渐远，沿途的人流车流也逐渐稀疏，市井商店散乱地码在那些空置的住宅区左近，如同垃圾桶边掉落的纸团。沿途间或上来一两个老人，并不说话，抱着个包袱，到站就下车。小巴进隧道时，车上亦只余下两人了。进入隧道口，汪聪想打开手机确认自己的位置，但手机一格信号也没有，四周也沉入黑暗。在隧道中每隔数秒，就有一道褐色灯柱从头顶掠过，好像在给这辆车做着精细的核磁共振，为未知的病痛带来一线生机。黑暗中的小巴，司机左手边跳动着时钟的数字，亮成一团，却在颠簸中看不真切。

出了隧道，似乎换了世界，季节都不同了，两边立起突兀的高山和大量的热带植被，山体上也裸露着断崖式的岩体，陡峭险峻，在大片热带植物后形成有压迫感的远景，却不知距离几何。路变得狭窄，也盘桓起来，车脚下就是山涧，车辆在这样的山水间却愈加显得灵活，在颠簸和不断拐弯之间愈开愈快，植物的枝叶不时在车窗玻璃上切划，王师傅却始终没有醒来。

这时头顶上突然出现一条巨大的引水渠，高高地横架在山体间，这才见到宽阔的基座立在左近，拔地而上，几乎不能逼视。小巴在盘山的路上爬升，丝毫没有停下来的意思。

汪聪问师傅，还有多久到终点站？

师傅道，一会就看到瀑布了。

车到站后，师傅急不可待地右手推开车门，左手揣着烟盒，就往终点站车牌后的小树林里钻，从声音上判断，他是先点烟再尿尿的。

车站后右手边就是一小片农田，左近是一些长条形的塑料大棚。略往高处望，是一个小村子，一道的平房多是灰扑扑的泥墙黑瓦，间或裸着土锈的砖色，零星有人走动。

王师傅醒来便自顾自沿着树林中的一条小径往更深处走。汪聪跟着她继续往前走，回头看时，那车那人都不见了。地面潮湿，他折了一根树枝当登山杖，一路随行，但见小径路线百转千回，四周的植被也更加茂密。

王师傅道，你抬头看，你太太就在瀑布下。

汪聪已隐隐听到水声，抬头见两座高耸的山体夹缝间现出一个向内凹陷的大洞，崖壁如削，洞口下缘则是一条银练般的瀑布。

汪聪问，所以这里就是小冰岛？她为什么会在这儿？

王师傅说，这里以前有自己的名字，现在没人提了。

汪聪边走边说，我懂了，所以你微信的地区是冰岛。

王师傅没有说话，迎面走来几个穿着冲锋衣、戴着鸭舌帽的中年人。其中一人道，前面路上滑得很，小心些。

王师傅问，水大呢？

那人道，大得很。

二人在热带植被间徐徐穿行，终于来到瀑布下，站上石堆。抬头见瀑布在洞缘帘幕似的泻下，崖壁上也晕染了一片绿色。瀑布落处，积蓄起一湾镜面似的深潭。悬空落下的瀑布，在镜面上激起烟雾似的水汽，蔓延而来，如同舞台上的干冰。

王师傅捡了块干净的石头坐下，说道，就是这儿，等着吧。

汪聪一步上前扯过王师傅的领子，顿时觉得她的身子空荡荡的。我就问你，她人呢？

王师傅梗着脖子望着瀑布，我想我们先说说那个溺死的女孩吧。

汪聪皱了皱眉头，你上回也问过我这些问题，新闻上都有，都是无稽之谈。

王师傅道，你也这样觉得吗？那你觉得小说是无稽之谈吗？你还教小说呢。

汪聪往身上掏拨，从腰上拔出一把水果刀。他也不知道为什么手里会正好有一把水果刀,正欲说什么,却觉得头上一凉,便昏了过去,栽倒在水边。

等汪聪醒来的时候,头疼欲裂,头发全湿了,淌下的水流经过他额头上的时候,更加觉得疼痛。他发现自己的双手被绑在一把椅子上,而这把椅子正摆在潭水中,冰冷的水浸没了他的脚踝,他的鞋子也被脱去,一种冰凉酥麻的感觉从脚底直冲向头顶。但他的意识稍微恢复,额头似乎裂了个大口子,痛得他龇牙咧嘴。他急速地左右摆头,想要寻找王师傅的踪影。他确信自己还在那个瀑布下的潭水中。很快,他听到了脚步声和细微的说话声。他见到王师傅带着一个面容凄楚的中年妇女,两鬓斑白,脸色土灰,背着一个包裹。中年妇女见了他,似乎十分激动,意欲冲上前来。但王师傅阻止了她,在她耳边说了些什么,似乎在嘱咐她在旁边坐下,于是见中年妇女走向旁边的一块大石头上,坐下。她把腿盘在大石头上,脚上的一双布鞋似乎已经磨得很厉害了。

汪聪愤怒地向王师傅吼道,我太太人呢?你是不是要把我们全都弄死?你到底有什么目的?

王师傅笑道,你这三个问题,是在问我吗?你自己不是应该最清楚吗?要不我帮你回忆回忆?

你帮我回忆什么?

王师傅笑说,那个女孩的故事?你还记得我给你看的小说开头吗?你就不想知道后面发生了什么吗?你就不想知道我为什么写这个开头？虽然我未必写得下去，但我觉得这个故事有点意思。说着王师傅拿出汪聪的那把水果刀，拔出了鞘，用刀背在他脸上摸索，这种冰冷的感觉，汪聪过去试过，在他刮胡子的时候。不过他从来没有想象过这种冰冷能带给他如此的恐惧。

王师傅放下水果刀，看着那潭水慢慢踱步，好像整个人都要浸入那水汽之中，消融隐去身形。在云烟之中，汪聪听她缓缓说道：

故事要从火车上说起，有个女孩孤身来到大学所在的沿海城市读书，是坐硬座，上了火车就发现自己的座位被一个中年男人占了，他正呼呼大睡，身边立着一棵发财树。她倚在过道站着，若非一个带着六个孩子的母亲把一大摞油漆桶分了她一个，她都没法坐。到了站点，火车站接新生的队伍中没有她期待的影子，这个是自然的，哪里会有教师来接新生的。几个高年级的学长帮她拿行李，她一共两件行李，却有三个人给她拎着。

她喜欢写小说，入学前的暑假写了几篇，开学问到了几位任课老师的邮箱，分别发了过去，没有任何老师回复。社团招新的时候她加入了戏剧社，排演《哈姆雷特》，她原本是工作人员之一，在演员临时退出的情况下，担当了奥菲利亚的角色。戏上演那天，中文系的领导和老师都来捧场，其中多有些青年教师。演出很成功，她一整夜都在刷人人网和学校BBS上的评论，多有赞美她的部分。第二天BBS出现了一位中文系姓汪的老师撰写的剧评，对她大加赞赏。她将这篇文章看了好几遍。过了一天，她找到了那位老师的邮箱，写了一篇言辞恳切的文章，感谢他的夸奖，顺便附上了自己早先写作的几篇小说。她很快收到了热情的回信，汪老师邀请她到他办公室聊聊，说觉得她的小说非常不错，可以推荐到刊物发表。

这个女孩当天晚上去新华书店，把这位教授创意写作的老师的作品，一本研究著作、一本小说，都买到了。第二天，她带着这两本书去了中文系所在的文科楼，上了七楼，敲开了汪老师办公室的门。汪老师正坐在办公桌前喝茶，两人打招呼。她问，要关门吗？汪老师说，关上吧。

当天晚上两人去吃了炒蛏子、炒蛤蜊、花蟹，这些海鲜女孩过去没吃过。这一天她有了许多新鲜的感觉。

小说最后也没有发表，二人谈起了恋爱。他们常一起坐在夏夜无人的人工湖边，湖上的水汽在无法洞察的时刻拍上她的双颊，温热缠绵，像情人。

她敦促他写一篇关于她的小说，以她为缪斯也以她为对象。他说好。

小说最后也没有写出来。她怀孕了，可能是一个女儿，她心里想。

她不再参加戏剧社，也不再写小说，肚子一天鼓似一天，体重却在往下掉。

她和他提了自己的想法。他说，这是不可能的，你以为自己是谁啊,真以为自己是女主角吗。

把小孩拿掉之后,她看到一篇《哈姆雷特》的剧评,说芸香有堕胎的功能。她向汪老师分享了自己的观点,汪老师没有回她的信息。

第二天,她的尸体被发现在人工湖里。

汪聪问,我太太呢?

王师傅并不看他,说,你太太正在山间的某个角落看着你呢,她在听着你说话呢。不过你看不到她。熟悉这种感觉不?你在家里安装了那么多监视摄像头,时时刻刻盯着她。她却看不到你。你说这种感觉好玩不?

你让她出来。出来!汪聪高声叫道。

叫她出来做什么?你又想给她点颜色瞧瞧了?王师傅说着从兜里掏出一包椰树,抽出一支叼在嘴里,鼓囊着嘴动了两下,拿出火机,嚓一声,点燃了烟头,收了火机,皱着眉头吸一口,下巴也努起来。

王师傅继续说道,汪老师和自己的太太多年夫妻,一直没有孩子,说是要做丁克家庭。其实汪老师没几年就后悔了,但太太却始终没有同意生孩子。随着时间推移,事情也在发生变化。汪老师开始使用一些暴力手段,甚至在性上面折辱她、伤害她,在一些酒醉的夜晚,也在一些清醒的早晨。而在等待孩子的过程中,他认识了这个后来在人工湖中溺死的女孩。然后奇妙的事情发生了,几乎在同一时刻,前后或许只隔一两天,太太和这个姑娘都怀孕了,汪老师自然无法顾及这个年轻的女孩。在一个灰蒙蒙的夜晚,他和这个女孩在湖边最后一次相见,第二天她就死了。

那天很特别,汪老师记得自己前一天晚上尿特别多。早上太太和他说,宝宝没有动静了,他从抽屉里拿出胎心检测仪测了一下,没找到胎心。他们去了妇产医院挂急诊,门诊医生也没有找到胎心,追着做B超,发现是宫内死胎,为了防止感染,必须马上引产。

汪聪没有说话。

王师傅叼着短了半截的烟继续说,汪老师带着哭成泪人的太太办住院,做检查,第二天中午打催产素,因为羊水减少,打了三针才打对位置。第三天中午开始宫缩,疼到凌晨两点开了两指才让进产房。汪老师在外面等,一个值班的阿姨和他说,女人受的苦太多了,她的孩子是一个男孩,运气不错,以后不必受这些折磨。

转过天来,上午十点,汪老师见到那个小玩具般的女孩,长得像妈妈,脸上有似笑非笑的表情。

安顿了太太,汪老师回到学校就因为自杀女孩的丑闻被举报了。全院大会上本来要宣布他今年晋升副教授的消息,也没有提。院长劝他先休息一段时间,看看情况,意思是课也全部被停了。他和院长说这个女孩生活作风有问题,和校内校外的男人很是不清不楚,且精神也有问题,经常幻想学院里的男老师,大家都不堪其扰。院长听了也不言语，只是点头道，知道了。他的课被系里新来的青年教师暂代，后来听说反响很好，很多女学生都很喜欢新老师。

后来呢？汪聪坐在石头上说。

王师傅道，这个故事也没什么新奇的，你大概见得多了。

汪聪道，你说下去。

后来这个汪老师一直想让自己的太太再次怀上孕，却始终未能成功，为此他很让自己的太太吃了一些苦头。后来带太太去医院检查，发现并无特别的异常，医生建议查查男科，检查结果显示汪老师精子质量低下。汪老师自然很难接受这样的事实，毕竟自己不久之前曾让两个不同的女人怀孕。随后这位汪老师心态上发生了一些变化，开始出入烟花场所，因为在那里，暴力行为得到某种程度的宽容，且至少在言语上，他也能得到更多作为男性的肯定，甚至幻想如果过去的女学生都像这里的女孩那样淫荡下贱，就不会有这么多烦心事了。后来，通过代价高昂的医疗辅助手段，太太终于再次怀上了小朋友，不知为何，他觉得这是一个女儿。

但在他兴奋和期待的时候，他的太太消失了。基于他过去的所作所为，他并没有报警，而是自己开始了私下的调查。

太太是永远找不见了，但当他找到自己的女儿时，她已经是个二十岁的姑娘了，而他也垂垂老矣。他们在潭水边相遇，他疲惫不堪，困倦不已，他沉默着，听她说着自己母亲的故事。

女儿和他说，他扇母亲耳光的时候，她脸颊也会疼痛，诅咒母亲的时候，她筋骨俱裂。

说着说着，汪老师突然发现女儿的脸发生了变化，变老了，变成一张中年女人的脸，一张他见过的、抱着遗像跪在学校门口痛哭的脸。

那女人说，你知道吗，她的骨灰就是撒在水底。

王师傅说，说完了。你觉得这个故事怎么样？

你挺能编的。

如果我说的都是现实呢？

那是谁告诉你的呢？汪聪说完觉得林间谷中似乎隐隐有着一种幽怨的、凄苦如诉的歌声，让人觉得心底冰凉心生恐惧。

你还问我？还不看看你现在是什么状况。不过你说得对，我是挺能虚构的，我从小就撒谎，除了这个故事外，很多都是我添油加醋，把自己的故事搬在别人的身上，或者把别人做的好事安在自己身上。我给你举个例子，说着王师傅把椅子慢慢往潭水中推，水已经没到汪聪膝盖，他感到胯下冰凉。王师傅继续说道，我家那个死老头被绑着的时候，最开始也是骂，他骂累了就开始哭，哭累了就开始求饶，他求一句我给他一巴掌，扇得他不敢说了。说着她给了汪聪正反手两巴掌,汪聪不敢吱声,远远见到石头上的中年女人似乎在拆包袱。

你和我说要模仿文学作品才能写,我就在图书馆借了不少书,看到一段文字很熟悉也很喜欢,我读给你听一听。王师傅说着拿出了手机,在备忘录中翻找了一下,读道:

> 她的衣服四散展开,使她暂时像人鱼一样漂浮水上;她嘴里还断断续续唱着古老的谣曲,好像一点不感觉到她处境的险恶,又好像她本来就是生长在水中一般。可是不多一会儿,她的衣服给水浸得重起来了,这可怜的人歌儿还没有唱完,就已经沉到泥里去了。

汪聪看到石头上的女人从包袱中掏出一把铁锹。王师傅接着说,你说一个英国老头如何知道我是怎么弄死那个死老头的,你说好玩不?说完,她把椅子连人踢倒在潭水中。

透气

蒋山醒来的时候是五点五十，外面的工地上已经开始了火与钢的协奏，电锯如在他脑门上抛光，骨传导的噪声，直插心脏。他气血上涌，脑门鼓胀，太阳穴也有点外凸，一个鲤鱼打挺就在床上坐了起来，一把扯下眼罩，丢开耳塞，呼吸急促着掀开毛毯下了床，跋着拖鞋就冲出了卧室。果然，窗户打开着，不仅阳台窗户、移门打开着，连对开的厨房门和厨房窗户也拉开着，穿堂风两下里交加，蒋山一股无名火正待喷涌而出，只见母亲恰坐在客厅中间的小板凳上，跷着脚刷抖音，听的是《双推磨》，唱的是"上爿好似龙吞珠，下爿好似白浪卷"。母亲看着手机，浅浅道，馒头在微波炉里热好了，赶紧去刷牙。蒋山转身就去阳台和厨房，把窗户都哐哐地关上了。他母亲马上举着手机站起来，碎步撵上前来，说道，这是做什么，不要透气的？

蒋山眉头皱起来，叹了口气道，王老师，我昨天一点到家，今天一早还要陪你看病，睡觉时间本来就少，一大早这么哐当哐当敲，还开着窗，你让人睡不睡？王老师道，你明知道今天早上要看病，还那么晚回来？蒋山

透　气　245

道，香港机场晚点我有什么办法，我昨天早上也是六点就起了。

王老师挥挥手，好了别说了别说了，我也很紧张，越说我心里越不舒服。她说着在手机上记着什么。

昨天机场大巴回来的路上，蒋山就预约了今天早上的快车去医院。蒋山拉开车门就往里挪，王老师把脸上的口罩在鼻梁处捏得更加紧实，继而从口袋里掏出一张皱巴巴的餐巾纸，在坐垫上擦巴擦巴。司机催她，快上车快上车，早高峰了。王老师一边把餐巾纸塞在手提布袋内侧的垃圾袋里，一边笑眯眯地说，好了好了，我年纪大，动作慢。上了车，王老师给蒋山递上一支免洗的消毒液，示意他赶紧用手搓一搓。蒋山随便糊弄一下，王老师退休前在放疗科隔壁的盥洗室教过他无数次六步洗手法，但他偏偏不想这么洗。蒋山嘴里嘟哝道，去个医院还要戴口罩。

车到医院大概要四十分钟，上车王老师就已经开始闭目养神。蒋山轻轻地问，药吃了吗？王老师点点头，继续闭着眼。王老师晕车大概有二十多年的历史，据她本人说，结婚前好像不大容易晕车。十来岁从乡下考到城里的卫校，从村后的河里坐船，早上出发，傍晚才能到达，也没见晕船。自从生了蒋山，好似许多毛病就起了，所以她也不爱旅游，甚至不爱出门，喜欢宅在家里，按照网上的说法，她是典型的 i 人。这个观点蒋山有向她表达过，她表示她喜欢自己这个样子。

到了医院门口，下车，蒋山正拨弄着手机要确认付款，更靠近车门的王老师催促蒋山赶紧下车，顺便赔笑着和司机说，下车付一样的，给你一个五星好评哈。便急着下车了，司机也没作声，蒋山便跟着她下车，医院七点半才开门，但堂皇的医院门诊部玻璃大门外已经陆陆续续排了一溜的人，颇有几个面有病容，憔悴忧愁，好像在太阳底下站了好几天，如列宾画里的人物。王老师碎步到了门口，见了个门卫便笑盈盈地和人打招呼。蒋山低声问，你认识人家？王老师也不答，和那人笑道，我是退休职工，回来做检查，和体检中心的吴主任说好了，她已经在等我了。门卫听了，也不说话，便借道开门。王老师掏出一张餐巾纸，撩开透明塑料门帘，让蒋山先进去，王老师边进去边和蒋山说，不要到处乱摸，保证一只手是干净的。

到了二楼体检中心，远远见到也有几个与王老师年纪相仿的人在排队等候，王老师自言自语道，我就说要早点出发的吧。蒋山也不理她。

到了队伍中，一同排队不提，却早有相熟的护士拿着已经盖好章打好证明的单子交给王老师，两人说着话走出队伍，蒋山也只得跟着。二人前几句话听得不真切，只见王老师从手袋中拿出一个无比滴，就往那人工作服里塞，那人倒退两步，王老师便急追两步，压着嗓子道，推来推去不好看，不是什么贵重东西，天气热蚊子多，你孙子正当用。许是最后一句话有点打动那人，二人又循例推脱了

透气

一番才终于收下。

王老师拿着条子便往CT室走,路上蒋山道,我买那几盒无比滴都是给你的,你怎么见人就送。王老师边走边和路上认识的老员工打招呼,继而说道,我用不了那么多,所以让你多买几个,就是要派用场的。

蒋山心里有些憋闷,这回回家,除了照例的啫喱膏、护手霜、马油之外,还在行李箱里塞了一个电饭煲、一个欧姆龙的血氧仪、五包为了防辐射而预先购置的海盐,王老师说香港的海盐要正宗一点。蒋山还给她买了一个适配颈椎病的枕头,问就是三百块,其实是一千三。因为箱子已经塞不下这么多东西,所以蒋山几乎没有带个人用品,知道这回回来很多事,甚至连电脑都没有带。

旁无他人,蒋山在CT室门口等着王老师。王老师出来后说,感觉比平时时间长。蒋山道,可能是不熟练。二人又转去抽血,B超,心电图,肝胆脾胰肾等不一而足。在内科检查前,王老师拿出手机备忘录,在科室门口把要问的内容又过了一遍,见人招呼,便进去和医生说了自己的情况,最近吃饭不消化,很容易胃胀,饭量只有以前的三分之一。医生给把了把脉,开了点助消化的药,提醒回家服用,两周后回来复诊。

做完检查,蒋山问王老师,王老师说应该是饿了,但也不敢多吃,去后面食堂买两个鸡蛋吃点面吧。蒋山问,胃不舒服多久了?也没听你说。王老师一边从口袋里掏消毒酒精，一边说，上上个月和你说过，你忘记了。蒋山道，就听你说有点不消化。王老师说，是有点不消化，也没多大点事。蒋山说，估计也是不大好受，不然也不会坚决要求我回来陪你体检。王老师把消毒酒精对着他，没好气地说了声，手！蒋山伸出手，被她喷了一遍，王老师接着说，搓一搓，手指缝里。

在食堂的时候，蒋山见她吃得甚慢，自己早囫囵吃完，见王老师一点点吃东西的样子，像某种重复性的、没有感情的宗教仪式。吃饭的时候间或见到几个尚未退休的前同事过来打招呼，王老师礼貌地应对，倒也寒暄了几句，消却了蒋山的一点点担心。但没多久王老师就说吃不下了，便嘱咐蒋山喊快车，记得用优惠券，准备赶快回去洗澡了。

到家门口，王老师让蒋山站住，用纸巾夹住钥匙，插进锁孔拧开了门，她在门外像梯云纵那样，左脚踢右脚，把鞋脱在了外面，进门换拖鞋，拿起门口鞋柜上的酒精就在自己身上喷洒，继而让蒋山进门，鞋子照例脱在外面，先是消毒手再是四肢躯干，一边喷洒一边让他原地转了一圈，最后还是手，要求他按照六步洗手法又洗了一次。然后王老师嘱咐他原地不动，便自己进了洗手间，嘀嘀几声哐哐几声，原来是把热水器和窗玻璃打开了。按照惯常的操作，蒋山随后进了淋浴房，其他衣服都丢进了洗衣机。王老师嘱咐过多次，衣服放进洗衣机的时候，一点边都不能碰到洗衣机，不然就弄脏洗衣机了，蒋山脱得只剩一条

透 气 249

短裤，趁王老师背过身去不注意，随手丢进去。但王老师很快转过头来竖着眉毛道，你要害死我！外面那么多细菌……她凑上前用窗台上的酒精喷壶对着洗衣机又是一顿喷，一边说，你要害死我。

蒋山道，你才要害死我，窗户开这么大干什么，直播我洗澡啊。

王老师边关上洗衣机上盖边说，这么高层，旁边也没别的人，谁看你！

蒋山没说话，便去洗澡了，好久没有回家，冲着水发现自己上回买回家的洗发水护发素好像从来没用过，摆的都是尿素霜、大宝SOD蜜之类的东西，大宝SOD蜜被挤得像个干瘪的牙膏筒。

蒋山洗完澡出来，见王老师坐在那张已经被酒精喷得掉了漆的小板凳上，刷着手机上的抖音，说道，你去书房坐着吧，书房椅子干净。

从蒋山记事起，王老师就是一个对卫生很讲究的人，洗菜能洗一上午，在蒋山看来她是试图用这样一段时间教会青菜们花样游泳。她曾谈起对父亲的第一印象，袖口不干净，衬衫领子黄，恨不得立马扒下来洗了。父亲对母亲的第一印象很不一样，知道她是医院工作的，觉得很实惠，将来老了有人照顾。他俩在介绍人介绍之前其实就已经认识了，他们都是文学爱好者，报读了同一个夜校文学班，写诗，也写小说。蒋山的父亲蒋老师痴迷模仿汪国真和席慕蓉，刚工作的时候还自己印过刊物。那时他在报社上班，下班后用报社里的油印机器偷偷印自己和朋友的诗歌，以至于自家墙上都是灰色手印，这是蒋山小时候听王老师说的。他们的第一次约会是去看举重比赛，因为正好记者有票。他向王老师承诺，将来有四大天王演唱会的票，一定带她去看。说这话的时候，是在比赛散场后，二人去路边取自行车，街灯昏暗，蒋老师点上一支烟叼在嘴上，四周也亮起类似的星星点点，两人推着自行车，王老师觉得烟味也没有那么臭烘烘了。随着时间推移，蒋老师写稿最厉害的时候一天能抽四包红塔山，写作给他制造了类似蒸桑拿的视觉效果，王老师和蒋山说笑，接下来烟草公司要搞点创新了，要么做筷子那么长的烟卷，要么接上一根皮管子给他，不然根本来不及吸。

两人结婚蜜月旅行，坐火车去北京，车厢里遇到了一个老人家，拿着钱原是要去北京看病了的儿子的。车上人来人往，周遭不久就换了几个似乎彼此相熟的男人，要和这老人家斗纸牌，劝这老人家拿出钱来玩，钱换换手，才能多起来。那老人家有些心动，蒋老师凑近了和老人家说，这牌您不能打，摆明是讹您的。那伙人一听，平地里站起七八个穿皮衣的男子，蒋老师也站起来，说老人的治病钱你们都骗，怎么做得出？两边骂骂咧咧起来，王老师扯着蒋老师的手臂直往外拖，拖也拖不动，车厢里气氛一度很紧张，直到乘警来了，把两边分开，嘴上教育了一番那几

透气

个牌客,这才散场。蒋老师坐回座位上,还在圆睁着眼睛,凸着鼻孔,好像随时准备跟人干仗,王老师看着他又可笑又可爱,觉得自己没看错人。两人结婚不久,社会上都在做生意了,两个喜欢文学的人,也在业余时间开始想办法倒腾西北风。就蒋山知道的,两人贩卖过拖拉机,还往大学食堂贩过牛肉,西北直送,到常州的时候肉都臭了,硬着头皮塞给学校食堂,据说食堂臭了好几天,成为此校多有鬼故事的源头。而不办诗刊的年代,公家打印机也有别的妙用,油印的生肖算命纸,每一类都复印几十张,用事业单位印着"机密"二字的牛皮纸文件袋缠实包好,周末早市两人买三个咸麻糕、两个甜麻糕,用背包装着,带一块油漆的小招牌,上书"一元算命"。王老师坐在乡政府侧门口的台阶上卖,蒋老师在路边招呼人,一张一块钱哟。

王老师迷上抖音大概也就是这两年的事,随着视力的严重下降,蒋山已经把她手机文字的字号调到最大,经常性地,一条中国移动的短信,她要划好几次才能读完,蒋山观察她翻看信息的样子,好像拿着放大镜看大象,每次只能看到一点皮毛。所以她越来越依赖听觉,除了一些播客节目之外,她主要就是听抖音。一方面抖音比较聪明,知道她喜欢听什么戏,经常推送给她很多家乡戏文和方言视频;另一方面是因为许多播客APP界面不能缩放,对于王老师来说,字都太小了。

蒋山扯着自己刚刚套上的T恤衫说,没早上那么愁了吧，医生又没说什么。

王老师的眉头显示出些微的笑意，却也没有笑，说道，之后还要复诊的。龙是龙，鳖是鳖，喇叭是铜锅是铁。

蒋山听了愣住了，问是什么意思。

王老师倒高兴起来，常州的土话，就是说，你是什么样后天怎么打扮都改不了，该是乡下人装不了城里人，该是病人装不了后生。

蒋山是不会说常州话的，但经常听见她和常州乡下的小姊妹打电话，说的都是当地土话，有种市区没有的刚硬和豁达。王老师懂得许多地方农俗谚语，自蒋山小时候起就常因为不上进被她编派，"朝怕露水晌怕热，夜怕蚊虫早点歇""三饱一倒""日图三餐，夜图一宿"；蒋山撒谎吹牛，她觉得不可能时就会说"盐罐头里出蛆"；劝他别结交一些浮夸之人时，就教他"绸勿搭布，穷勿搭富"。有时候打完电话口音还没完全转过来，自个儿哼哼《双推磨》"推呀拉呀转又转，磨儿转得圆又圆，一人推磨像牛车水，二人牵磨像扯篷船"，显出别时没有的调皮劲头，她自己唱着唱着不好意思起来，对蒋山说，你要笑话我了。

蒋山曾嫌她掉书袋，但观察下来，她却自是随手拈来，并非刻意。蒋山劝她可以搞一个抖音账号，把这些都记下来，对着镜头，给人解说解说。王老师总是不接他的口。

蒋山道，要不录一个？和你说好久了，你上回还说等我回来说，我来给你设置一下。蒋山说着抢过了手机。

透气　253

王老师愣了一下，推着眼镜笑道，小心摔了，这么急，我先指纹解锁一下。说着拿过手机，端端正正按下大拇指解锁，好像要揿红指头签合同。

王老师说，我也不用发，我就看看，我本来也想关注你的。

蒋山说，关注我干什么，都是发一些足球的东西。

王老师说，你之前发到微信的那些，我就看了好多遍，有时候看到你头发长了，或者脖子边上有湿疹，都看得出来的。和你说药膏要坚持涂，你肯定也没涂。

蒋山说，涂了涂了。说着已经在帮王老师收手机验证码了。

王老师说，你也就应付我，和你说了你们学校网页上个人简介，有几个错别字，说了你也没改。

蒋山说，写完论文我就毕业了，没人看的。

王老师说，我看的呀，而且将来如果你要申请博士，面试官要看的。我没事情就在网上搜搜你的，将来面试官也会随手搜搜，一看还有错别字，多不好。

你怎么也爱搜我？

这"也"怎么说？

蒋山说，学校有个女同学……

王老师站起身来提起小板凳笑道，等我坐近点来听。

蒋山道，你还来劲了。就是有个女孩，到处搜我的网上资料，还告诉我她搜了。

王老师坐定说，人家估计也没什么恶意，可能就是单纯好奇，你不会说人家了吧？

蒋山道，真的挺想说她一下。

王老师说道，那没必要啊，人家可能完全没这意思，是你自恋。

蒋山不作声，填入验证码，做了一番资料输入，便道，一会就行了，头像用什么？

王老师笑道，随便的，就用微信头像就好。

蒋山听了笑起来，说，那不行那不行，抖音不是一般社交媒体，你在上面头像用梅西做什么。没人在抖音上推销保险的，头像还是要和你的内容配合。

王老师说，你也别总是觉得我老土，自从我用了这个足球运动员的头像，加我好友推销的，或者卖保险的明显变少了。

蒋山想了想说，那随你决定吧，用梅西就梅西呗。

王老师又说，或者我再找一找，便伸手讨还了手机。

蒋山去厨房看看晚饭的食材，面条在抽屉里，鸡蛋在冰箱。因为王老师胃不好，吃了一段时间的蛋花面，蒋山觉得没营养，便问，家里有香菇吗，或者虾米，可以提提味道。

王老师说，虾米没有，那东西也不知道哪里来的，虾仁冷藏柜里倒有。香菇也有，不过是干的，你可以先泡上，多泡几回，有段时间了。

蒋山按照王老师的意思，泡了香菇，从冷藏柜里拿出一包虾仁，剪开泡在盐水中。冰箱里又找到乡下大姨送来的小青菜，坏了好些，把烂的择干净，只剩下一小把。蒋山想想，也是够的。

王老师从他身后走过来道，你看这个头像怎么样？王老师把手机送到他面前。

蒋山一看，是两个人站在一起，照片有些模糊，一男一女，都是古装。便问，这是啥呀？

王老师笑嘻嘻的，瘦削的脸上没有形状，蒋山见她难得笑得这么高兴倒伤心起来。王老师说，这是一出锡剧，《庵堂认母》，我经常放的，你可能不记得了。

蒋山道，我也不研究锡剧，而且曲目这么多我哪儿能记得。不过我也提醒你，香港公共场合可不能这么公放。

王老师斜着眼睛让开半步，说道，还没去呢就开始嫌我了。

去香港上学，是蒋山第一次离开家这么远。过去幼儿园小学都是在家附近，早上妈妈送去，中午还能回家吃中饭睡午觉，蒋山的小姑是小学教导主任，迟到了一些老师也不在乎。下午如果爸爸骑自行车来接，会绕道去电子新村门口的小吃铺吃点心，通常点一客小笼馒头，蒋老师自己吃一块咸麻糕，若小笼馒头有剩下，他自己也吃点，若没剩下，便在摊头抽会烟。虽然总是被嘱咐慢点吃，蒋山还是一口一个，先塞满再嚼，像个松鼠。从电子新村出发回家，蒋山坐在自行车后座，抱着爸爸的腰，道旁的法国梧桐比天空还高，洒下星星点点的细碎日光，沿着道路向身后退去。骑过无人的路段蒋老师便惯例地唱道，蒋山蒋山哪里来？蒋山便在后座上一蹬一蹬，兴奋地接口，蒋家村上跑的来！蒋老师接着唱，跑到跑到哪里来？蒋山马上大叫着唱道，跑到爸爸车上来！

山山头！

爸爸头！

山山头！

爸爸头！

有时候，蒋老师唱高兴了，骑着骑着就张开双臂，脱把了。自行车在无人的道路上走出缓慢的S形，蒋山便跟着兴奋大叫。倒也出过一次意外，车打滑掉进道边沟里。裤子、脸上都磨破了，蒋山大哭起来，蒋老师一身烂泥，和他笑嘻嘻地说，别哭别哭，前面店铺给你买根棒冰，最贵的那种，特别好吃。吃了就不哭好不好，也别告诉你妈，不能做叛徒你知道吗？蒋山点点头，脑子里都是棒冰。当然如是的情况，在王老师的盘问下，蒋山最后大多都做了叛徒，但蒋老师也不过对他挤挤眼睛，在王老师连珠炮的责备中，并不觉得特别失落。在家是如此，在单位他常常就没有这么好脾气，蒋老师做过一段时间调查记者，暗访了县级市下面的一个镇，全镇男女老少都在无名作坊里生产伪冒的医疗器材，针筒、输液器、柳叶刀不一而足。蒋老师走访了很长时间，把上下游的产业链和相关负责人都摸清楚了，写了篇长文章要揭露这一恶性事件，文章还没登就被宣传部约谈了。领导很客气，夸他工作做得深入，但也要有大格局，考虑一下后续影响，一个镇的人都没饭吃，还是要政府兜底，后果很难收场。蒋老师后来自己从来没提过这段，但旁人讲述的版本都比较一致，蒋老师在会议室拍桌子和领导吵了起来，领导后来质问他，你还想不想进步？蒋老师说，不想！整层楼都听着，最后文章也没登出来，他也被调到了其他条线，没法再做调查记者了。后来蒋老师曾经问蒋山，将来大了想做什么？蒋山说将来也要做调查记者，蒋老师只是摸摸他的头，却什么也没有说。

那时候一家三口还住在亚细亚影城背后的平房里，这里原是别一户人家，旧时年辰不太平，离乱甚多，被征做了十年仓库，十年一完待要归还，却再也寻不见原先的主人，蒋老师一家便占了此地。因此这小小的地方挤了许多人，不过随着时间推移，几个兄弟姐妹各自结婚成家，住进了楼房，独独蒋老师和新婚妻子留在老房子照顾已经九十岁的太奶奶，之后添了蒋山，没了太奶奶，再过了三年，蒋老师当了个小领导，小夫妻借了点钱，加上住房公积金在白云片区买了套两居室。蒋山记得很清楚，那段时间为了买家具，一家人周末总在外面跑，红星家具城成为蒋山的第二课堂。关于家具的款式三人达不成一致，就投票比人头，逛累了就在台阶上坐着，照例还是吃麻糕。王老师看中了一张红木的床，结实好看，折后一万八，喜欢，不舍得买。每个周末都去看，至少去摸一摸，两班倒的售货员都认识了他们一家。有一回，一家人在红星家具城逛了一天，看定了好几样家私，便又去看那张床，店员是个中年妇女，平日看店也没事，还给王老师推荐过毛线打法，见他们来道，来了来了？一家人也笑，那妇人此时两手插在棉袄口袋里，摇晃着身子，嘴里还有没吐干净的瓜子皮，和王老师说，我去上个一号，你们坐坐帮我看会店。王老师笑着答应。王老师把自己的包放在店员位置旁边的小茶几上，转头准备拖些椅子板凳过来，方便三人落座。只见父子两人已经"大"字形躺倒在那张一米八的红木大床上，闭着眼睛，脸上满是笑容。王老师觉得又可乐又可恼，忙要拉他们起来，嘴里嘟囔着，快起来快起来，咱们还不买，不作兴的。刚伸过手去就被蒋老师一把拖在床垫上，三个人身体微微起伏，如在蹦床上弹动，蒋山咯咯笑起来，蒋老师眉头微微皱起，笑着说，谁说咱们不买。王老师摇摇头看着天花板说，这账我们算过的。蒋老师说，其实我想一万六，他们也肯的，我广告绩效拖了半年下个月也应该发了，我再借一点，你这么喜欢，我们看了这么多回，我觉得没问题啊。王老师说，借钱借钱，我们还得起么。蒋老师说，现在台里鼓励创收，拉广告越多点头越多，我最近认识几个企业家都答应下个季度在我们台投广告，应该能还上。王老师道，还是贵，还可以砍砍……但说着说着，声音也弱了好些。蒋老师说，我们就这么一直躺着也蛮好。王老师轻轻点点头。蒋老师笑说，希望她上厕所时间长点。王老师笑得皱纹都出来了，说，她便秘了更要到我们医院找我了。蒋老师舒了一口气说道，那怎么办呢，来一次可不得便宜五百。两人又一起笑起来。蒋老师继而推推王老师小声说，山山睡着了。蒋老师把围巾盖在蒋山胸口。王老师仰起身子看了看，蒋山躺着，张着嘴，几乎要流口水。王老师继续躺回床上，笑说，那我也闭闭眼睛。她闭上眼睛，很快睡着了。

王老师醒过来的时候已经是傍晚，好像是做了一个很长的梦，看看钟，几乎无法读懂那数字了，她觉得脑子嗡嗡的，窗户也没开。王老师觉得这天花板好高，吊瓶似乎在微微晃动，看得有些头晕，外面窸窸窣窣有人走动的声音，床头有水果和热水壶、早上治疗的单子，还有已经充满电的手机。小马扎是空的，蒋山不知道哪里去了。王老师躺着发呆，两手十指相扣，露在被子外面，大拇指互相摩挲，她觉得骨节有点疼，摸得深些，有丝丝钻心的滋味。她举起手来看，指爪被一条一条凸起的青紫血管缠绕着，衬着灰色的底子上那些不规则的针眼，像墙隙的蛇。亚细亚后面的房子之所以急着搬出来，也是因为她在洗菜的时候，曾经见到一条滑腻腻的蛇，在碗橱后游走。她害怕蛇，幼时顽皮，和几个小朋友在田间捉迷藏，越走越远，她小小的个子隐没在高耸的谷物森林里,在一片褐色中迷失了方向。稻谷的叶子和穗割着她的脸,她哭起来,在泥地里一高一低乱走,手背把眼角都揩红了,她喊着妈妈妈妈,声音逐渐变成自己都无法辨认的、喉头的爆裂声。而太阳在穗尖融化,青灰的天河为它慢慢淬火。很快,她走不动了,抱着自己的手臂,在泥水边蹲了下来。她觉得自己的脸又脏又冰,鞋子也不见了,而周遭暗下来。四围响起田鸡此起彼伏的叫声,有日间所无的消沉,而黑暗又把这声响隔得若近若远。她很想尿尿,肚子鼓得滚圆。但窸窸窣窣的细小声音和日常经验提醒她,田间有蛇在活动,黑暗中有蛇盯着她,也盯着某处安静转头的田鼠,若她褪下裤子,等待着她的或是冰冷的尖牙。她感到头痛欲裂,腿也麻了,她手扒拉着泥土,小心挪动步子不让自己摔倒,然而还是没有忍住,热流从两股缓缓流下。而此时她屈辱且恐惧的泪水也滴滴滚落,哭声没了巴望,只是哭给自己听,是牢狱夜间的呜咽。裤子贴在腿上,被风一吹,湿冷一截一截往上爬,她开始微微发抖,嘴唇虽干裂,她依然使劲报着,却更加止不住浑身乱战,呼吸也乱了,心口咚咚跳,这心跳声,周遭的生灵怕是都听见了。她的耳朵嗡嗡乱响的同时,却听见远处似有稻穗折断的声音,这声音滑溜溜的,由远及近,却慢了下来。她勉力咬紧牙关,想站起来,腿却先软了。她半站半蹲,在月光的轻微映照下,有一条长长的闪着光的东西向她伸了过来……

那是捉蛇人的叉，一个半夜赶路回家的捉蛇人，在田埂上听到了她的哭声。捉蛇人背着她，忍受着她身上的尿味，走了不少弯路，终于到了她家门口，院子里却只坐着她的姨，见到她缓缓站起身，都说不出话了。那妇人坐在四方桌边上，桌上碗比碟多，似乎都没有动过，桌后长台上烛火森然，照得四下斑驳，唯有上头的领袖像笑容依旧，像在欢迎她回家。她的父亲，因为小女儿丢了着急，心脏不适送了乡里卫生院，去了一半人，剩下一半亲戚，包括两个姐姐还有邻居都在外头找了半夜，此时尚未归还。而她太累了，只听得身边闹腾起来，后来她什么都不记得，就睡着了。醒来的如今，记忆中的所有人都往生了，只留她一个在黑暗中。

可以留缝的外窗虽被窗帘罩着不透光，但外头树叶一摇动，窗帘也鼓起风来，漏进来一小片白光，那簇黑暗像受惊的蛇一样钻回到帷幕之后。但她分明看见了它的动静，它动作又快又狡猾，静静窥伺，只等她闭眼，只等她稍稍松懈，便准备在某个呼吸的间隙趁虚而入，想及此，她的睡意坍缩，成为扎在额叶的一根针。

蒋山开门走进来，迈大了步子，走到床边，笑嘻嘻道，你醒啦？刚刚隔壁病房过生日，我去看看，还吃了块蛋糕。

王老师闭上眼睛道，你慢点走，晃得头晕，也开开窗户，闷了半天了，要憋死我。

蒋山正色道，好的好的，就想着蛋糕，没留意。蒋山起身到窗口，提起有些锈蚀的窗栓，咔啦咔啦两声响，推到外头去了。昨夜下了一场雨，外面那棵榕树的叶子掉了大半，而那突兀的两声，惊起几只栖息的麻雀，唧唧地飞远了。他们还要给你，我说你吃不了这个，所以给了我一大块，蒋山接着道。

王老师眉毛微微皱起，你也好意思的，又吃别人东西。说着左手支棱着想要坐起来，同时用右手撑着太阳穴，轻轻揉搓。

蒋山道，人家说是快出院了，我也沾沾喜气。说着上前给王老师在身后垫高了枕头，摇了摇旋柄，把床一格一格地支起来。

王老师没说话，面色还是蜡黄。

蒋山起身去拿热水瓶，起来还没喝水吧，我给你倒点。

王老师微微说，水果你一会再吃吃吧，好几天了，我也吃不了，别放坏了。

蒋山点点头，把水倒进了一个杯子，接着另一只手拿起一个空杯子，滚水在两个玻璃杯之间来回倒腾，为滚水降温，这是小时候王老师教他的方法。把水来回倒了几回后，他递过去，说道，喝点水。

王老师右手揉着太阳穴，左手轻轻摆了摆。

还是胀？蒋山问道。

王老师没有说话。门外护士正推着小车子，一路走一路咕噜咕噜响,不知道又要冲去哪里。

蒋山把水放好,拖过凳子,估摸着母亲肚子的位置,施点巧力,隔着被子给她揉胃。

王老师问,是不是比昨天硬了?

蒋山说,没有,我觉得比昨天软了。昨天可能是汤稍微有点油了。

王老师显得有些不高兴,好像自说自话,鱼汤能有多油?她继续揉搓手指,又感到一阵刺痛,眉头便又拧了一下。

蒋山不大明白,便问,哪里不舒服?

王老师说,手有点不舒服,你按按看。说着用另一只手指了指。

蒋山伸手,轻轻在她手指上试探。

王老师道,就是这里,很疼。

我要不要喊门诊的医师过来看看?

明天再说吧,今天是贾坐班,上回让他来看脸色就不好,现在医院都是新医生也都忙。我刚刚微信也查了一下,可能是手指上的胃经的问题。

你不是学西医的吗?

也有道理的。

蒋山想了想,没说什么,继续给她揉肚子。

王老师想了想说,还是想做一次肠镜,稳妥点。

蒋山说,肚子不舒服了?

王老师说，还好的。就是这水也挂，药也吃，胃动力按摩仪也继续按，人还是继续瘦。不应该的。

蒋山说，你是不是不舒服瞒着我，上回检查出结果，你也说，还好的，让我专心写论文，不用担心，呐，现在人都在医院里了。

王老师说，医生嘛，我也在医院里面待了这么多年，开始的时候总是把病情说得重一点，病人听了心情紧张，重视了，将来一治疗，有好转自然就感激医生；否则开头说得轻，病情一恶化就要怨医生。住住院输一点营养液，做做检查，治疗治疗，也没有什么了不起的。现在医院什么都有，也很方便。

蒋山的表情还是很严峻，不说话。

王老师看他有点心疼，便带着笑脸和他说，这段时间我也有开心事，你看看手机就知道，我抖音开了，粉丝虽然不多，但是留言点赞还是蛮多的，好多留言的都是常州的，和我说了好多新的常州土话，"一行服一行，糯米服红糖""捂春三，冻八九"，好多我都记住了，也加了他们好友。这几天不更新，好几个人催我给他们更新。

蒋山表情缓和下来道，我有看，好多人说你声音好听，戴着眼镜很斯文。

王老师挤着眉眼笑道，现在的人说话哪有不夸的，一般没什么好说的，就说你声音好听。

蒋山笑道，他们有没有私信和你说什么？

乱七八糟什么都有，我还遇到一个小学同学，儿子去了美国读书，老伴天天搓麻，她老输钱就不搓。没事情她就刷刷抖音。我就问她还跟同学们聚吗，问了她半天不肯说。

这就怪了，退休了不都爱同学聚会吗？

王老师闭着眼睛缓缓道，我也是这么说，问她老半天，她就半弯半拐说，有个男同学，姓张，我认识，我们那时候都叫他癞头张，在学校做了几年后来内退了。这个癞头张呢，特别积极，拉群啊，组织大家踏青，报名唱歌啊，还有去农家乐什么的，人很热心，还给我们同学聚会拉了点赞助，一个丹阳眼镜店。两个人有时候说说话，互相推荐点戏曲节目什么的，还给她拿过一次水果。有天这个癞头张，也不知道怎么说着说着就说自己家里地方大，好吃的也多，邀请这个同学上家里坐坐。她心里知道是怎么回事，也不应他，心里有点害羞又有点不舒服。这癞头张还打电话过来……

说什么？

王老师说，你别着急，我喝点水。蒋山把水端给她，王老师抿下两口，咽下去清清嗓子。她拿着杯子凭空兀自愣了一下，才继续说道，她也没接电话。打了好几次，就都没接。她过了一两天，觉得这样也不大好，经常参加同学活动，也不便得罪他。她便编了一条微信，说她身体最近不好不看手机云云，还编辑了老半天，发过去却发现对方已经把她删了。

蒋山说，这人怎么这样，好色，素质也差。

王老师说，后来打听一圈，发现他邀请不同的女同学上他家门，大多不睬他的，后来同学会逐渐也没啥活动了。

蒋山笑问，所以还有过人睬他的？

王老师脸上有些红，笑道，你以为老年人退休都喜欢同学聚会，老年大学就只为了同学情谊吗？咱们家门口几个和我年纪差不多的女同志，拉皮打针，染嘴唇买奢侈品包，就是为了在同学聚会上别苗头*，还有为了这些事打架的。

蒋山乐不可支，笑得露出牙龈道，这我可没听说过。

咱们小区东二门有一拨跳广场舞的，后门有一拨。你注意过吗？

好像有点印象。

他们原都是一拨的，有个二栋上的男同志，是之前歌舞团的，比较派头，社区活动要出节目，为了能和这男同志排节目，两个领头跳舞的起了矛盾，互相说了好多难听的话，分了两拨。也辛苦这男的，每天被逼得跑两边歌舞团，据说老婆也和他怄气。

王老师自己也笑起来，说了好一会人也乏了，见蒋山心情好些，便宽心些了，却也觉得自己好笑，癞头张的

---

* 上海话，指攀比，互相竞争。

话明明是对自己说的，自己不知怎么却编派到同学的头上了。

做肠镜前一天王老师五点吃晚饭，六点半吃泻药，要求先吃750毫升的泻药，保证干干净净。王老师胃胀，只能小半口小半口地喝，喝了约莫半小时才喝完。她喝到三分之一的时候就想吐，横着眉毛喝下去，肚子胀得难受，蒋山给她揉揉，也不敢用力，边按边问，好些吗？王老师其实还是很难受，随便敷衍几句。到了八点上了一趟厕所，卸下来一点负担，明天上午的肠镜，王老师八点半就睡了，蒋山在外头拿笔记本看电影。王老师胃还是胀，有点犯愁，怕影响明天检查，喝的水多，有点想上厕所，犹豫间，蒋山已经看完电影回来了，他躺在陪护床位上刷着手机见她动弹，便问，要上厕所？王老师估摸已经十点多，嗯了一声，便让蒋山扶她起身去上厕所。到了十二点，蒋山已经睡熟了，她缓缓起身，吃了半颗安定。

王老师是五点多醒的，叫醒蒋山，吃第二顿泻药，蒋山迷迷糊糊起床，烧了水，冲了药给她喝。王老师喝到一半就吐了，吐得眼泛泪光，一直打嗝，脸上一阵白一阵青。蒋山给她擦身，倒了痰盂，做了点简单清洁。蒋山问，药还吃吗？王老师小声说道，你喊值班医生来。

值班医生重新给她开了别种的泻药，把肠镜时间改到了下午。蒋山问医生，一定还要吃泻药吗，她吃得消吗？医生推着眼镜和他说，非这样不可，否则查不清楚。医生临走时又提醒了一次，旁的什么都不能吃。

蒋山拿着单子去一楼缴费处缴费，此时医院刚刚开门，才下楼梯就见到缴费窗口已经乌压压挤了一片人，好像在火车站月台准备上车，恨不得扒拉着窗口钻进去。

蒋山从药房拿着药回到病房，王老师又吐了一回，这回好些，主要是干呕。蒋山扶起她，继续喝药。王老师倒是很努力地一口一口喝，但蒋山却犹疑起来，似乎他扶着自己母亲喝的，是一种让人有去无回的毒药。蒋山道，其实，也未必需要全喝完，别勉强，当心又要恶心了。

王老师冷冷道，你不听医生说，中午之前不再上一次厕所没法查。说着，咕嘟咕嘟又喝了两口。

中午十二点王老师没上厕所，蒋山给她按摩肚子，王老师也不说话，在一推一送间到了两点，蒋山没吃饭，王老师也没上厕所。

王老师说，你去科室那边说一声，推迟到四点，如果没记错，四点半他们就下班了。你顺便买点吃的，肯定饿了。

蒋山确实饿了，去科室改了时间后转到楼下如意馄饨打包了几个包子和牛奶，便上楼来。他边吃边上楼，转角就在走廊见到王老师，她套着那件据说会有好运气的红色羽绒服，沿着墙边快走，说是快走，并不准确，一时快点一时慢点，间中也停一停，但却很坚决，那过分干燥惹了静电的头发蓬飞起来，蒋山看着她的背影，一度以为她要

透气　269

走远,不回头了。到了走廊尽头,她回头了,蒋山这才反应过来,走上去扶着她,两个人靠着,一起走,也不说话。蒋山随着她时快时慢,像学生军训时,与身旁的伙伴那样保持脚步一致,这一切都关乎意志力和信任,就这么一直走。

做肠镜的时候,蒋山要求进科室陪着自己的母亲,王老师说始终男女有别,自己可以完成的,打个麻药睡一觉就好了,让他不要担心。医生戴着口罩和他点头,似乎在确证这一观点,但医生口罩和眼睛背后的表情,他却看不真切,这一点让他有些在意。

他在外头等着,一摸羽绒服口袋,才发现还有个包子,已经凉了。他也饿,便在外头饮水机接了点开水,对付着吃了一点,人稍微好受一些。他继续回到检查室门口,站着等,这时候他意识到今天似乎还挺冷,站着不动,人哆嗦。他想起上次这种冷天等人,还是前年小年夜,看守所长姓胡,住在新北,蒋山没见过,要了地址,的士到了地方,在门卫岗亭那儿打电话,打过去被按了两回。蒋山在雪地里来回走了一会,再打过去,第三回接了,蒋山简短介绍了一下自己,对面"啊啊"半天,明白过来,说我们正好要出门,你在外头稍等一下。蒋山往里走几步,寻一个不显眼的停车的地方,和他简单交代,对面听了就说知道了。

蒋山把一箱干货和两瓶酒搁在花坛瓷砖上,放了一会，怕瓷砖也上冰，滑溜溜摔坏了，又挪了一两个地方，最后还是提在手里。

约莫五点多，周边都暗下来，雪也越下越大，他不一时就左右换换手，怕东西上雪化了不上相。他也挪挪脚，下车的时候左脚踩进一个雪坑，鞋底进了水，此时冻得已经没了感觉。雪落在他身上，也落在大地上，越积越多，像盐罐打翻了，没有节制。路过的人也看他，他不作理会，他约略理解早先几年，为了儿女前途，冬夜摸上他们家门送礼的陌生人，他们肩膀上没有化的雪，如今也落在他身上。

路灯都亮起来，周遭小朋友的嬉笑声在雪中显得清亮干净，无忧无虑，而路灯亮起来的时刻，雪也愈加下得没有轮廓，被北风鼓动，满目冲撞，祭祖火盆里锡箔纸点燃得太快，漫天扬起来的白灰，约略也是这般的光景。不一时，他见到一家三口向他这边走来便也迎上去，男的挺精神，一身皮装，里头是件羊绒衫，自己一把伞，一对母子一把伞。

对面客气地和他打招呼，小蒋是吧，高才生，书记和我说起过你。手伸到半空中，才意识到蒋山左右手都不空。

蒋山道，胡局您过年好呀，要来看看长辈的。蒋山把箱子拎绳都归到左手，伸出冰冷的右手和他握手，他的手很软很厚，也很热。

一对母子不理他们，径直往停车的地方去。

我们边走边说,胡局笑道,不好意思啊,没想到这么大雪。说着帮蒋山拍了拍身上的雪。

蒋山跟着他走,也才刚到,知道您忙。

胡局边走边说,你爸的事情你放心,我们打过招呼,所里过年条件一年比一年好。

蒋山道,放心的,家里规矩,要来望望长辈的。

没几步闲话就到他们停车的地方,母子上车,点了灯。胡局也停下来,说不好意思啊,正好要出门,意思我们明白,东西你拿回去。

蒋山笑道,都是些自家人吃的东西,不上价,就是传统心意。您收了,不然我家门也进不了。

胡局又要推脱,蒋山凑近道,年三夜四,推来推去也不好看,真不过是一些小意思。

胡局又笑,就开了后备厢,放了东西。上车前拍拍蒋山道,早些回去吧啊,和你母亲问好。

蒋山连连称是,目送车发动,开远了。蒋山在雪里愣了一会,回头便去坐公交车。

检查结果不大好,医生又安排了其他检查,照这个照那个,蒋山一直重复着交单子交钱取单子做检查、拿单子交钱取单子去药房这些步骤,他也愈加懂得和这样的环境相处的方式,吼过窗口业务员,几次要和插队的陌生人打起来。蒋山心里很想找人打一架,但医院大厅保安挺多;也想过打保安,但他们人多。后来专家会诊和他说了一大堆，他脑子嗡嗡的，几乎都听不进去，能听进去的也是自己不想听的。

回去了王老师问他怎么说，他也说不出来。问了一会，他就说，就还行吧。

王老师说，我也是医务工作者，这个具体的情况也要知道一下，好配合治疗。

蒋山想了想，就拣不太紧要的说了一番，末了加一句，就还行，问题不大。

王老师没说什么，晚上二人照例吃了订的食堂的营养餐。王老师还是细嚼慢咽吃了一会，蒋山留意，王老师只有过去四分之一的饭量了。

晚饭后两个人笔记本上找了部电影来看，喜剧片，没到最喜的部分王老师就乏了。蒋山伺候她洗漱，便各自熄灯躺下，蒋山自个儿睁着眼睡觉。

到了十二点左右，蒋山有点迷糊了，却听见小孩子般吸鼻子的声音，拖着尖厉的尾音，尾音不一会也小了。蒋山微微起身望过去，见病床上已经瘦成一把的王老师，裹着被子微微颤抖。

蒋山心里有点恼火，起身穿鞋，故意把动静弄大。王老师听着也躺正了。

蒋山道，怎么了，折腾了一天，不好好睡觉。他顺手开了壁灯。

王老师没有说话。

透 气

蒋山坐在床边盘起腿，笑道，不会是想着立遗嘱越想越肉疼吧？

王老师转过身来冷冷说，我是那种人吗？我还想着提醒你，我百年以后，你要记得去医务科领抚恤金，和工龄挂钩的，忘了就没了。

蒋山道，知道你不是那种人，既然这样，你更应该积极配合治疗好好休息，早点出院，咱俩的积蓄也能剩多点。

王老师说，我自己也知道七七八八了，你不用瞒我。

最后几个字几乎被她吞掉，在灯光下蒋山见到她干枯的眼窝此时蓄满了泪水，像高山的堰塞湖。

蒋山坐近了她，床头抽了几张纸巾，王老师把纸巾覆盖在眼窝上，纸巾很快湿了。

蒋山道，现在科技这么发达，你怕啥。我觉得你平时生活方式也比较健康，不是你的问题，有的时候就是运气不好。我港大有个女老师，四十多就做了正教授，但她嗓子一直哑的，后来才知道得过癌。但我看她恢复得蛮好，人精气神十足，打扮得也美，特别有个人魅力，她对自己的嗓子也不介意。她年纪那么轻，照道理不应该，后来不也慢慢接受，积极治疗，现在就很好。你的情况比她好多了，我觉得你不用担心。

王老师清清嗓子道，谢谢你安慰我，道理我也懂，我就是害怕。

蒋山道，怕什么，你之前不是说过你不怕死吗。

王老师声音也小了，说，我怕你一个人啊。

蒋山握着王老师的手，愣住了，想了一下，却不知道说什么，就一直握着她的手。

王老师拍拍他的手腕，你放心，我肯定会配合治疗的。对不起啊，给你这么多负能量。

蒋山道，和我多说说好了。

王老师着急道，还要和你说，延陵路上交通银行和建设银行，各有一个保险柜，用你身份证登记过了，密码你知道的，1开头的。我怕我忘了和你说。

蒋山道，行了行了别乱想了，你的保险柜你回头自己去开。

王老师说，别忘了啊。也不早了，你也睡吧。

蒋山道，你先睡吧，你睡着了，我也安心。

王老师没有说话，蒋山用另一只手关了壁灯，在黑暗中他感受到王老师呼吸放缓，均匀了，手也慢慢松了。

这之后几天，王老师始终觉不多，睡得碎，整日昏昏沉沉。清醒时就劝蒋山回家休息休息，补补觉。蒋山最初不听，后来也确实乏了，加上天气转冷，准备从家里也拿两床被子过来，遂回了家，准备第二天早上再来。不过他还是不放心，请了一个护工，看着王老师一晚上，走前和王老师说了一声。王老师囫囵睡了不知多久，半条胳膊麻了，难受，便醒转来，只见一个白发妇人，一身绿色头绳衫，正在床前玩手机。这妇人戴着一个发箍，把头发很粗暴地拢在耳后，面上饱有风霜，好些褶子，干瘪的嘴里却似有颗金牙。

王老师一惊，背后发了些薄汗，倒有些头昏，便问，你是？

那人声音很是洪亮，透着一种自来熟的得意，我是你儿子请的护工，你饿不饿，吃东西吗？说着人站起来，似要扶她起身，她屁股僵了，那人力气倒很大，直把她扯起来。她浑身骨头发酸，疼起来，等疼完了，倒没力气喊了。顺了几口气，王老师道，谢谢你，怎么称呼？

那人把手机放床上说，叫我老阎就好。阎鹤祥的阎，阎鹤祥你知道不，很有名。

王老师微微点头礼貌性地笑起来，这时候，看到角落里竟还坐着一个娃娃。那娃娃约莫五六岁年纪，一身红色运动服，上头有"中国"两个字，他低着头玩玩具，手里两个奥特曼。

老阎叫那娃娃过来，命他叫婆婆。我孙子，老阎说道。

王老师心里一凛，转念一想，叫婆婆也是应该的。

那男孩翻着眼睛看人，突然周身无力似的靠在他奶奶身上，低着头看手上的玩具。

老阎说，这孩子，平时挺出趟。

王老师笑说，小孩子，不要紧的。

王老师再看这老阎似有几分面善，倒像哪里见过的。便问，你说话倒像是熟得很，你老家哪儿的？

那老阎边扯夺孙子的玩具，边歪过苦脸来笑说，我们乡下的，前黄的，招你笑话。

王老师眉眼一开，道，难怪说话有味道，我家原是礼嘉镇的，北堰，不远。

老阎道，哦哦那巧了，我新妇是运村的，你们村隔壁。

王老师说，好像哪儿见过的，面熟。

我们这种粗人，你哪里见过，认错了吧。

怎么会，你都奋斗到城里来了。

你说笑，我们没钱没社保，来了就是祸害子女，你看，孙子没人带都被我带来这儿了。

你经常在这边做护工？

老阎道，我之前也卖过凉席卖过纸板，混熟了就有人介绍做护工。说着又把那孩子撵回角落了。

王老师顿了一下，定定神，笑道，我没什么力气，你多担待。

老阎道，没事没事，你要什么吃什么和我说，我去买。

王老师摇摇头，说，我身体不好……我这样的，你见得多了吧。

老阎笑道，哎哟，这哪儿的话，我看你现在挺好的。别想那没谱的事，好好养养就好了。

我也这样想，不过也要医生肯这么说才好。

医生未必比咱们厉害，我和你说，我待的久见的多，前年来了一个新医生，姓邵，肿瘤科的，人是还不错，条

透 气　277

件不好的来看，他总给人开最便宜最常用的药，药厂的回扣药也不开，要说也挺好的，结果今年春天自己得癌，秋天就走了。他之前的病人觉得冤啊，自己花钱找的医生，自己得癌走了，都说自己被耽误了治疗，前段时间还拉横幅投诉呢，钱都白花了。所以医生也未必作准，咱们自己心情好，吃好睡好，那帮医生光败咱们的钱，你就当是住酒店，自己要有谱。

王老师看着她，想说点什么，却也说不出来。

老阎说，我比较直，你别介意啊，我乱说，我看你是个读书人。

王老师说，是看过几本书。

老阎说，我就说，医生其实和病人聊天也就这样，凭经验。我凭经验，你是读书人，爱乱想。

是。

就是这样，自己吓唬自己，要我说，也就那么回事。抖音上说，以前人的平均寿命只有四十岁，我看你床位卡片，也六十了，咱们该干的都干了，船到码头车到站，老话讲，够本了，剩下的就是别拖累孩子，多赚点钱留给他们，你说对吧。

王老师点点头。此时那小孩哇哇大笑起来。老阎回过身去，用普通话囫囵吼了他几句，她自己似乎受吼声的后坐力影响，人都往后震了几震，王老师被她这一喊也有点耳鸣起来。

王老师说，我胃不舒服，你能帮我按按我左手虎口的地方吗，就是胃经，胃经不大好。

老阎说，味精确实不能多吃，对身体不好。

王老师笑说，你帮我按按，别太大力。

老阎的手很大也很饱满，捧起王老师的手，好像捧起一把葱，好像从没见过这样的手，看了又看，似乎怕把它捏断了。老阎说，姐妹你这手好看，戴个手镯，体面。

王老师说，好看有什么用，身子骨不结实。她顺手又指了指要老阎按的位置。

老阎手劲不小，按得倒仔细，按着按着王老师整个人放松下来，倒又睡着了。

醒来时，老阎在床尾趴着睡着了，手机还在小声播放着吃播的视频。那娃娃在床的另外一侧，拿着白床单当沙盘，做了手中两个奥特曼演武的场地，只见他左右手各一个奥特曼在空中飞来飞去，操纵着两个玩具互相击打，同时自己还配着音效，啾啾——哐！打死你！……反击！

王老师看了一阵，见他小脸红扑扑却又毛躁，干得一道道，而鼻涕冻在嘴角，晶莹剔透的。领子的一角已经磨破，显是喜爱自己揉搓，而下头是一粒饭黏子，在棉衣上相当显眼。王老师问他，小朋友你叫什么名字？

那小孩不看她，道，老师讲，不能和陌生人说自己的名字。

王老师笑说，好孩子，确实应该这样。等你奶奶醒了，

透 气　279

我们一块吃点东西好不好？

那小孩不理他。

王老师说，我认识你手里的奥特曼，一个叫泰罗，一个叫迪迦。

那小孩马上转过头来问，你也喜欢玩奥特曼？

王老师说，我儿子喜欢，家里买了一堆，现在都放在柜子里，都没人动。

那小孩继续玩着玩具说，我只有这两个奥特曼。

他顿了一下，像是想起来什么似的，说道，本来爷爷要买给我一个新的，后来他到墙上去了。

王老师说，到墙上去了？

那小孩继续玩着手中的奥特曼道，他和你一样躺在这里，盖着白被子，有白衣服老师天天给他上课，然后他说他出院就给我买新玩具，后来他就跟着我们回家了，挂在墙上。玩具也没买，天天在墙上笑，以前奶奶老骂他，现在他到墙上去了，就不骂他了，我不想做作业的时候也想到墙上去，和爷爷说说话，就没人骂我了。

王老师说，小朋友不会到墙上去的。

那会不会到山里去呢？奶奶说爷爷也在山里面，我也搞不清，怎么有两个爷爷。

两个都是爷爷。不大一样。

那小孩又问道，那我们每个人都有两个吗？另外一个我在哪里，会不会和爷爷在一起？

有可能。

那小孩想了一下说，难怪我没有玩具了。

王老师问，你觉得，我和你爷爷像吗？躺在白床上的样子。

我不知道。

我想可能我也要上墙了，和你爷爷一样。

那小孩继续玩玩具说，我奶奶也说过一样的话。

王老师笑道，不会的，她那么健康。你经常这样待在医院吗？

是啊，我一直跟着奶奶。

如果我病好了，可以出院，我就送你一个奥特曼好不好，就是你爷爷答应送给你的那种。

那小孩放下两个奥特曼，眼睛都亮起来，风马奥特曼！随后他双手十字交叉，说道，在下需要你这小子的力量！

王老师歪着头笑，笑着竟咳起来。这一折腾倒把老阎吵将起来，老阎睡得额头上一道一道的，骂了孙子两句就出门急着给王老师拿订的晚餐。

那晚上倒是稀松平常，只是听老阎抱怨打麻将亏了，想要报抖音网红班云云，王老师也只是敷衍几句。那孩子晚饭后就走了，单他奶奶在病房陪着，间中蒋山有来信息问被子的位置，关心了几句。这晚上王老师倒是睡得出奇的香，一夜无梦。

透气 281

第二天醒来的时候，老阎已经不见了，倒是蒋山在弄早餐。

又过了数日，王老师又想劝他回家，护工的话再找老阎。却听蒋山说，已经找不到这个人了，说病区里的人也好几天没看见她了。有别的病人说，可能是麻将输了躲债去了。

王老师说，可能过两天就又回来了，她那嗓门，老远都能听见。

蒋山说，可不是嘛。

就是觉得这人面熟，好像哪里见过。

我没什么印象，老人家看上去挺普通的呀。

王老师说，我也说不上来，我想，下次见面我肯定可以认出她来。

蒋老师取保候审之后回家，蒋山没有和他说过一句话，很长的微信也不回。王老师和他说过多次，他也不理会。蒋老师在里头待了一年多，瘦了，头发乌黑，出来那天伯伯带他去焗的油，那天洗澡剪发焗油吃饭等一系列流程，蒋山都没有参与。蒋老师也有心理准备，从里头寄出来的信，蒋山一封也没有回过。

蒋老师天天待在书房，也不说话，偶尔烧烧菜。圈子里面的人也议论，回扣大家都拿，他又拿的不多，其他人都顶住不说，偏他先交代了，这么着其他人怎么办？于是过去那些所谓的朋友也少搭理他了。

到了年关祭祖的时候，王老师嘱咐蒋老师洗菜烧素菜，蒋山则和王老师出去买百叶、鲫鱼、豆斋饼、红烧肉、冬笋等等，许是年节下，还不甚好买，几家都买空了，蒋山是没想到这时候还有这么多人家祭祖。王老师有些不高兴，早前提醒过他早点弄，他嫌太早了。好容易买齐了要买的食材，王老师看备忘录提醒蒋山顺手再去买锡箔，前几天折的有些不够了。蒋山是折锡箔元宝的能手，三四岁就会折，他小时候就手巧，看了两三遍就会了，折得又快又好，邻居老人家都欢喜。当时都说童男子折的锡箔功德高，他自然听不懂这些话，总是用功地折，透着一种无所希求的沉浸。到了高中，还是让他折，他嘴上不说，心里有点气恼，觉得大人们有点看不起他，也该事先问问他还是不是童男子才是。

原先经常帮衬的菜场边上的锡箔店拆了，两人绕道去了怀德桥地下那家，选了常用的款式，算好使用次数，电子支付，一边一扎，提着往家去。

回家到门口准备开门，发现门反锁了，两人不明白正忙的时候为啥要出门，就开锁推门，发现门上了铰链和保险，蒋山把锡箔给了王老师，用力扯了半天扯不开。打电话过去，手机已经关机了。蒋山扯着嗓子吼他，自然也没有人应。王老师腿都软了，靠在过道墙上。蒋山学着电影里的样子，用力撞门，撞得头晕眼花，也没撞开。他随即拿出手机，110这几个数字，按得几乎要把屏幕抠碎。

透气　283

接线员问他什么事,他吼道,杀人了!

几个消防员拿工具破门后鱼贯冲进去,又破了书房的门,身边黑压压的,蒋山也不知道里面到底发生了什么,就听得里头人吼道,开窗开窗!透气!身后楼道里也黑压压的,都是不认识的人,说话声、对讲机的声音很嘈杂,他站在厨房门口,一直有人扶着他的肩膀,一阵刺鼻的气味飘过来。有个白发的老年女警拿着相机站在厨房里拍照,见到他就停下来不拍了,她身后原先放煤气罐的位置空空如也,只剩下一条橡皮管子,像一条死蛇一样委在地上。

展眼已经是初春,空气是岭南没有的干燥爽利,阳光呈现出带颗粒的白色,有种胶片的质感。回家路上,蒋山经过小区花园,见到一个小女孩在学骑自行车,趟一段推一段,家人在边上和她说着什么,蒋山能闻见雪和金属的味道。他昨天晚上没合眼,早上温度还很低,以至于他冻得脑子里什么都没有,就想赶紧进屋。

上了楼,楼道里见到邻居,邻居和他说,你回来了。他回了句,嗯。

蒋山开门进屋,换了鞋,地上塞进来一些小广告和信,蒋山也没理。他从地上墙角的一箱农夫山泉里头拿了一瓶,喝了半瓶,打了个嗝,随手放下水,便走到客厅,从书包里拿出母亲的牌位摆上柜子,放在父亲的边上。家里有股发霉的尘味,蒋山走到卧室阳台,把窗户全部打开,咔啦咔啦几声响,冷风一下涌进来,但蒋山整个人都松快清楚了。他又走到书房,站上飘窗台,把窗户也打开,这样南北通透,就形成了良好的对流关系。蒋山再去厨房,顺手把厨房窗户也打开。他打开冰箱想找点吃的,臭烘烘的,遂立马关上了。

他回到客厅,两个单人沙发和一个三人沙发上都盖着一层塑料防尘膜,王老师住院前淘宝买的,凑了满减,三套盛惠二十八包邮,如今防尘膜上靠近了仔细看,有一层汗毛一般的灰尘。蒋山一个个掀开防尘膜,在阳光下,细小的颗粒弥散而起,像往日冲泡中成药时生成的帷幔。他把防尘膜叠起来放在茶几上,去到自己的卧室,扯了一条毯子,拿到客厅,在沙发上裹上,和衣睡下。

蒋山睡了好几小时,梦到什么不记得了,醒来虽有些头疼,但觉得四肢百骸说不出的温热舒服,脚底手心滚烫,脊背上还微微发了点汗。天气酷寒,确是咄咄怪事,蒋山想起小时候,像有人抱着他入睡一样,长久没有这样的感觉了。

蒋山掏出手机,已经没有电,茶几边上找根线插好。屏幕一亮,他自个儿去厕所撒了泡尿,足足撒了有一分钟。厨房壁柜上还有面条,他在小锅下了三两面,卧了两个鸡蛋,滚烫的面煮好,就着小锅就在餐桌上吃。往常王老师总不让他吃烫的,说伤食道,现在没人说他了。

吃完面,蒋山额头又沁出汗来,餐巾纸早用完了,嘴用手一揞，自来水稍微冲一冲就完了。他坐在沙发上，从茶几边拿过手机，已经充了40%的电了。点开手机，微信有几十条未读信息，他也懒得看，打开几个常用软件，看了会小姐姐跳舞。他看得愣了神，同一个视频小姐姐跳了好几轮，他才发现原来是重复的。看了几个搞笑的视频，内容是很有意思的屎尿屁，只是那些罐头笑声他不大喜欢。用抖音想搜点别的也不知道搜什么，搜索记录里头有一条是"常州方言王老师"，他犹豫了一下，点进去看。粉丝比上次看掉了十个，只剩三百零五个，三个月没更新，拢共掉了一百多粉。最新那条讲"日里文绉绉，夜里偷毛豆"的，留言最多，蒋山点进去，好几条都是在问为什么不更新的。王老师这半年一共发过六十五个视频，蒋山一路往下翻，王老师的脸一路变胖，像吹气球一样。

回到最开始的那条视频，就是蒋山刚刚帮她注册抖音的时候拍的。

视频一开始，就是王老师的一张大脸，她戴着老花眼镜，微微笑起来，看看旁边，说道，开始了是伐？（旁边有人轻声说，已经在录了。）

你们好，嘿嘿，大家可以叫我王老师，我会在抖音这个平台和大家分享一些常州土话，今天我就和大家讲一个乡下的笑话。她笑着又看向旁边。

王老师转过来笑嘻嘻接着说，有一只蚂蚁勒路上波，煞么响，他钻勒烂泥勒，露一只脚勒外头，蚯蚓问他做哆？蚂蚁贼头鬼脑讲：嘘……象鼻头来勒，我要绊死他个彪酱！

嘻嘻嘻，不知道你听说过这个笑话吗？如果你觉得这个笑话不错，可以给我点赞关注我，或者给我留言说说你的想法，觉得这个笑话怎么样。

说着她呵呵笑起来，推着眼镜看看旁边，小声说，就好了吧。（旁边有人说，按红色按键。）

王老师转过头来，带着微笑，画面就静止了。

面试

他喜欢长裙，棉质，微微透光，白色最好。照片大多是光腿，穿丝袜的话，常常是低针数高透光度，贵的那种。时间通常在早上通勤时刻，湾仔站上地铁，两个来回，在香港大学站下车。他之前在那儿上班。

整理的时候我都觉得奇怪，为什么大多是早上？

早上上班谁不迷糊，都怕迟到，不容易留意到有异样，就算有，恐怕好多人眉毛一横就过去了。周中一般是这条路线，周末不大一样，会走红线，红线游客多，不懂粤语不会报警，最好下手。你看照片。

说着递过来一张打印彩色照片，画面中横亘着两条纤细白皙的大腿，裙底照得很清楚，像素很高，动态捕捉效果惊人。

这是针孔摄像头拍的？

看到的时候我也吓一跳。我问过了，是绑在鞋带上的，所以他穿黑色运动鞋，鞋带中间露出一点点镜头，一般人根本看不出。家里橱柜里面还有一个旧款的，比较大。两款都有遥控器，按按钮就可以拍照。旧款已经充不进电了，开不了机。

应该都导出在硬盘上了,我把活页夹分类整理了一下。硬盘我没动,拷贝的活页夹按照年份和机器型号分类:年份可以追溯到2014年,有购买记录,亚马逊上面有的,快递留的自己的电话,到现在没换过。你等我点一点,嗯,这里,2019年买了现在这款新的,没有购买记录,应该是现金交易。当年的文档数量和大小都是历年最高,输出源文件分辨率高了,拍的也多。这人也有意思,你看顶层这里有个收藏活页夹,都是历年精选的照片,我看看啊,好像真是这么回事,喜欢长裙光腿,拍摄时间也对得上。

开玩笑,我是谁啊。还有啊,他第一次被抓之后什么时候又开始拍了?

我看一下2014年这个活页夹,往下翻的话……三月到六月,对,六月又开始拍了。我之前翻文件,记得当年他的小区服务做到五月份就在西九那边报备过,结了案。

忍了一个多月。

夏天来了嘛,天天看,老毛病又犯了。

什么也憋不住,尿也憋不住。我那天回家老婆还问我,为什么身上有尿味,你说怎么解释?

为了你,前列腺坏了。

办公室里大家都笑起来。

邓亦廷话少,尿多。这是他自己都承认的,上学时每到课间第一个冲出去小便的总是他，打小和他做过同学的，都说他怪，也都爱捉弄他。没到下课，同桌见邓亦廷眉毛微微皱起来，似有尿意时，常拿三角尺刻意戳一下他的小腹，邓亦廷便周身如过电，两股战战，几乎随时要溃坝。老师们早就习惯了他，带队春游，见到厕所就会问他一声，怕他总像最开始那样憋得脸上一道青一道紫。邓亦廷的爷爷奶奶更加清楚他的情况，小时候一洗澡就尿尿，活像一个温控水龙头。老人家起夜洗尿布虽劳苦，倒也怕他不尿，怕他不是一个有生命力的宝宝，怕没有更多的爱包裹他，于是更努力地浇灌。当他已是少年时，随爷爷走海滨长廊，见流云如卷、海波如幕，爷爷问他什么感觉，他说看着好像不想尿了。爷爷笑说，等你长高能够得上尿兜，爷爷就不能带你上厕所了。邓亦廷说，我不是身高够不上尿兜，我现在只是小鸡鸡够不上尿兜。

邓亦廷撒尿相当有规律，这一点从小到大，从小学到大学毕业都是如此，起床尿，上交通工具前尿，课间尿，午睡前尿，考试前尿，电影开场前尿。邓亦廷喜欢在大银幕上看电影，而电影开场前尿分两种情况，如果是一个半小时的电影，那黑场最后一刻前尿尿是例牌，保证整个观影过程无尿感；如果是两个半小时以上的电影，那邓亦廷会提前做好功课，在网上找或者询问看过的朋友，电影中段几点几分会有适合尿尿的场景。近年许多大导演喜欢拍三个小时甚至更长的电影，因此寻找尿点成为不可或缺的功课。可是看过的朋友哪里来呢？邓亦廷并没有很多朋友，他只能靠林仔。林仔就是拿三角尺戳他的人，家住深水，屋企是间五金铺，鸭寮街老档口，做了几十年，改过好几个名字，最近的名字就叫林仔五金。林仔和邓亦廷一样爱看电影，但林仔不去电影院看，他只在电脑上看。邓亦廷那时候最佩服的就是这一点，很多电影还没上映的时候林仔就看过了，会提前剧透给他。剧透过的电影邓亦廷就看不了了，就像已经开场五分钟的电影，邓亦廷也是不会看的，同样一本书开了头他就必须看完，饭必须吃得一粒米不剩。又想知道尿点又不想被剧透的邓亦廷，经常请林仔吃东西，有时候是冰激凌有时候是鸡蛋仔，这时候林仔会歪斜着身子，支在座位上，掀开笔记本，找到那个电影，扶着机器装模作样地在邓亦廷面前晃悠两下，看到小邓惊愕的表情，他才满意，跷着二郎腿，人字拖几乎要踢到小邓，一面看一面调低音量，有时点头有时摇头，口中念念有词又露出笑容，末了报出一个时间，这个时间通常在一个半小时左右，时长约一分半钟，足够他完成既定的任务，是为尿点。

小邓对林仔充满信任，但也不是没有中过伏。他自己掐着秒表，到了规定的时候，却发现银幕上的内容精彩极了，一个女子温顺地宽衣解带，如同一颗正当成熟的水蜜桃，可以轻巧地撕去它的衣。他看得心头突突的，甚至有那么几个瞬间，他感觉不到自己的下半身，甚至忘记了他需要尿尿这件事。这个困惑他有告诉过林仔，林仔定神看了他两秒，拍拍他的肩膀说道，是大男孩了，可以看点别的电影了。

林仔所谓的别的电影，只能在佐敦官涌戏院看到。深水埗原另有一家星辉，前几年结业的，全港就只剩下这家了。林仔嘴里嚼着口香糖问，身份证带了吗？邓亦廷点头，他是水瓶座，年头刚满十八岁。

地铁佐敦下，往柯士甸方向沿宝灵街一路走，官涌街左转，喜满怀大厦左边档口，半空悬着一只灯箱：官涌戏院。

官涌街沿路无非是汽车修理铺、冷气档和五金油漆，永远停着几辆随时准备开走的、柜门大开的货车。腊月还是酷暑，也总有几个头发油腻的大汉，裸着上身，无休止地搬运货物，整条街弥漫着汗味和机油味混合的古怪香气。这是邓亦廷来过多次后的体验了，这是后话。

官涌戏院门脸不大，招牌上一幅沙滩海岛风情画，一角点缀着一杯酒和一颗草莓，酒杯和草莓悬浮在半空中，似乎为什么魔法所操弄，而这幅风情画因为年代久远业已褪色，翻出灰色底子，那草莓也显出陈旧的新鲜来。在这背景画上书写着相当诚恳的广告招徕：最佳休闲享受成人娱乐 中午12:30起不停播映，一张戏票 全日任睇。中间"官涌戏院"四个红字。下头还有一行小字：每天多套港台欧美日三级猛片醒神养眼经济实惠。档口当门摆了旅游

面　试　295

景点常见的明信片架，上头摆满了无数美女的艺术照和海报，大多衣不蔽体，关键位置均贴上了一个红色贴纸，春寒天气，令人暖心。明信片架背后是两个窗口，一个上书"即日"，一个上书"下期"。"即日"窗口下贴了无数海报，像追星族的床头，海报上的女士们做着许多高难度的体操动作，表情微妙。海报与海报间贴着电检纸，间或还有几个彩色磁贴："粤语对白""香港三级女脱星""自由行来港必睇毛片"等等。邓亦廷一时看得呆了，又见右边门洞小黑板写着，即场：《日式北菇鸡》。下首一个不锈钢立牌，白底红字写着，请进。林仔不耐，便拉着他在左边窗口买票。档口的肥胖大妈看着他们俩的身份证，左右对照，咬着牙签翻着小眼睛，笑道，刚刚过生日啊？

林仔笑道，我已经看了几场了，他还是初哥。胖大妈看了邓亦廷一眼，右手取下嘴上的牙签，往身前桌上的塑料盒中扎了一个咖喱鱼丸就往嘴里送，左手顺势摆摆手，示意他们进去。这时候小邓留意到柜台上面有个时钟，三点二十了。

排片表上说这场是三点十分开始的，小邓说，不如我们等等换下一场的吧。

林仔眯起眼睛，笑着摇摇头，顺手打了他一下脑袋，这种电影谁还看剧情。

这是小邓第一次看不完整的电影，不过使他心情稍缓的是，电影声音和画面时常对不上，因为录像放映的关系，片子太旧,放映次数太多,字幕抖动模糊得厉害。有几段画面发白,几乎看不清画面,原是相敬如宾的一对男女,一段模糊的画面后,便颠鸾倒凤起来。戏院也并非全黑,屏幕左首的门始终半开着,方便观众进出,还不时传来街铺五金店的电钻声。身边有人在睡觉,有人在吃烧腊饭,不知是剧情太过感人还是吃饭的关系,小邓总是听到有人抽纸巾抹纸巾的声音,很是烦恼,也不知从何而来。但不得不说,小邓喜欢这个地方,喜欢这些电影,这些电影没有尿点或者说全是尿点,可以安心自由出入,剧情则可有可无,但答应你会有的东西全都会有,对于他来说,近乎平易温柔了。制作和镜头语言自然是粗糙又随便的,但似乎这些电影人的目标并不远大而空渺,只有踏踏实实地工作与完成。林仔也说,你平时看那些文艺片,又闷又长又贵。这里四十块钱可以看一下午。

灯光亮起来的时候,小邓看清了这间放映室,四壁都是米色瓷砖,因为潮湿,壁灯映照下,瓷砖上浅浅的水雾蒙了一层,有些桑拿房的味道。棕红色地垫油腻腻的,各处起了皮,有些地方甚至整个磨没了,显出地下的水泥地面,这样磨掉的黑方块拢共有十几块,活像美珍香切好了的猪肉脯,中间不知被谁抠走了好些。地板上的仿皮靠背折椅,与小邓中学演讲厅的款式很是相仿,只是更油更皱更旧些。其间零零星星站起一些人,但大片的空位都提示着人们,这里已经不是过去的光景了。

小邓走出来的时候，奶奶坐在等候区，抱着个手袋就站了起来，看起来她似乎忘记了手袋有拎绳，僵硬地捧着，手袋里似乎有个奇形怪状的物什，怎么捧着都不舒服。奶奶在柜台签字的时候，小邓有种奇妙的感觉，觉得奶奶像个小学生，自己则是监督她完成作业的大人，看她一笔一画地写，还不时和工作人员说，我不大识得写字，这里写得对吧？这两个地方有什么不一样，我年纪大，怕填错了。哦哦不用按手印，我知道了。

后来小邓知道，奶奶第二天下午出门就是为了把裤子送回西九龙警署。他在地铁上被抓，上了警车一路尿裤子，被问话的时候又尿，他心里知道差馆所有人都知道他的事了，奶奶去还洗干净的裤子，又是当众受一次侮辱。

林仔安慰他说，你爷爷瘫在床上，又是屎又是尿，估计她也习惯了。

小邓却依稀记得，某次半夜起身尿尿，听到房间里奶奶异常平静的声音，再尿信不信我掐死你。也不知道她说的是谁，他吓得赶紧回去睡觉了。

小邓这一次被抓，南九龙法院的长官念他初犯，对法律敬畏有加，态度良好，惩处小区服务120小时。所谓小区服务，通常就是去郊野公园捡垃圾，谢霆锋什么的大明星犯了法，也是如此。公园里草坪上时常有些市民野餐登山遗留下来的矿泉水瓶、塑料袋和各种纸团，甚至避孕套。小邓手提着长镊子，弯着腰，边捡边发呆，不由想起那些自己看过的奇怪的日本AV，那些奇怪的耸动的关键词，以及随之而来的各种纸团。每次完了事，他都用力在手心把纸团攥紧捏扁，几乎要捏爆，手心都湿润了，似乎在对抗着某种懊恼与无力。

第一次偷拍到女孩裙底的时候，是在九龙塘站。周六上午罗湖往红磡的班次，座位上自然已经坐满了人，甚至有几排坐着的老人身上还叠了一层小孩，小孩踩在爷爷奶奶膝头上互相打闹，而他们眼角残留的泪痕以及唇上的鼻涕渍，提示着旅途的闷热与漫长。过道里也坐满站满了人，这些来港自由行的旅客通常随身带一个折叠拖车，来时里面只有些方便袋，去时便满载了，于此时便成了很好的折凳，方便随处落座。车厢里的味道真是不大好，空调的冷气也只能在车站与车站间压制那氲氲的气味，车辆停妥每每到站开门，外头的热情一蒸，人流一滚，那是回南天里衣橱拉开的激荡。他盯上的那个女孩，短发，皮肤很白，上身白T恤，下身牛仔裙，耳上挂着白色的苹果耳机，耳机线打着不很驯服的结，在她胸前垂落，与那曲线并不贴合。一只手刷着挂饰一串串的手机，一只手挂在车厢不锈钢横梁上，人随着轨道面无表情地轻轻晃动，隐隐显出黑色的内衣。从一旁看着，好像那只手是别人，为了看手机就可以不要的了。小邓走近她，往她身后走，绕开几个行李，缓缓朝她身边靠，车到站随着人流走动，他也靠得更近了，他把那只鞋上嵌着摄像头的脚往女孩一对脚掌中间挪动，女孩并非腿叉得很开，他只能把脚斜斜摆在一边，好像一个若无其事想要插队的人。车再次启动，女孩站立稍微不稳，左脚往后退了半步，两条腿正卡在小邓带摄像头的鞋子的两侧，而人几乎要退到小邓怀里。小邓几乎忘记了按遥控器，女孩发尾有股洗发水的清香，带着一点点体温，扰动着小邓的头脑，不只是气味，他连她那并未刮干净的腋下，和耳后因为背光而更加明显的绒毛，也看得更清了。小邓感到悠悠的害怕，心脏仿佛由他人植入，不再属于自己般跳动，害怕她像笔记小说中的女子，为阳光一照，或化为一摊水渍，热气一蒸，便全然不见了，又或者变成自己所没法想象的鬼怪或妖魔。按下按键，没有闪光，没有音效，她将永远留存在他的数字世界中，以二进制的方式保留自己的青春痕迹，只是这保存的方式并没有得到她的同意。而在没有经过小邓自己的同意，按下按键的同时，他的裤子上也添上了一层水渍。

　　小邓出狱之后又重温过这个视频，内心忧郁之余，也感叹自己当时的运气不错，这么粗糙的手法却没有被发现，这个女孩终于消失在他的世界中，没有变成水，也没有变成其他什么东西。林仔来赤柱监狱接他，开车在山里特意兜两圈甩去衰神，而后带他去蒸了桑拿，洗晦气，换了衣服鞋袜。在外头吃了顿海鲜自助，小邓直接吃撑了，走不动道，到了家门口就准备开门直接睡觉。林仔说，这可不行，我后备厢准备了点东西，可少不得。家门口楼下停车，林仔打开后备厢，拿出一矿泉水瓶，里头水发黄，还有一个铁盆，另有一袋木炭和一袋木头。小邓问，这是做什么？

林仔笑道，赤柱出来的规矩呀，你听我的。两人拿着东西到了楼下僻静处，林仔握着矿泉水瓶，指指瓶底道，昨天晚上泡上的柚子叶。小邓细看才见其中确有些黄绿色细碎扁舟，在水底载浮载沉。神仙的甘露知道吧，要给你洒上一洒，转运来的。林仔说着，便挤着那矿泉水瓶，瓶盖上喷出一道水柱，直射在小邓脸上，小邓未提防，一时间被喷了一脸，怒道，你这怎么尿我一脸。林仔摆摆手，笑道，瓶盖上口开小了，压力太大，重新来过。他一边说着一边减少力道，在小邓手脚和脖子上又洒了一些。小邓没奈何，觉得宁可信其有不可信其无，不过那股怪味，在衣服上沾了，后来洗了几回，总觉得消散不得，也不知是不是心理作用。

林仔继而在铁盆里摆了炭、几段桃木、三钱红豆、三钱朱砂，火机点了，起了火盆，指挥小邓一步跨了过去，口中大声嚷道：大吉利是，衰神退散，太上台星，应变无停；驱邪缚魅，保命护身；智慧明净，心神安宁；三魂永久，魄无丧倾。林仔哇啦哇啦一顿念，路过的途人虽然戴着口罩，仍然可以看到他们注视的眼神和责备的神情，小邓有些尴尬，说道，差不多行了，赶紧上去吧。林仔自顾自又念了一段。

小邓用钥匙打开门，样子自然和他离去时没有什么两样，只是墙上都灰了些，摸摸台面，亦染了尘。小邓又闻了闻，空气中除了潮气之外，还有些淡淡的烟味。他在狱中时，曾经叮嘱林仔要月初月半来屋里上香换供果，顺便开开窗，他心里想，林仔大概是上了香，没耐心等香点完，便关窗走人。于是线香的烟都附在了墙上，残留在空气中。

但小邓没有说任何话，他感谢林仔，他也喜欢且羡慕林仔这个朋友，胆子比他大，本事比他大，生意也比他大，鸡鸡也比他大。林仔做什么都顺风顺水，所以他总是问他的意见，如果自己走了霉运，一定是没听林仔的意见，林仔什么没吃过没玩过，要什么有什么。

小邓说，今天你花了不少，上午没来得及去银行，回头要还给你的。

林仔坐在二老的遗像底下，靠着椅子，熟门熟路地在桌上拣了牙签剔牙，啐道，给什么钱，当我朋友不，当我朋友就别提这话。

小邓想说什么，很快被林仔举起手打断。早和你说，现在女孩自我保护意识很强，搞摄像头偷拍太危险，买贵的也没用的。

小邓点点头。

这都是十年前的把戏了，林仔说着把剔出来的牙签尖上的鱼肉吐在地上。你老实和我说，还想女人不？

小邓没说话，仍点点头。

林仔道，我就说嘛，男人嘛，就是这样的，想女人天经地义，杀人放火金腰带，修桥补路无尸骸，你这样的就要被关一年，我是觉得冤，不是我吹牛，我干过的事估计得关个三十年。

小邓说，我运气不好。

林仔摆摆手，不是运气的问题，兄弟，是方式的问题。其实你根本不必冒这种风险。谈个恋爱，再不济去个按摩房。

你知道我的。

你啊，我总结，你就不能和人正面交流。

我紧张。

你就只能看别人，别人不能看到你。可平常又不是看电影看电脑，你看别人别人也会看你呀。

他们看着我和我说话，我就说不出话。所以前几年我就只能打零工，如果要面试，我都不去的，我怕我说不出话，甚至会尿出来。

不至于吧，多大人了。

我有时候想，工作面试的时候要是有扇玻璃就好了，我能看到面试官，面试官看不到我。

林仔愣了一下，笑得站了起来，说，你这是要面试面试官啊。

小邓低着头说，就是觉得有人看着我，自己赤裸裸的。

林仔说，你就只能看人赤裸裸。

小邓没有说话，他心里知道林仔说的是对的，他希望有面玻璃，有块屏幕，有个罩子，有个影子可以保护着他，他可以看到别人，别人看不到他，但他也并不会伤害别人。

林仔接了一个电话，站起身来把窗户推出去更多，胳膊肘倚靠在窗台上，向着外头，从兜里掏出电子烟，送到身前，肩头耸起来，又缓缓落下。此时电子烟好像哮喘病人随身携带的急救器，而在这一吸一呼之间，他的"嗯""知道了""早就和你说了"显得更加笃定不疑。

林仔打完电话，晃了晃手里的电子烟，说道，你知道全世界最大的电子烟生产地是哪里吗？

小邓摇摇头，我就知道现在香港已经全面禁止电子烟了。

林仔笑道，只要没有被抓，就没有被禁。林仔说着把椅子往身前拖，靠近小邓坐下，手臂支在膝盖上说道，全球95%以上的电子烟来自中国，中国70%来自深圳，深圳95%以上来自宝安。

他晃了晃手中的电子烟，时代变了，老友。过去是阿灿来香港叹世界，现在，赌钱的，做咸湿直播和Telegram付费群组的，一过罗湖，大把人在做，花样也多得很，不兴老玩意儿了。

小邓没有说话。

林仔说，你现在也没什么钱，我教你个办法，我自己也玩过，挺安全。

小邓说，你别害我。

林仔撇撇嘴，你说的这是什么话，几十年老友会害你，我是帮你。我们公司底下之前不是有几个皮包的广告和公关公司嘛，注册了本来是派其他用场的，不细说。原先偶然也做过一些模特和新媒体的业务，现在疫情期间啥都停了。政府说不能人群聚集，这也不行那也不行，面试也不能线下什么的嘛。都用那个软件，Zoom，你知道吧。

我知道，之前看过的工作，很多都说是 Zoom 面试，我点都不想点。

现在的女孩稍微有点姿色的，都想当明星，做模特，只要她们有机会，什么都愿意。不然她们在 IG 上面发那些擦边招牌做什么。

我不敢的。

没说让你睡她们。你可以面试她们。

面试？我不懂。

我们那几个皮包公关公司，都有社交媒体账号，FB 啊 IG 什么的，可以出 Post 请人，请人就要面试，现在行内的规矩是，在线面试。我自己参加过一两个面试，面内衣模特，那个模特不知道摄像头后面到底有几个男人看着她，让她脱到只剩内衣来回走两趟，她就真走两趟，身材真的不错，让她在镜头前搔首弄姿，她还挺兴奋。

后来录用了吗？

你不懂这一行，十忙九忙空，哪需要那么多模特，而且很多都是野模，就想做明星，什么按天结算的工作都做的。回头发个拒信给她们就行了，天下的事有录就有不录，也没啥好解释的。

要是她们不肯怎么办？

要是她们不肯脱衣服怎么办？ 也是有的，说什么只能提供内衣照片什么的。那你就和她们说，我们是要拍广告片的，价钱是平面模特好几倍，静态图片和实际上镜是两回事，如果她们还是不愿意就算了，我们不缺面试者。

就算了？

林仔笑道，就算了呀，如果她不情愿你也不可能强迫她，不然就算拍了回头来找你麻烦，你也费精神。这个时候就显出人的不一样。

关于林仔说的末了这句话，小邓当时并不很明白。他用了林仔给他的广告公司后缀的 E-mail，顺利登录了几个邮箱，不定时地按照林仔给他的模板，又根据自己的品位做了调整，而且一家公司只出内衣广告模特招聘有点奇怪，所以小邓就在不同社交媒体账号以及一些招聘网站，比如 HKTOPMODEL 这些网站上留下完全不一样风格的招聘 Post：

揾*女 model 长期签约拍片，泳衣/内衣造型（商

---

*　粤语，意为找。

业用途，studio 拍摄）。

1. 个样 ok（模特儿样）——身形平均，走肥走巨[*]。
2. 身形比、样 ok（不要太巨）——与身高合比例。
请列明是哪一类及价钱等。
有意请 PM，需面试。

内衣网店招女模特儿拍摄系列广告片，可签约。
请自行报价，需要有自拍示范照，会先进行"标准公司姿势拍摄测试"及需要着高踭鞋[†]。
不论经验，但凡可跟指示摆 Pose 就可以，如有需要请自行用贴打底[‡]。
合适者长做长有。需要面试。

林仔和他说过，广告不用太专业，越粗糙越好，这是对人群做筛选，那些聪明精细又专业的女孩，看都不会看这种广告，你需要的是缺钱花又着急，没有什么经验的野模，这样的人才会在面试中没有防备地期待一些什么，那些电话诈骗里话都说不清楚的业务员，有时候是诈骗集团特意安排的。于是小邓打下这些文字，敲下发送的时候，除了微微的紧张之外，还有了一种奇特的骄傲，好像一个

---

[*] 指不要太胖的、不要太巨乳的。
[†] 粤语，即高跟鞋。
[‡] 指自备乳贴防止走光。

面　试

无名的文人，写下了足以青史留名的作品，向名人干谒或寄往专业的刊物，在余下平静的时间里，等待那必然的震动在远方发生。

小邓每天三次查看不同社交账号的信箱，每次都会有新的问询："我可以吗？我的 IG 是……""签约后会帮忙交 MPF 吧""有学历要求吗？""请问什么时候面试？"一个个愚蠢的问题增长着他的自信，而那些想得稍细的姑娘问面试方法的时候，他会按照林仔教的那样说：都是 Zoom 面试，我们专业公司做开*的，其实线下面试才比较危险，有时候会有色狼摄影师或者色狼面试官，我看你也在这行有点经验，或者听说过什么，你明白我在说什么，所以大可放心。小邓重复数次后，已经不用再看文字提示，因为他早已记在心里，而且从心眼里认同这一情况：比起那些线下色魔，这真的不算什么。

话虽如此，第一次面试的时候，小邓坐在电脑前穿着西装打上领带，戴着眼镜，抹着发蜡，视频的虚拟背景设定成公司的 logo，下身却穿着短裤短袜，鼠标旁边还摆着一盒纸巾，还是紧张。即便做好了一切准备，他依然觉得有些不自然，虽然他已经在面试前尿了两回了。有时候他的预感很灵验，他第二次被警察抓住其实也有点运气不好，他当天出门的时候便有点古怪的感觉，总觉得自己忘

---

* 粤语，指长期做某事。

带了什么，其实他并没有忘记带什么东西，而是忘记检查镜头了，镜头上的哑光贴膜脱落了，导致在拍摄的时候鞋子缝隙间的镜头反光，被人发现了。

"叫警察！""叫警察！"他还记得那个男人是这么喊的。他正要推开，另外两个男人似乎心领神会，冲上来一手按住他的肩膀，一手反剪他的手臂，他整个人都向前弯曲，只听到身后喊道，"别动！""别想跑！""还挣扎！老实点！"其实他并没有怎样挣扎，头脑只是一片空白，仿佛这并非一趟普通的晨间列车，而是早有策划的钓鱼执法。他翻着眼睛向上看，见到面前的那个男人对那个女孩说，小姐，你被偷拍了，我们一会检查一下他的手机。那个男人脸上即便戴着口罩，依然显出异样的兴奋与满足，如同等待这样的英雄时刻已久，而那一声声的"别动！""别想跑！""还挣扎！老实点！"好像都不是说给他听，甚至不完全是说给那个女孩听，而更像是给自己的胜利加油鼓劲。小邓被拖着离开车厢的路上，也不知从什么地方，很挨了几顿老拳，似乎吃准了他不能还击，力道也比他预期的更大，甚至比在赤柱监狱挨打心理上感觉还痛些。所谓窥淫罪，2021年刚刚生效，狱友自然课上要学习，而小邓作为首批犯案分子，自然是少不了接受他们的早操练晚训话。但小邓心里也是不服气的，自己不过是运气不好一时疏忽罢了，而且凭什么犯重罪的还能看不起犯轻罪的，他想不通。

面试　309

女孩上线了，一开始镜头没有打开，继而在一片黑暗中，显出人来，在镜头前摆弄着什么。这个简单套件T恤衫的女孩，看上去甚至没有成年，却画了与她年纪并不大相符的、浓重的眼妆和腮红。小邓见了她的样子，心宽了一半。他耐心地和她说，王小姐，请你打开麦克风可以吗？

王小姐点点头，戴上苹果的耳机，嘴里说着什么，但因为没有开麦什么也听不见。小邓注意到她的背景，似乎为了遮掩什么私人物品，而用一条床单盖着。仔细看的话，床单似乎是挂在一架上下铺的床架上，也许她有个弟弟，小邓胡思乱想着。

女孩终于打开了麦克风，连连抱歉，说话细声细气。

小邓顿了顿说道，王小姐，欢迎来到我们公司的面试平台，首先要恭喜你，从一众申请者中脱颖而出进入面试环节。

女孩抿着嘴，露出容易察觉的笑容。

小邓继续说，之前也在和你的信件中解释过，因应政府的抗疫要求和限聚令，我们没有办法组织线下试拍和实体面试，之前和你说的信息授权书，你签好了吗？

女孩点点头说，我拍照发给你们可以吗？

小邓说，可以的。

女孩继续问，我看内容有些复杂就想确认一下，就是我的照片数据还有面试的数据，如果没有录取，都会销毁是吧？

小邓肯定地和她说，都会销毁，你放心好了。

小邓继而让她介绍一下自己，并说明自己和其他竞争者相比有什么殊胜之处。他在看照片资料的时候就觉得王小姐非常可爱，而此时的他忍不住，已经把纸巾盒放在了椅子旁边。

铺陈的话已经说完，一番自我吹嘘的介绍使得王小姐的脸也已经涨红。

小邓说，谢谢你的回答，我也非常认同你的素质。下面我们就按照邮件中沟通的流程，请你换上我们指定的衣服在镜头前走动一下，摆几个标准动作。

按照林仔说的，这个时候必须没有一点表情，甚至要给人一种过分严肃的感觉，如果对面质疑，则必须严正地予以反驳，甚至需要阐明这是早已在信件沟通中说清楚的正常流程，如果拒绝需要承担本方面试成本的损失云云。

而王小姐只是默默地移开了镜头，什么都没有说。

镜头重新转回去的时候，她正穿着内衣向前俯身调整着镜头。小邓心里突突突地乱跳。

王小姐调整好镜头，往后退了几步，靠在那块挂着的浅色床单前，用右手稍稍整理了一下刘海。她可能早上特意洗了头，发尾因为干燥，像是惹了静电，微微飞起。她约是因为害羞，头微微向左边低下，驼着背，好像要遮掩自己似的。

面　试

小邓可以清楚看到她身上的内衣在腰间、肩膀乃至股腹，勒出微妙的弯折，那是冬日里婴儿般天真无防备的身体，总能让人预期生长，却也因为酷寒而冻得发白，直见到底下浅浅的静脉。

我可以开始了吗？ 王小姐没有看镜头。

经她一提，小邓才想起自己的角色，当然，我现在会分享屏幕，你看着上面的动作照着做一套动作，展现自己身体的美就好了。小邓熟练地说道，接着就开始分享屏幕，一张一张事先准备好的内衣模特的图片出现在王小姐的画面上。离远了，她根本不可能注意到已经小窗化的小邓的镜头里，他在做什么。

这成了一场催眠仪式，他用语言、图像与态度调动着她的身体，像瑜伽教练那样纠正她的动作，不要耸肩，核心要收紧，注意你的呼吸……小邓用鼓励性的话语尝试交换她放松的笑容，而那些静帧与动态，是定格动画式的滑稽，但显而易见，王小姐似乎整个人放松起来，即便小邓不说话的时候，她也像在和自己的身体对话，努力地劝喻自己，展现自己，体验一种辛劳而又自我感动的牺牲。

小邓后来时常想起她，想起她微微有些婴儿肥的脸颊上，浅浅的梨涡，有时在午夜不能入睡时，翻阅她的IG，看看那些限时的更新，看看她又去了哪里，在社交媒体上她显得比现实中自信而乐于分享，虽然点赞寥寥，却总是更新不辍。小邓常常需要按捺住自己想要和她私聊的冲动,面试后他给王小姐发去拒信,王小姐甚至还回复了他,表示了理解和感谢。

小邓后来的拒信再也没有收到过其他人的回复。一方面她们都不是王小姐,另一方面,小邓也不再那么热情洋溢温柔周详地写拒信,越来越像一个冷冰冰的公司HR,让收信者觉得这都是自己的问题。

自然这些模特也在纵容着他,不仅一个个都顺利完成小邓给她们的动作指示(几乎每个人都完成得比王小姐好),甚至比所要求的做得更多更完善。有一个说普通话的模特甚至要求表演一段才艺,她拿出手机播放音乐,跳了一段抖音上流行的韩舞,说是韩舞,其实不过是叉腿摸臀甩头发的排列组合,她努力向面试官,也就是小邓展现自己的性感,这自然正中他的下怀,给他一种古代帝王的奢靡感。他想起小时候学过的课文,孔子说得对,八佾之舞确实是太过分了些。甚至还有一个喜欢汉服的女孩,在内衣动作后,主动想要表演一段汉服秀,小邓乐意成全她们的小要求,这是上位者的特权。

面试的模特有中学生也有中年人,无疑都是小邓精心挑选的符合自己审美的女孩,有双胞胎姐妹要求一起面试,甚至做内衣Pose也是一模一样;也有南亚裔,却说的一口流利广东话的女孩,这个斯里兰卡女孩一再和他确认Zoom没有录像,小邓一再和她担保,毕竟小邓确实没有开Zoom的录像功能,他只是开了其他软件的录屏功能,他并没有说谎；也有面过一个面容憔悴，但身材相当好的中年单亲妈妈，面试的时候几次被小孩子的哭闹所打断，母亲一直"唔好意思""唔好意思"地道歉，从镜头右边消失的小孩子，一会又流着眼泪从左边镜头入画，她继续"唔好意思""唔好意思"地道歉，如教徒呼唤着主的名字。

很有几个女孩在面试结束之后感谢他的"专业指导"，觉得获益匪浅，甚至想要加他的 WhatsApp 方便进一步联络，都被小邓拒绝了。小邓也被自己的专业精神震惊了，不过他心里很清楚，他只有在那样的位置上，才能和女孩们沟通，女孩才能够看见他。

林仔给他介绍了这个好方法时，也曾提醒他，不要留下影像，免得将来有麻烦，小邓心里知道他说得对，所以即使心里喜欢，有些视频看了又看，最后还是删掉。林仔曾和他说，这种小玩意儿，难得玩玩就好了，男人还是要有自己的事业，有了自己的事业，也就不愁其他的了，都会送上门来。

林仔一早给他介绍了个在家编程的工作，不用坐班，按项目算钱，符合小邓的专业背景和时间要求，不影响他的面试工作。按项目规划，自然有时忙有时闲，但为了调节工作的紧张气氛，甚至增添一些冒险的意味，他也会在 deadline 前的工作间隙安排上一两场面试。

这天的面试改了多次了，这次面试的女人一直要求在中午，说她中午时间比较宽裕，晚上有兼职。小邓再三强调必须在晚上，公司最近事务很多，不可能为她的个人安排而更换时间，如果她真的这么忙，尽可以放弃这次难得的机会。这个女人犹豫再三，最终还是决定要面，本来安排的是昨天晚上，小邓有旁的事，才又改了今晚。

小邓的习惯是面试前十五分钟先登录，然后测试一下，没问题就挂着 Zoom 账号，自己去做其他的事或者看看面试者的 CV，这天晚上也依然如此。小邓和这位刘女士约了八点，他七点四十五登录账号的时候发现对方很快也登录了进来，显然早前已经在等候室登录了一段时间，小邓打开会议后她也自动连接了进来。小邓发现她麦克风没开，视频倒开了。小邓心想，这人还挺守时，一早就登录。不过画面中只有一张桌子、一堵白墙，光线亦不很亮，主要光源可能只是桌上的一盏台灯。小邓微微皱眉，近来多月的训练，他已经成了打灯布光的小能手，这样的光线环境显然不能让他满意，一会要提醒提醒她，小邓心里和自己这么说道。

小邓翻开她的 CV 和申请表，发现她身份证也没写，个人信息方面也写得残缺不全，而且似乎不是很懂得英文，几行内容写得颠三倒四，中文也繁简混用，兼之很有几个错别字，一会要打给她重新填写一次。小邓打开麦克风，试了一下，见底下图标有反应，说明效果没有问题，又开了一下摄像头，看着画面上的明暗调整了一下自己的座位，没有问题就把摄像头和麦克风全关了，等待八点的到来。

面 试　315

八点十分，刘小姐还是没有出现，画面上还是一张桌子、一堵白墙。小邓分别在 IG 和邮箱重发了一次提醒信息，便站起身来，准备去厕所再尿一次。回来之后就把屏幕最小化了，自己随意做点白天的工作，他跟自己说，到了八点二十还不来，就算了，这人太麻烦了，不值当。

他自己做了一会功课，看看右下角的时间，已经八点二十五分了，没有任何上线的说话声，他便切换回 Zoom 的界面准备关闭，此时画面似乎歪了不少，好像被人碰了，画面显得更加不明亮。而无声的画面的左下角，他见到两个人背着另一个房间照进来的光，看不清脸，似乎扭打在一起，更靠近门的那个壮硕高大，似乎是个男人，此时用右手正掐着另一个人的脖子，兴许是刘小姐。而被掐的这个女人虽然身子被顶在墙上，两只手却不闲着，抡得像风车一样，捶打着男人的胸腹，男人不为所动，顺势抓起女人一只脚，女人的鞋子都飞了起来，整个人横在空中，却也不依不饶，另一只脚蛙泳似的，拐着乱蹬。男人似乎被她蹬烦了，扭起腰胯，把整个女人抓住头尾，从墙上拉开复又重重地往墙上甩去，好似小情侣玩闹，一个推着另一个的秋千。

摄像头画面震动了一下，但没有任何声音。画面中的女人从墙上滑下来，手肘膝盖复又支撑着站起来，手摸着自己的后脑勺，神态好像刚刚睡醒。男人上前揪住女人的长头发连同头颈，撞钟似的往墙上砸去。

摄像机画面又震动起来，少时恢复，但还是没有任何声音，又一下，再一下。小邓却好似听到咚咚的声音，那是自己的心跳声。

画面这么有规律地动了一阵之后，稍稍稳定了一点，小邓可以看清画面了，那个女人的头似乎变大了一圈，也不再捶打或者踢那个男人了，她早已放弃了抵抗，身上湿漉漉的，都是眼窝鼻腔里流下来的血。男人看来没有继续的意思，女人身子慢慢沿着墙往下滑，身后的白色墙上添了大片暗纹和污渍，好像腐烂的西红柿，从手中掉了下来，溅了一地。

女人似乎躺在了地上，画面上已经看不清她的身体，只剩下她的一只手臂，扭曲地靠在墙上。男人站在原地，时而围绕着什么走动一番，如同在确认猎物的豹子，他走出房间门，回来手里拿着一根棒球棍，把棒球棍举起，抡到肩后，两只手掌握着球棒尾端，手指一松一紧一松一紧，身形一晃，抡圆了胳膊砸向地上的东西，然后继续退回来，举起棒球棍，手指一松一紧，又一下，好像原始森林中熟练砍伐巨木的伐木工人。而那只靠在墙上的手，随着伐木的节奏，在墙上痉挛地抖动，显得十分滑稽。不知过了多久，他终于累了，丢下棒球棍，慢速地蹲下身子，消失在画面中。一会又站起身来，动作却都变快了，好像在寻找着什么，他在画面里兜兜转转，最后来到了电脑前，探身过来，台灯照亮了他的脸，他在看着小邓。

面　试　317

小邓触电似的站了起来，甩掉头上的耳机，用手把摄像机捂住，很快扯下线摔在一边，然而屏幕上的那张脸并没有消失，甚至显得更大，好像在探求什么，要从屏幕里爬出来。小邓几乎忘了呼吸，一下子猫低身子，把电源插座给拔了。

屏幕变成一片黑暗，主机之前规律的电源运行声已经消歇了，周遭再没有规律的震动，只有小邓的心，在咚咚咚咚地乱跳，几乎要把胸腔撞穿，他甚至觉得胸口疼起来，却也因此感到好受了一些，至少这提醒他自己如今还活着。他稍稍定了定神，顿觉额头滚烫，下身却发凉，睡裤洇湿了一片。

在洗澡前，他再次确认了电源已经拔掉了。热水浇在自己身上，小邓才发现自己的身体有多紧绷，他的脑子里满是那个男人的脸，一张苍白粗鲁的中年人的脸。那个女人应该是死了，没有谁能够逃出这样的折磨。可问题的关键是，那个男人看见他了吗？小邓反复回想，自己是关掉了麦克风和摄像头的，对方的画面上应该是一片黑暗，自己的 Zoom 备注名只是自己的英文名，Shawn，世界上该有多少人叫这个名字。他应该是没有暴露的。

可这个男人到底是谁？女人同居的男友？还是一夜寻欢的恩客？抑或是连环的杀手？可他杀人的手法和电视上比起来实在是不够专业，这种泄愤式的杀戮，可能还是发生在熟人中间。

可他到底应该是起了疑心的,小邓的突然脱机并结束会议或许正正坐实了自己正躲在屏幕后观看杀人现场这件事。小邓不知该不该后悔自己冲动地关了机,如果留着会议不关,也会容易露马脚,甚至可能看到听到更多自己不应该看到听到的内容。热水刺激着他的思维,他回想着所有和刘小姐接触的点滴,IG,E-mail。他可能通过IG和E-mail找到自己的联系方式,小邓想到这里,牙关都开始打战,好像正有一支棒球棍悬在自己脑后。

小邓换了件衣服,一边打电话一边出门,问林仔的所在。林仔醉醺醺地给了个地址,没钱花了?小邓没有回答。

小邓把林仔从酒吧拉到湾仔的海边,四下无人,对着维多利亚港,把这件事情原原本本和林仔说了一遍。林仔听完,酒全醒了,抓着他的肩膀说,你说的当真?没瞒我?小邓点点头。

林仔皱着眉头在夜风中点烟,风大,几次没有点着。妈的,还是电子烟好,他骂道。

林仔好容易点上烟,抽了几口后,给了小邓几个建议,IG和邮箱全部注销,其他网站平台上的数据也全部删除,自己电脑上的数据、硬盘上的东西要全部抹掉。最好连电脑也卖掉。

林仔见小邓不说话,想了想道,好处是他应该确实没有看到你,但你看到他,你能提防他,他不能提防你,这

面试　319

是你的优势啊，你不是最喜欢这种优势吗？放心吧，不会有事的。

小邓想了想，点点头。

小邓按照林仔的要求删除了这段时间为了面试在所有社交网络上的痕迹、账户，乃至邮箱也全部注销。为了安全起见，电脑也换了，甚至更换了网络供货商，这个倒是他一直想换，却一直舍不得钱才耽搁的。在做大量的收尾和整理工作的同时，小邓也一直在想是不是有什么遗漏的细节。那天面试开始每分每秒的细节在他大脑中不断重放，还有那张苍白的脸，他回味那个眼神，觉得有种奇特的感觉，好像在对视的时刻认出了彼此，虽然物理上互相区隔，但却有着异样的熟悉。

小邓改变了自己的习惯，他开始每天看报纸看电视新闻，家中的电视常开着，茶餐厅里的电视整点新闻也不会错过，经过报刊亭的时候也会特别留意有没有什么耸动的标题，还时不时打开手机新闻APP，观看有什么最新的爆炸性新闻。然而并没有，每天的电视新闻不过是环保政策，如垃圾袋使用、海豚保育，本地零售经济，楼市预测等；而手机上的新闻则更加无聊，"36D的她竟穿这件参加颁奖礼？全网关注""震惊！网红病逝因吃这种日常水果""长沙湾男女当街恶战，路人这样评""香港玩完：TVB小生抛售豪宅"。

并没有发生任何凶杀案，甚至新闻上连伤人案件都没有，小邓每日留意香港警务处网页上的每日失踪人口，大多数是老人小孩，但并没有信息或者相貌和 CV 上的刘小姐相近的人。小邓有个同学，是西九的警官，同学聚会常拿案件来吹牛，小邓找了个机会问他最近可有什么重案大案新闻，这位警官却说，最近可能大家都忙着移民，为了良民证，一时有气也认了，重案组现在都只能查经济犯罪了。

时间过去了一个星期，没有一丝消息。小邓愈加不安起来，也想过打电话报警，可是怎么说呢？我为了偷窥女孩内衣秀而偶然目击了一场凶杀案？很抱歉，所有证据还被我刻意删除了。在将罪犯绳之以法之前，自己可能又会因为屡教不改而被重判，窥淫罪最高监禁五年，他这样再犯的例子肯定要坐到顶了。

他仍然记得这个刘小姐的 CV 中，联系地址写的是"佐敦官涌街喜满怀大厦14楼 C 室"，小邓转换关键词在网上搜喜满怀大厦，除了租盘信息，依然一无所获。佐敦最多新移民和南亚人士，品流混杂，同时这个人并没有填写身份证信息，可能是没有身份证留港的偷渡客或者隐形人口。这样的没有身份证的，用旅行证件逾期逗留，想要在本地或者海外博个机会，甚或躲债躲仇的，恐怕整个香港有数万人。这个男人又是谁？男友？蛇头？皮条客？小邓没有答案，他很希望此刻就可以在电视上看到这个案件的详情，看到那个面目苍白的男人头上套着纸袋，被押

面试　321

解上囚车。这个囚犯会怀疑是屏幕那边的小邓走漏了信息吗？会在出狱后报复吗？香港可是没有死刑的。

案发后的最初几天，小邓陷入一种忙碌又略带紧张的安稳，自己尽其所能准备一切善后措施，林仔教的一一做到，白天忙了一天晚上累得不行，自然也睡得很沉。胃口倒是一直不好，尤其不能见到西红柿瓜果之类的东西，容易作呕。人虽瘦些，精神倒本来是不差的。然而这几日，该做的早已做完，倒心慌起来，新闻里世道平静得可怕，随着日子一天天过去，他便开始夜不能寐，而脑中那个苍白的形象，却也有了变化，添了一些笑意，好像有些逃出法网、山水有相逢的得意。除了晚上睡不着之外，小邓尿频的问题也更加严重了。过往的时候，小邓在睡觉前尽量就少喝水了，甚至尽量保证上床之前膀胱里一滴也不剩才比较安心，而睡不着时有时候起身再尿上几滴，或有增加睡意的奇效，至少小邓自己这样想。

然而这几日却产生了一种奇妙的负面循环，睡不着便起来尿，尿又尿不出来，拼命用力后小腹肌肉都紧张起来，以至于尿完躺下很快又有尿意，那便更加睡不着了。睡不着就起来看那些失踪人口的更新以及本地新闻，越看越睡不着，连续几日，睡眠不佳之余更影响胃口，呕吐了几回，不出三日人倒有些瘦脱相了。

小邓知道不能这样下去，怕要垮了，便往弥敦道上嘉宾商业大厦诊所楼，约看了内科和泌尿科的医生，医生听了他的病情症状，除了例牌开了几方放松肌肉的西药与少量安眠药之外，倒也曾问他最近是不是工作压力太大了，又兜着弯子问他性生活是否还正常。小邓涨红了脸，医生见状，明白了小半，便道，有些事在心里不舒服，其实可以说出来，自己放松些。而且有些问题是绕不开的，总是躲避，越积越多，反而不好。

医生的话好像打在他心里，可是他又能和谁说呢？他总在想那间房怎么样了，凶手既然没有被发现，是不是早就跑路了？可是如果尸体没有处理的话，恐怕早臭得被警察发现了。自然，小邓看过的案件中，有不少是把尸体藏在石棺之中，或者放在行李箱中运到别处，或隐藏或抛尸。可是现场怎么处理呢？这么多血迹，而且运尸体和藏尸体，处理起来依然会有很大被发现的风险。当然，可以分尸，而分尸对于一般男性，还是有着很高的处理难度的，且不用说更加失控的现场了……于是小邓似乎又进行了一场面试，他想要了解这个面试者，然而信息寥寥，对方身上的神秘又危险的气息吸引着他，又使他恐惧，他想要找到一个安全的位置，可以了解观看这个人，可以了然他是如何完成这一切而不被人发觉，这是犯罪者之间的心意互通，是手艺人对手艺人的兴趣。

吃了安眠药固然入睡问题解决了，但做的梦却不受控制了，他反复梦见自己午夜时分来到一间只点了一盏台灯的房间，这是一个陌生的地方，墙上却挂了爷爷奶奶的遗

面试　323

像。窗户紧闭，外面风雨大作，榕树枝蔓的巨大黑影渗进房间来，那惨白的月影与昏黄的灯光，照出地上一团污泥，而污泥逐渐聚拢起来，中央缓缓隆起，升高，是个躬身而起的女子，浑身都是泥浆与暗红色血污的她，身上发出阵阵恶臭。那女子伸出手来向他靠近，带着酸腐的发酵臭味扑面而来，惹得小邓肚子一阵痉挛，小邓后退着，那女子依然不舍地伸着手向他靠近，小邓一个趔趄向后倒去，他感到自己跌入了恶臭的泥浆中，怎么蹬腿都站不起来，越陷越深，他想大声呼叫，喉咙却怎么都发不出声音。

小邓大叫一声坐了起来，发觉自己浑身汗津津的，原来是一场噩梦。那恶臭也随之袭来，他竟在睡梦中失禁了。白色的床单上一片深色，黑暗中小邓恍惚以为那是自己的血迹。

有些问题和情绪是绕不开的，总是躲避，越积越多，反而不好。复诊的时候，医生依然这么说。

走出嘉宾商业大厦的电梯大堂，已经靠近中午，他便记起佐敦有家牛腩，便往餐厅去了。吃饱了准备乘车，看看回家的那班八号巴士离预定时间还有二十五分钟，他看着手机，便有些犹豫，是干等着还是走到官涌街坐另一班车。

他意识到官涌街就在下一个路口。突然，他心头涌起一种古怪的感觉，像他第一次来官涌戏院时一般。真相就在一街之隔，就像真理就在裙下，只隔着一层薄薄的衣料，裙袂在微微摆动，他好像已经能在空气中闻到那间戏院的味道，隔着门帘，后面是闪着光芒的、期待已久的香艳内容，从不令人失望。他所需要的就是跨出那一步。

他的胃又有些痉挛起来，但半是兴奋。这条路已经多年未走，经过宝灵街左拐自然就是官涌街，一例是老样子，五金铺头和杂物店，只是人稀疏了，街面显出萧条的疲态，好像也要午睡。

官涌戏院的位置现在是自助洗衣房，进深非常深，往里探头，只见地上一字排开许多滚筒洗衣机，齐齐转动，一个个圆玻璃内的衣衫组成各自的图样，像酒店大堂墙上的时钟，东京、纽约、巴黎……另一边是一排椅子，坐着几个菲佣，穿着一年四季不变的拖鞋，戴着白色有线耳机一边玩着电话，一边互相攀谈着，脚下都是弹簧洗衣篮，而往尽头望，可以看见一排淘宝快递智能柜。

隔壁就是喜满怀大厦，他站在门口，看着那棕色花岗岩上烫金的字，心头涌上一种冲动，好像这里才是他的家。他尾随一个路人，开了铁栅进门，门房坐在自己的位置上正在大声刷着抖音，并不看他。小邓留意到门房身后的不锈钢信箱墙上，许多间房的门牌下面都贴了"暂停收件"，但他看不清其中有没有14C。

随着那路人上了电梯，老旧的轿厢每上一层都会哐当震一下，似乎随时准备坏掉，但直到上到十四楼，都没有出任何问题，他离开轿厢和那个男人，走到了十四楼平台，而平台正对着一排窗户，从窗户向外望可以见到一个被四围的住宅楼包裹的休憩公园，但那公园实在太袖珍，不过是个亭子，倒傍着几棵高大的榕树，与周遭的环境格格不入，树叶在楼宇间隙的气流中微微晃动，好像微型的海。

小邓边走边看，好几间房上还贴着几年前的生肖贺年贴纸，一副许久没有人住的样子。晃了一圈，便见到一间打开门的屋子，那便是14C。

房中一片白，地上铺满了塑料透明胶垫。塑料胶垫上除了白色的编织袋，很有几个塑料桶和油漆桶，地上还散乱着一个油漆盘，里头架着一个滚筒，稠稠的全是白漆，还没有干。近门有个一人高的木梯子，每一级上都有脚印。

小邓不自觉走了进去，甚至忘记了呼吸，突然醒觉，发现屋里油漆味道甚重，甚至有点辣眼睛，这才发现自己的口罩落在牛腩店里了。再看这个屋子阳光明亮，照得地上墙上一片白茫茫，好像素描课堂白帘子白石膏塑像的布景，和面试的时候那个有人住的地方看起来完全不一样。可能是乱写的地址，小邓这样想。

你找谁？身后一个男人不耐烦的声音响起。

小邓倒抽一口凉气，半转过身来，僵在原地，说不出半个字。他眼前见到一个壮汉，头上戴着一顶纸帽子，面上扣着白色N95口罩，把他脸上的肉都挤在一处，脸上一道道浅痕，似是口罩调整前的位置。他胸前披着一条浅色围裙，围裙上、手臂上、帆布鞋上都染着星星点点的油漆渍。

那男人抬了抬下巴道，说你呢。

说你呢，小邓和自己说，说句话呀。但他说不出来。

男人眼睛也眯起来道，看起来熟口熟面，我们在这块见过面。

小邓说，我原来就住这一层。他调整了一下自己的语气说道，搬走好些年了回来看看。他指了指对门那间旧屋。

男人倚着门愣了一下说道，哦是吗？我还不知道这些。所以这回回来不找谁？

小邓结结巴巴说道，不找谁。

男人笑道，我刚刚还以为你找之前的那对小夫妻租客呢。

小夫妻？小邓心里闷的一声，小声说道。

男人笑起来接着道，小夫妻烦死了，整天打闹要死要活，邻居也受不了。被我赶走了，不租给他们了。

男人蹲下来拾起地上的粗布白手套，接着说，把我这儿搞得乱七八糟，家具什么好多不能用了，全给我扔了，现在重新油一遍。你是哪年搬走的？看你年纪不大。

九十年代的事了，我那时候太小了。老人也都走了。

男人把手套戴好沉吟道，九十年代。九十年代正是官涌戏院最旺的时候，你去过吗？

终于到小邓有点了解的话题了，他心里稍稍松了一点道，知道是知道，十八岁才进去的，违法可不敢。

面试　　327

男人笑起来，把自己的围裙系紧道，其实那个三级片戏院之前还有一个官涌戏院，那差不多都是一百年前的时候了，三十年代初开，那时候这边还没填海，再外头一条街就是佐敦码头，旁边是油库。戏院正宗欧式建筑，礼堂很大，日日上映中西默片，听老人家说有时候还承担喜酒宴席，大堂结婚摆上几十围，很热闹。后来没几年走了水，整个戏院都烧光了，什么都没剩下。那时候的大华戏院、普庆戏院，都没了。年轻人，就记得这个三级片影院了。

小邓不明白他的意思，也不敢接话。

你都看过啥？男人撸着袖子问道，因为口罩的共鸣效果，那声音好像变声器。

《日式北姑鸡》《婚前杀行为》《大吉大利大波大》，其他一些乱七八糟的不记得了。

那家官涌戏院2011年最后一天营业的时候我就在的，你在吗？那男人继续问道。

小邓说，那天我不在，还是听朋友说的。

那男人把地下几罐新的油漆桶捡了一罐打开，接着说，老板是个好人，戴个眼镜很斯文，什么电影都看过，经常和我们聊法国新浪潮什么的，他说他也认识许鞍华他们。当时世道艰难，你们年轻人就喜欢看那些东西，他也认认真真收集认认真真放。后来地铺老板又要加租金，他熬不下去。其实就算不是租金，现在人看电影不是看碟就是网上下载，关门也是早晚的事。那天放完最后一场，我记得是《奸临舍下》。老板还出来和街坊们握手告别。街坊们大多互相认识，很多人不想待在家里，嫌外头茶餐厅又贵又吵，就买张下午场的通票进去坐一下午。有几个做销售的，和老板熟了，白天在外面跑，饭盒放戏院冰箱里，下午过来自己热自己吃，冰箱里头的饮料也是拿了再给钱。世道变了。

小邓听着没有说话。

那男人用手指抠着自己耳朵说道，我像你这么大的时候，说要弄谁，半条街的马仔抄家伙冲过来，现在好了，小孩脑子里都是手机上的美女，给游戏充钱。他抠完，掌在眼前看看，自己没意思地掸走耳屎。

小邓不知道该怎么接他的话。

那男人笑道，好了好了，不和你说闲话了，不过要请你帮个忙。

小邓突然想起那些热情的导游、善意的司机、耐心的服务员，在最后时刻总会说，"请你帮个忙"，这个忙是之前所有情感和言语的目的，或许是为了小费或许是为了好评，但通常都会是揭下面具的时刻。小邓害怕揭下面具，因为面具底下的东西通常更让人害怕。小邓愣了一阵，尴尬地笑道，我只是个路人，我的意思是我什么也不会，我看时间也差不多了，我，我准备回去了。

那男人道，急什么，很快的，大概几十秒，就帮个小忙。

他不等小邓回答，笑嘻嘻地走过来，用那只戴着手套

面试　329

的大手，搭着小邓的肩膀。小邓感受到一种不容拒绝的力。他说，你不在这层住过吗？房间有个小问题，想来同层结构用料都差不多，不知道你们家那时候有没有这个问题。

我那时候太小了，小邓说。

那男人并不理会，把他带到一间好像过去是卧室的地方，卧室里除了一个吊灯什么都没有。那男人指指一面白墙说道，我最近视力不大好，这面墙刷来刷去总觉得有些底色遮不住，要泛起来，来来回回刷了好多遍都没有用，我想是不是我眼睛坏了，或者是角度光线问题，你帮我看看，万一原来就是这样，我倒要另想想办法找找物业。

小邓就看到一堵白墙，这堵墙又新又白，不过经过那男人这么一提，他倒真好像看出点红色在底下慢慢扩散膨胀。同时膨胀的还有他的膀胱。

那男人问道，怎么样？

小邓说，现在有点看不清，我上个厕所，洗把脸，再来看一看。

那男人笑道，就当自己家，厕所就在那边。

小邓点点头，缓缓踱着步子，走进厕所，关上了门。

小邓定了定神，手放在胸口，试图把心脏摆回自己原有的位置。他和自己说，我只是个路人，他没有见过我……可他，为什么会觉得我熟口熟面？小邓心里一凉，他面对着玻璃中自己那张苍白惊恐的脸，突然想起自己曾经在面试检验摄像头的时候露过一次脸，也是同样的角度。

他好像突然明白了什么，挣扎着从裤兜里掏手机，手不听使唤，手机也掉在地上，又捡起来，用好像冻僵一般的手登录地产网站，在搜索栏里继续选定喜满怀大厦14楼C室，查看过往事务历史记录。上次的事务历史记录，是1981年。

小邓裤子褪了一半，却尿不出来了。小腹肌肉因痉挛而微微抖动，下体却像失去了知觉。

尿啊尿啊，他对自己说。他急得牙关打战，尿啊。

那男人在外头拿着滚筒，笑着喊道，抽水马桶没坏吧。

没有回音。

那男人转头走到大门口，往外看看，轻轻把门关上，反锁了。锁上门的时候偶然看到侧面墙上爬了一只黑色小虫，那小虫子并不知道自己爬在尚未干透的油漆上，抖动着细腿还在挣扎。那男人看了几秒，一骨碌滚上去，那虫子便消失了。

牛皮筋

所有英雄与懦夫，都和我一样，会在病床上想起自己的一生。若生活不能自理，想得会更透彻一些。拜颈椎病所赐，如今我的生活不能自理就表现得十分透彻，睁眼就晕，起身就吐。妈妈自然陪在我床边，在我每天二十小时睡眠的间隙，轻轻抚摸我的手腕，试探我是否醒来，要不要喝水，要不要夜壶。每到饭点，她熟练地摇动着病床手柄将我支起来，咔啦咔啦，一共十二下，我听得真切。她也曾委婉地暗示，其实她可以帮我换内裤，妈妈是最了解我的，我的自尊心上也穿着一条内裤。

　　在我挣扎着换内裤的关头，我想起大学一起过夜的女孩，想起她穿脱胸罩的手法，想起她俯下身子给我快乐之前，用牛皮筋把头发一把扎起来的利落。那利落使我感动，对她的爱意也多了几分，以至于第二天经过教育超市，我专程买了一盒牛皮筋。这盒牛皮筋作为定情信物，一直没有发挥过我期望的作用，而那个女孩也只在我早晨的梦中出现。由于这一层情愫，我曾和王欢说，把头发也留长吧，而她，却并不应我。大学那时候由于沉迷于游戏，我的脖子已经出了问题,晚上睡不着,白天起不来,日日在昏沉中度过。为了振奋精神,应对一些必要的情况,如考试和打牌,我手腕上常戴着一根牛皮筋,不时弹自己一下,随着痛觉身子一激灵,能想起已经忘却的知识点,以及谁扣着我要的那张牌。

在这段卧床并逐渐清醒的时间里,我总是闭着眼睛,把手放在满是消毒水味的被子里,轻轻弹着手腕,回想过去人生的得失,想象自己得茅盾文学奖的致辞,度过这难熬的清醒时光。在接下来一周的时间里面,我发现脑中出现了两个人。第一个是我的前妻陈桃,第二个是过去的同学齐瑶,两个都是女人。进医院前的这段时间,除了去办离婚手续,我一直待在家里玩游戏。和大家想的并不一样的是,我并没有显得伤心欲绝。我只是换掉了我婚房里那台老旧的电脑,从电脑城新装了一台能玩时下最流行游戏的机器,这并不用花掉很多钱。然而这段时间里面,除了Dota以外,我将读书时候玩过的游戏,又一款一款重新安装在电脑上,一款一款地通关,这是我进医院之前那三个月单纯的生活状态。

离婚的时候和陈桃说好了,房子归我,家具和车归她,她说家具她不要了,但我还是强调希望她能够在三个月之内把所有家具都搬完,否则我不可能考虑签协议,她也没有正面回应我,拎包就走了。这段时间里我不知道她住在哪里,虽然她妈妈曾经多次联系过我,但我从未接听过,这位可怜的老妇人给我发短信，也因为文字太长了，被我忽略不计，而那些敲门声中是不是有她，我也不清楚。每每想起这个丑陋又讨好的女人，我的眼前就只有一口坏牙，和那些见缝插针的蔬菜。

如我所期望的那样，屋子里面的东西在三个月内慢慢地变少，从洗衣机、电视机、沙发，到电磁炉和电风扇。我只管坐在电脑前，每次她来我都完全不管她，她有时带着工人也有时候没有。有天半夜走到厕所，发现她把唯一的牙膏也带走了，牙膏也算家具吗？我坐在马桶上思考这个问题。我慢慢意识到除了电脑桌和写字台之外，我对这个家并不了解，备用的牙膏卫生纸放在哪儿，都不是我所能够了然的。但这不是她带走牙膏的理由。

在我的再三阻拦和发火之后，我妈每星期最多来一两回，把菜放在当时还没被搬走的冰箱里，拖地，有时候还帮我晒被子，但很多时候我一句话也不和她说，她做完这些识趣地关门离开，好像没来过一样。出版社给我发过几封电邮，后来是微信，再后来是电话，我说书稿的事联系王欢吧，王欢问我能不能先把她的硕士论文大纲给看了，我说再过几天吧。更多的时候情况是，我坐在电脑前，从早上八点坐到晚上十二点，每天十六个小时雷打不动，我就这样坐着坐着，身边的家具逐渐消失，某一时刻我突然意识到，我似乎身处一套精装修的新房里，除了一张一尺八宽的床，还有写字台上的电脑设备，空空如也。其实如

牛皮筋

果细心的话，你可以从地板上灰尘的堆积情况和墙上的细微划痕，分辨曾经摆放衣柜、餐桌的方位，这使我想起读书的最后一年，在学校外面租房子和找工作的记忆，这让我感到年轻，甚至有了久违的生理反应。也和那时候一样，我坐在外卖餐盒的包围圈中，在游戏里杀开一条血路。

她说，有意思么，你这样。我也不理她。这是她的口头禅，有时候是调情，有时候是冷暴力。在她最后一次离开的时候，我礼节性地提醒她，确定没有什么东西落下了吗，我之后要换锁了。她什么也没有说，轻轻带上了门，那声音像极了小时候的暑假，爸妈早上出去上班，我在浅浅的睡眠中可以听到的，那安稳的关门声。我不用睁开眼睛也知道，馒头和粥在微波炉里，可乐在冰箱里面，电脑和空调在书房里，暑假的一天就这样开始了。

妈，牛皮筋。我醒来发现手腕上空空荡荡，支棱着嗓子说着。她并没有说话，周边响起一阵翻检的声音，我闭着眼，隐约感到手腕上给人套上了东西。

她说，你也好少弹弹了，手腕都弹坏了。这时候，我听到一些水声，我小心半睁开眼，只见妈妈手里两个玻璃水杯，一满一空，她熟练地将满杯的水倒入空杯，如此往复，听她说可以给滚水降温。

杨刚特地从湖南飞到常州来看我，如今的他眼袋大了一圈，腰身阔了一倍。他的肥胖出乎我的意料，好像也出乎他自己的意料，就如同一个意外被吹胀的气球，随时有爆炸的可能。他手里提溜了一大包外卖，我问他是什么东西，他说是伤心酸辣粉，机场过来都没有什么辣的菜，看到就买了。我说我不吃辣。他说你伤心的时候也许就能吃了。我说我吃辣起疹子。他想了一下说，要不你开水冲淡一点试试？

他就这样静静地一直坐在床沿上看我打游戏，就像大学的时候一样。好半天就说了一句话，你要是真不吃，我就把那一碗也吃了吧，怪浪费的。其实我俩大多数的时光也如此刻一样，没什么好说的，我大二就换专业走了，和杨刚同宿舍也就一年，十多年过去了，除了游戏，我们很少互相过问。虽然陈桃是杨刚介绍给我认识的，但他现在也是不敢提这个话题的。为了缓解尴尬的气氛，我们一起上了一下黄网，这时候我才发现以前经常一起看的那个网站早没了，杨刚夺过键盘熟练地输入一串数字，登录了一个网页，画面就像一个职工大浴场，各色裸体的女人。杨刚有些羞赧，又有些心照不宣的诚恳，摸了摸鼻子，指着页面说，这个网站不错的，我有会员。

杨刚并非一直这么熟练，大一刚认识他的时候，他还是一个从湘西来的纯朴的土家族少年，因为小学跳过级，入学时才刚满十六岁，从来没有看过黄片，连打飞机是什么都不知道。我们笑他，他迷惑地问，还可以这样啊？某天早上，大家都还睡着，他突然大叫。我们都坐起身来，不明就里。他躺在床上，像刚做完B超的孕妇，面带喜色，用卫生纸抹着肚子。

妈妈并不喜欢陈桃。离婚这件事只是心疼我，怕我伤了身体，在她看来，她的儿子如此优秀，不可能找不到更好的伴侣。她去自己退休的医院，给我办了长病假的手续，拿到学校去，据她说，她觉得我们学校办公室的小蒋就很不错，长得也很福相。她在陪护的时候，有时候看看手机，会拿出一个小本子记下些什么，我后来知道，她关注了一个公众号，叫"一份脱单指南"，上面有各色的征婚介绍，此时她还不会用手机记事本，便在笔记上标记下一些重点关注人物和特点。她不喜欢陈桃的原因很简单，陈桃不愿意生孩子，这是我和她在结婚前就说好的，但是我妈觉得是我太年轻，偏听了女孩的意见。在家闭门打游戏的这段时间，她虽然心知我不愿意有人在身边，但还是经常过来，鱼头煲、酱鸭头、狮子头，次次不重样。咱们从头开始事事新，她说道。

大四上学期的时候我正为去年的挂科补考而焦躁，这时候有朋友告诉我说，杨刚住院了。不习惯外省饮食的他，天天在学校小卖部吃麻辣烫，再加上打游戏熬夜体虚，急性胃穿孔，在宿舍里打滚，同学们都吓坏了，送去医院，医生给安排做了手术。我知道了便去医院看他，他人躺在床上，还是那种倒霉的表情，灰头土脸的，他具体说了什么我大略都已经忘却，我们大概扯了一阵闲篇，接着是沉默，我看着病房窗外的梧桐叶，沙沙地响，我们都不动，时间走来走去。我清楚记得他突然和我说了一件事，他在学校门口的水果摊，看到在卖他家乡的特产，湘西椪柑。他便上前询问，多少钱一斤。那个摊贩和他说，两块五一斤。他和我说，这不是我家那边的椪柑，我们家乡的椪柑三毛钱一斤，这不是我们家那边的椪柑。

不知道为什么，他这句话很触动我，我回去之后写了一篇文章，发在校内网和QQ空间上，叫作"家乡的椪柑"，具体内容我已经忘记了，当时也没什么特别多人看。后来有个姑娘加我好友，这个人就是陈桃，地区标志是怀化，杨刚的故乡。

结婚的时候，杨刚给我当伴郎，并非因为非他不可，只不过彼时大多数的死党都已经结婚，便想到了他，当时也决定一并让他当证婚人，可以省一笔礼金。杨刚那天特别烫了头发，翻翘着刘海，走起路来会蓬蓬地抖动，在酒店门口呼朋唤友，和久违了的大学同学们一一拥抱，好像要结婚的是他，而不是我。证婚的时候他用湖南口音，把我那篇文章念了一遍，他有些触景生情，除了为我高兴之外，他后来也承认，有点觉得寂寞。因为我不能喝酒，后面到每桌敬酒的时候我都换了假酒，杨刚拿真酒，前两桌的时候，他就"吨吨吨"地干了两杯。还有二十八桌呢，你慢点。我妈拉着杨刚的袖子，小声地说道。话毕她脸色一转，堆着笑同不认识的亲戚寒暄起来，她那天的刘海，也和杨刚的没什么两样。

是陈桃让你来的吧,我问杨刚。杨刚说,她没联系我,是你妈联系我的。今晚咱们挤挤睡一床还是我去睡酒店?他说完一屁股坐在了我的床上。拿起遥控器,嘀嘀嘀地对着空调瞄准,你们这儿好热呀,我一会出去买一箱啤酒回来。你再买套牙膏牙刷回来吧,我说,我牙膏也没了。

事实情况是,一个小时之后,睡哪儿这个问题成为无意义的讨论,牙膏也不再成为问题。我继续玩着游戏,在游戏的配乐声中,我感到自己的汗毛都竖了起来,脖子上那个富贵包突然感到一激灵,眼前的电脑屏幕便开始旋转,我感觉胃里一阵恶心,脑袋也不听使唤起来,真好像要从脖子上掉下来,被人狠狠地扣在桌子上。我趴着,说不出话来,浑身开始点点滴滴冒出汗水来,动弹不得,意识里却感到自己突然上升,好似睡在了柔软的天花板上。说来也怪,这个奇特的感觉在我人生中实在罕有,上一次,还是在三个月之前。

那天下午因为学校运动会的缘故,我的写作课调课了,然而我直到到了学校才知道今天不用上课,这个剧情,我上课的时候并没有教过。我开车经过体育场的时候,远远就听见运动会的进行曲,顺着人流,我摇下车窗,探头问几个路过的女学生,我说,这是哪个系在搞运动会啊?那女孩和另一个女孩牵着手,愣了一下,就捂着嘴和旁边人笑成一团,还哪个系,全校运动会!都赛了半天了。

我还一阵纳闷,办运动会为什么不通知我一声,后来想到也许通知了，只是我忘了，就像我曾经错过了自己主考的考试时间一样。然而在这样的一所大学里，老师们假装在上课，学生们假装在考试，似乎已经使我习以为常，然而运动会却如此真实，以至于我为自己错过了半天的赛事而感到遗憾，然而我还是没有停留就开车回家去了。

我到家的时候，用钥匙开了门，发现门并没有锁，我经常这样。有时候车都开出去几公里了，突然想起自己没锁门，又折回去，发现其实锁了，而真正没锁的时候，往往完全没有意识到，然而也没真遇到贼偷，或许偷了只是我没发现，也许那个贼打开了电脑，看了我写的小说，觉得十分感动，不虚此行，也是可能的。不过通常的情况下，贼来了会少东西，很少会多东西。我开了门，见到玄关有两双鞋，一双是我老婆的，三十九码的COACH，和她的同事一起团购的。多出来一双我并不认识，这双鞋是男式皮鞋，尺码比我略大，一只甩得后面一些，好像急着要去哪里。我感到烦躁，因为我一直让陈桃回家进门要把鞋子摆整齐，鞋头对鞋头，鞋跟对鞋跟，这是例牌，不能乱了规矩。于是我弯下腰把两双鞋码齐了，靠着墙角放下，心里也稍稍平静了一点。我把鞋子一脱，叠在了那双男鞋的上面。可能他们现在就是这个姿势，我心里想。

我缓步走向客厅，沙发上有一把车钥匙，上面有个标志，圆形蓝白色相间方格，上面三个字母BMW，我拿在手里，掂量了一下，Bang My Wife，我轻声说道。我在沙发上慢慢坐下，用遥控器打开了电视，接着打开电视盒子，选到之前偷偷缓存的色情小电影，按下了播放键。故事的剧情比较简单，一个水管工去女人家修水管，男主人不在家（有夫妻合照的相框挂在电视墙边上，就像我们家一样），反正水管没修好，女主人的衣服却越修越少，然后就没什么剧情了。严格来说，按照创意写作的理论，两人的行为缺乏命定而确实的动机，也没有一些细节伏线，让两个人先擦出一些火花，于是剧情的变化与转折就缺乏铺垫。这些理论本来是当天上课要重点讲的内容，因为运动会没有办法讲，我当时并不知道即便三个月后，这个有关戏剧性的理论，依然无法讲。

我把音量调到最高，解开了自己的皮带和长裤，摸索着茶几上的纸巾盒，为自己寻求久违的欢乐，这种感觉固然是愉悦的，然而又有些伤感，我回想着电视里的那个相框上男主人的脸，是一张和气的、每日都会见到的上班族的脸，是那种观众看了，觉得可以侮辱而不会反击的男人的脸。随着电视里的呻吟声越来越大，我慢慢也合上了眼，想象着电视里那对手术造就的巨大乳房，依然在随着我的心跳而颤动。

有意思么，你这样，陈桃说。我转过头去，见到她抱着手臂，穿着睡裙和拖鞋，笔直地立在我面前。此时的她没戴眼镜，脸上的肌肉在颧骨上拉满了弓弦，抿着嘴，牙齿极轻微地摩擦。这是她的习惯，睡觉的时候就是这样，有时候我半夜起来上厕所,就着厕所的灯光凑近看,觉得她那痛苦而严肃的表情、那摩擦的牙齿,是万般不情愿的表征,是因为生命危险而必须给我讲一千零一夜故事的紧张。

那个男人匆匆从过道里走出来,并不看我俩,好像公交车站上,无视夫妇吵架,径直赶路的陌生人。他踱着碎步往玄关走去,拖鞋在地板上泄气地啪嗒啪嗒。他见了我的鞋子压在他的鞋子上面,先是一愣,缓缓弯下腰去,小心地把我那双鞋放在旁边,一手支着墙壁,一手吃力地套着自己的皮鞋后跟,远远地,他栗仁般的秃头上,似乎沁出一层油光。陈桃走到电视边上,按着电源键,把电视关了。

这就走了?我问。他继续套皮鞋,但明显放慢了速度。套好了一只之后,他稍稍转过身来,抬眼望我,露出那种陌生人之间善意的表情。

你的钥匙没拿呢。我拿起茶几上的钥匙,举起来,在手上晃了一晃。陈桃说,刘贺,咱俩的事,唱什么戏呢。我继续抖了抖手中的钥匙,阳台上的风大了一些,将灰色的窗帘吹开来,有草腥味,一阵一阵漫过,外面的云朵快速移动,远远地,传来消防车的汽笛声。

那个男人很局促地将自己的身体支在墙上,他似乎在犹豫直接穿着鞋回客厅还是再换回拖鞋走过来。我心里想,如果我们这栋楼着火了,我应该怎么办呢,我斜过脑袋观察着自己的屋子，可以把客厅和卧室的窗帘，如果需要的话，还有床单，头尾相连，打成结，一头系在我们电视墙边上的结婚相框上，一头往阳台外面甩，能直接连到地面，我紧紧抓着床单，陈桃紧紧抱着我，刺溜，我们就安全滑到了地上，而那个男人大概会在逃生楼梯前被闷死，蜷曲着身子，像如今一样。唯一能够影响推理的是结婚相框上的那枚钉子是否牢固，我是很有信心的，新房交付的第一天，我们俩满头大汗喘着粗气，一边互相取笑，一边乱抡着榔头，硬生生把钉子凿进墙体里面。这颗钉子是我亲手建立的最牢固的关系，比花岗岩电视墙还硬。

我妈这段时间里面还煲了很多汤给我喝，她内退前是楼上内科的，做菜不爱放油盐，每次喝汤的感觉就像在喝洗碗水，然而我总开不了口，妈，你烧的汤淡得要死了喂，还是吃丽华快餐吧。这几日我精神稍好，醒着的时间也多了一些。医生笑嘻嘻地来看我，这个医生我是认识的，姚阿姨，小时候在医院经常见到。我毕业的时候人在南京，爸爸出了车祸撞得一塌糊涂，我妈知道后立马昏了过去，还是靠姚阿姨帮忙联系的殡仪馆。她此时双手插在白大褂的口袋里面，听诊器挂在脖子上，直垂到肚脐眼。她凑过身子和我妈说道，吃饭没？今天食堂好像有带鱼。她们攀谈起煲汤的用料，哪里可以买到乡下的童子鸡，怎么发木耳，闹过怎样的笑话，完全不把我这个病人放在眼里。

姚大夫把手从口袋里伸出来，斜着指了指我，问道，现在还不能起身吧？我妈说是，起身还是会晕，怕他吐。她慢慢点头，一边用皮鞋前后蹭着地砖一边说，可能还要多挂两天水，应该没啥事，放心吧。我小声地问，医生，我要注意点啥可以快点好？她望着我，笑起来，你啊，多睡觉，心情好一点，很快就能恢复到以前的样子。我妈说，又能气我了。姚阿姨道，男孩子调皮一点好。我妈努着眉毛说，他都三十几岁的人了，不是小孩啦，自己也不会照应……

姚阿姨的裸体我是见过的，我小学低年级的时候跟着妈妈去女浴室洗澡。我现在还记得那浴室，热气腾腾的，居中是个巨大的水池，其中躺着坐着几十个女子，她们谈笑聊天，就好像她们穿着衣服那样。她们歇在这宏大的浴场里，像极了水族馆池边晒太阳的鳄鱼们。我和妈妈靠着水池坐着，便见着那姚阿姨慢慢地走过来，以粉色的蒙着水雾的灯光为背景，可以显出她的剪影来，那曲线流畅圆润，若远若近地扭动。她和妈妈扯着闲篇，我就在一旁看着，她还不时摸摸我的头。

姚阿姨问道，后脑勺这边按下去有感觉吗？我说没有。这边呢？她继续在我头上摸索。有点痒，我补充道，好几天没洗头了。姚阿姨抬起头和我妈说，看来恢复得不错，都能开玩笑了。我妈笑说，这孩子，一点也没个正经。我闭上了眼睛，现在一见到这个姚大夫就好像见到她的裸体，我虽然确实见过她的裸体，但是我脑中那个具体的裸体，却可能并不是她，也不知道是哪国的。这件事并非我用牛皮筋所能回忆起来的，然而我也并非没有尝试过，不过弹着弹着，我突然意识到一件事，就是回忆中那个用牛皮筋扎头发的女孩，似乎形象清晰了起来。

那个形象属于我忘却了好多年的一个名字，齐瑶。也就是说那个大学认识的女孩的脖子上，嫁接了我一个中学学妹的脸。除了陈桃，我脑子里都是她。我对于我的记忆，产生了很多的怀疑，不过我非常确定的一件事是，我并没有和她发生过亲密关系。这么说吧，其实我俩都没单独说过话，神奇的是，我却一直记得她。高中的时候，校长爱好文学，大力支持文学社团，我因为曾经在校刊上写过故作朦胧的诗歌，被选入了文学社，后来还糊里糊涂地负责过一阵文学社的事务，对我来说，文学社最大的意义主要在于，可以每周空出几个小时在会议室和学妹们吹牛逼，而不必在自习课上面对班主任那张告别更年期失败的脸。在谈论我至今没有看过的《万有引力之虹》和《追忆似水年华》的时候（难以理解我写作课备课竟然也用了这两本小说），我的忧郁和虚无主义达到了顶峰，她们想要体会我那并不存在的惆怅的样子，可爱极了。那可爱，同样也体现在她们阅读原著时并没有感受到我所描述的痛苦，而深感自责的时候。那时，很有几个可爱的女孩子乐意与我待在一起，我也喜欢她们辫子上被头绳扎出来的分叉，校服领口随着呼吸透出来的淡淡气味，被我捏了脸之后皱起的眉头，还有她们那满不在乎的态度。那是一个少年人最好的时刻，因为那时候的我还没有变成流氓，会为自己的情欲隐隐自责，会像修改毕业论文那样修改与女孩子来往的字句，会用自己充沛的精力向人们证明一切，证明自己有才华，聪明，懂得爱也敢于去爱。

齐瑶是一个例外，甚至有时让我感到讨厌。她是个戴着高度近视眼镜、短发的阿拉蕾，喜欢穿我们父辈同款的polo衫，最令人发笑的是，她的上嘴唇有一层浅浅的茸毛，见了好想给她刮了。她总是坐在角落里面，一脸严肃地自己看书，也不插话，作为一个标准学霸，她总是正色地面对我轻佻的言行。我那时对于她的态度颇感冒犯，心里曾想，不知哪一天，你也会在某个男孩面前卸下防卫，变成一个荡妇，也许会和自己的大学老师荒唐出轨，甚至，变成一个第三者。

那一天坐在沙发上，听着窗外火警汽笛的声音，我呼吸调匀之后，心里已经松了一口气。实话实说，我也并非没有和女学生荒唐过，现在的女孩子愈加懂得顺势而为，讨价还价，这些公平的交谊虽不值一提，但我事后总会心感内疚。如今到了这个田地，我反倒觉得没有那么对不住陈桃了，大家既然这样了，干脆就敞开了互不干涉，都不是十几岁的时候了，没有那么多心理难关要过。

陈桃三四天都没有回家，我也不问她，直到她把文件快递给我。这文件你签好多久了？我打电话过去问她。她

牛皮筋

反问道,大家都早有这个心思了吧,问这做什么? 我说,你就回答我的问题。她非常平静地说,挺久了怎么啦,还要给你复盘啊。什么也别说了,签了,你轻松我也轻松。我问道,和我在一块这么不轻松吗? 陈桃不说话了,电话里沉默了起来,只有沙沙的呼吸声。我问,你这几天住在哪儿? 她也并不答我。我想了一下说,如果你要是在那儿过得开心,那你就住久一些,或者更久一些也没事。我慢慢说道,却好像酝酿了好多年一样熟悉。她说,所以,你会签的是吗?

我把电话挂上以后,我妈问我,是陈桃吗? 我说是。我妈说,她都没来看你,我是蛮气的。我说,这样也好,别搞得好像我是被她弄成这样的。我看也差不多,她说道。我斜了她一眼。她接着说,哪个做娘的见到儿子这样不心疼,倒在写字台上,脸都青了,吐的么一地都是,急的我,120的电话拨了好几次才拨对。我妈一边轻轻拍着她的大腿,一边比画着,好像身临其境。我说,我又梦见杨刚了。所以刚刚问她有没有他的电话,她说没有,好多年没联系了。我妈说,送你来医院的时候,你也一直念他的名字。我说,嗯,好多年没见了。最近脑子里面都是过去的那些同学。

我和杨刚大一的时候一起玩了一年的Dota,为此数学和电脑差点挂科,要不是院队拿了全校的冠军,辅导员可能也不会为我们去说情。辅导员是我们队当时的替补中单，基本上没上过场，主要给我们买饮料。到了大二，我转去了中文系，以为学业会轻松一些，然而我的挂科却越来越多，但是打游戏的名气越来越响，参加过南京线下的一些小比赛，赢了一些奖金，后来还会去新开张的网吧剪彩，我当时认真地以为我会成为一名职业选手，遇到陈桃后心里大多数时候依然这样想，后来我把我的 ID 改成 Tao，一度打到浩方前二十，网上就开始有人喊我"桃神"，但他们并不知道这个 ID 的来由。

出院前的那天姚阿姨过来和我再三嘱咐每周复健的计划，还有注意防止着凉的若干事项，说了一大堆，也没记住。我妈在正式办理出院手续的当天早上，特意给我安排了一个全身体检的项目，那天有个大公司有例行体检，我妈给医务处主任拿了两桶金龙鱼，我也蹭了一个体检。值得一提但也并没有什么意义的是，给我做 B 超的是个刚毕业的实习小姑娘，十分水灵之外，声音也颇动听，她用那凉飕飕的仪器在我肚子上揉来揉去的时候，我一直乐，她也忍着几乎要笑出来，但人家毕竟是专业的。我说，小姐姐你别憋坏了。她的脸顿时涨得通红，当时倒也没说什么。后来听说，那个实习生和主任吐槽，那人比我大那么多，还好意思叫我小姐姐。

大概是大一快结束的时候，齐瑶开始和我发起了信息，当时她高三，学业压力本应该很重，但似乎她喜欢上了一个同学，十分苦恼，在半年多的时间里，因为我和那个男孩都是处女座，所以和我聊了许多二人之间的暧昧故事。我俩并不相熟，她发给我的内容大多也已经忘却，只记得一句，"和他在一块，像半夜赤脚走在水泥地上"。到底是我们文学社的，我和当时的女朋友点评，不过当时的女朋友却大发了一通脾气，所以我记得更深了。

她高考考得好像不大好，这是我出院后才知道的，她到了高三下学期就不再联系我，删除了社交网络，QQ 永远是灰色，短信也不回复，所以我也渐渐忘了她，出于一些对陌生人的善意曾开解过她的我，在日常生活中是一个会把表现不好的队友骂哭的压力怪，一个对女朋友冷暴力的人，事实就是如此简单。

然而我出院后还是常在脑子里面浮现她那张脸，我在网络上搜索她的名字，跳出来的信息很驳杂，似乎她去了一所传媒类的院校，因为网上有一条视频，是她代表她们学校参加了一个叫作"寻找邓丽君"网络歌唱比赛的视频。点开视频，挂着耳机的她已经把头发留长，额前剪成了斜斜的齐刘海，也摘掉了眼镜。看得出，这是一个自拍的唱歌视频，她左手举着手机对着脸，微笑着介绍自己是某校某某专业的谁，右手举着白色有线耳机的迷你麦克风，凑近了嘴唇，清唱了一首《甜蜜蜜》，歌声很平淡，她唱到"我一时想不起，啊，在梦里"我就把网页关了，她应该最后也没有得奖。我还找到了一条她参加一个国际公益团体活动，去非洲交换一年的消息，草原上，她戴着墨镜，站在一只大象旁边。

我查到的最多的信息都是有关我们老家一个地级市小学的信息，她变成了一个小学英语老师，或许是在非洲的交流经验提高了她的外语水平，在世界主义的感召下，她又回到了家乡。就我记得的，我们中学由于在本地声誉卓然，许多毕业回老家的同学，不是当了公务员，就是在银行工作，去地级市山区当小学老师的，似乎并不多见。然而她似乎做得很好，有许多条新闻提及她获得"江苏省基础教育青年教师基本功大赛（小学英语）一等奖"云云，满篇都是"沉着冷静""不负众望""脱颖而出"等字眼。把她的名字加上小学名一起搜索，就找到了她现在的照片，照片里面的她，和我印象中变化不是很大，戴着圆框眼镜的她头发扎成了一把，一件碎花Ａ字裙上套了一件黑色开衫，站在黑板前讲解着语法。她变化不大，只是胖了一些，老了一些，眼前这个白净成熟的女教师，和那个沉默的少女，让彼此的形象都模糊了起来。

值得一提的是，我也搜到一个网页，是我们高中文学社的负责老师在十多年前写的一篇文章《齐瑶印象》，刊发在一本不知名的文学杂志上。我点进去看，却跳转到一个"美女荷官在线发牌"的网页，全屏幕闪动着"开户有奖""点就送八元"的动态彩色广告，那些面目相似穿着暴露的女人搔首弄姿，胸部还会一跳一跳的。我看了好一会，发现需要先充一百块才能送八块，才关掉了网页。

牛皮筋

第二天早上，我查好了公交车路线，决定去她的那个小学看一看，如果见到就聊一聊，见不到就回来，或者等一晚上。我其实就想问问她，后来有没有和那个男孩子在一起，没有其他的意思。我关上门，等电梯的时候，突然高兴了起来，像极了第一次和陈桃约会的时候。这时手机上传来一条短信，我妈的，提醒我吃药。我心里顿了下，心想他妈的，真的忘记了。我回头拿钥匙开门，发现自己忘记锁门了，我拖鞋也没换就进了客厅，拿起药，就着昨天喝剩的可乐把几粒药丸吞了下去。我坐在公交车上，药效开始起来，人也有些犯困，旁边坐着一个后仰着的老头子，张着嘴流着口水，他的手腕上系着一条老人防走失手环，而我手上却还是套着那条牛皮筋。

第一次和陈桃约会，那天在宿舍门口接了她，去学校门口的公交车站坐159过江，我记得她穿了一件有米奇图案的套头衫，头发松松地拢在耳后。她转过头来笑着说，怎么了一直盯着我看？我说，觉得你这衣服很可爱。她有些不好意思，双手插袋说，我之前不是去美国交换嘛，个子太小，只能买童装。她把头歪到一边，也不看我。她后来和我说，其实那次她的舍友劝她不要太刻意打扮，别让男孩觉得自己了不起，得吊着。那时公交车还是有人售票，坐在汽车前门的女售票员穿着粗制的制服戴着袖章，一边数着钱一边沿着裁纸线撕着车票，她不时用舌头快速舔一下手指，也不知道她是不是能分清钞票的味道与车票的味道。公共汽车驶过南京长江大桥的时候，我从窗口往外望，可以看见宽阔的江面上零星漂着几叶货船，在绸子上剪开数道口子，而桥上的路灯一盏一盏地向后退却。在桥的末端，有硕大的革命雕塑，红旗造型旁边的人物塑像右手红宝书左手持枪，在迎接着我们入城。他们好像在说，同志，祝你们有一次浪漫的约会。

离开市区渐远，沿途的人流车流逐渐稀疏，市井商店散乱地码在那些空置的住宅区左近，如同垃圾桶边掉落的垃圾。公交车上的人上上落落，我旁边的老头始终睡得很好，需要在终点站转车的我直到下车，也没有看到他醒来。我下车前和司机提醒了一句，后面有一个老人睡着了，还没下车。司机拿起手里咖啡色的水壶看了我一眼，又看看车的后方，说，没事，老人家天天都来，自己儿女住得远，自个儿晚上睡不好，车上人多容易睡着。

下了汽车，司机往更里处走去，大概是去接热水或是尿尿，而四周停满了空无一人的公交车，好像是大型堵车现场，那拥挤的样子，显得有些色情，又有些落寞。公交车站对面就是中巴车站，我要搭的那辆车现在还没发车，我上车见一个乘客也没有，投币箱上面则贴着一张微信二维码，而司机正在座位上吃着盒饭，如果没有看错的话应该是肉糜粉丝饭。我扫码付完钱之后就挑了最里面的一处位置坐下。直到司机吃完肉糜粉丝饭，还是没有其他乘客。

牛皮筋

司机松了手刹，车子就往前送了一下，摇摇晃晃地启动了。司机师傅每一站都要停，即便车站上没有人，而我一早就和他说我要哪一站下，每一次他自顾自地报着站，关门松手刹往前送一下，似乎是一套流程，好像日本男人回到家，会说一句"我回来了"。中巴逐渐离开平原地带，两边山势隆起，道路两边的山体上覆盖着防落石的施工设施，而道路也益见蜿蜒，盘绕着山肩而上。周边车辆并不多，四周植被葱郁，透过窗玻璃，可以看到山岭间巨大而狭长的铁路桥，架在高耸的桥基之上，而桥下湍流的山涧水，直流到云际的另一端。正当我留心山景之时，四周突然暗了下来，我一张望才知道，原来是进了隧道，眼睛花了一点时间适应黑暗后，才见到隧道顶上的灯条光在身上一格一格地流动，黑暗中的光影，与电影院中并无不同。

我进电影院前特意和陈桃说，咱俩看电影的时候虽然坐一块可不能说话，她迟疑了一下，问为什么。我说，说话破坏气氛，而且我不喜欢观影过程中有任何中断。陈桃没有表示反对，我就给她买了一杯奶茶，找到座位后特地选了正式开场前一分钟去尿尿，确保几乎已经把膀胱里的最后一滴尿都给尿出来了。电影演的是《东邪西毒·终极版》，原版我也看过，只是内容忘了大半，虽然第一次和陈桃约会，但看自己喜欢的电影还是重头戏。在一片黑暗之中，我与她并没有交流，只能微微听到那细微的嘬吸管的声音，我按捺住了自己，最终都没有提醒她。

到车站下车，县城街市还没有脱去上午的热闹，肉铺的血水混杂着声浪热腾腾地漫过了凹凸不平的土路，烂泥上弥散起一股发酵的臭味。各自拎着菜的妇人们自顾自踢开自行车和助力车脚蹬，鱼贯地加速，向县城别处散去，直把一辆灰头土脸的奔驰小轿车堵得动弹不得。街市对面是一排三层的小楼，二三楼都是民居，从我这面看正对面是 OPPO 和 VIVO 的手机店铺，两家店挨着，装修除了颜色几乎一模一样，连门口"二手贴膜换屏"的广告都一样，店内没有顾客，门口两个似乎是店员的小伙子，约莫刚成年的光景，正抽着烟，歪着脑袋招呼着隔壁汽配店的小学徒，说着什么。似乎有人忽然喊了小学徒一声，小学徒转身进了后面一进，待另外二人转过头来，正与我六目相接，我也并不回避。其中一个上下打量了我一下，皱着眉头猛吸了一口烟，松着胯朝我走来，眼睛却只看四周。走近时侧过脑袋低声和我说，帅哥有手机要处理伐？我笑说，那倒没有，但要和你打听一个地方。

那间小学并不远，走路大概二十分钟就能到，这是我当时就料想得到的。不过这位少年还是坚持为我喊了一辆三轮摩的，收了我八块钱，本来他想要十块的，被我砍了两块钱。这个摩的其实就是三轮摩托加上一个手作的遮阳篷，用类似塑料雨披的材料拼合在一起，固定在金属结构上，而横栏上似乎还有针脚的痕迹。我翻开垂下的透明塑料帘子，一屁股坐在凉席垫上，凉席垫上被日光晒得滚烫，我把屁股往荫翳处挪了一挪。我问司机师傅，这间小学出名吗？司机端坐在前座上分毫不动，整辆车却似喉头有陈年老痰那样加速颠簸起来，他说，镇上本地人都是这间小学毕业的。他继而朝着原地掉头的助力车按了几下喇叭。基本上都能毕业，他接着补充道。

言语间，摩的就到达了目的地，我和师傅道了声谢，就下车往学校保卫处走去。我四下观望，见小学建在半山坡道上，下首是个厂房仓库，铁将军把门，一只瘦得皮包骨头的大狗，垂着头，浑身脏兮兮的，正拖着链子没精打采地来回踱步，好像在数着厂房卷帘门上的栅格数量。学校保卫处则半开着门，可以见到一个戴着军帽的人跷着二郎腿，扇着扇子，见我走近，立马警惕地扬起头，大声道，做什么的？我说我找齐瑶老师。军帽子问，找她做什么？你是她家属还是学生家长？我说，都算不上，我是她以前的同学，知道她来了这间学校，想要探望一下她，大哥你看方不方便。屋内从黑暗中走出来一个年纪稍大的中年人，军帽子见状站起身来，和他低声说了句，找个老师，说是以前的同学。那中年人驼着背，背着手，慢慢翻起眼皮问我，有预约吗？我笑说，没有，因为之前失联了，所以来找她。中年人微微一笑，说这样吧，你把身份证给我登记一下，我给你往他们办公室打个电话好吧。我忙说感谢。他摆摆手说，还不一定找得到呢，你先进来坐，军帽子和我一同往里走，这时学校喇叭传出清脆的下课音乐，而身后似乎远远地听到了一声狗吠。我把身份证给了军帽子，他在访客簿上写我的名字和身份证号的时候，一辆黑色的轿车正慢慢驶近保安室的窗口，透过车玻璃看不到里面坐的是谁，这时候军帽子赶忙按了墙上的红色按钮，铁闸门缓缓升起，军帽子边往外走边赶紧理了理自己的帽子，手臂已经甩向眉心，向车的方向敬了一个礼，身体站得笔直。这时候中年保安拿起电话，安静地靠在墙上，不响。学校教学楼里面陆陆续续有穿着浅色校服的小朋友，快步走着离开校舍。此时已经是中午放学的时间，学生们正要回家吃午饭，较调皮的男孩子们加速冲下斜坡，后面的小朋友也不甘落后。

我收到一条短信，吃了午饭记得温水吃药。是我妈发给我的，我出门根本就忘了带药。那中年人挂了电话和我说，老师们可能是去教工食堂吃饭了，一会再打打吧，你在这边等一会。说着他就招呼着军帽子从冰箱里面拿出两个饭盒，开了盖，在饭盒上用茶杯稍稍淋上一些热水，再合上，拿到微波炉里叮热。我坐着看，并没有午餐的胃口，微波炉嗡嗡作响，发出一阵橙黄色的光晕，似在用读秒的方式，对世间作法。

晚餐点菜的时候，我问陈桃，有什么忌口吗？她说也没什么特别忌口的。我说，第一次喊你出来吃东西，你别太客气。她笑说，有些怪味、看着不大干净的不爱吃。我说，那肯定不点。我再稍稍追问了一番，她吞吞吐吐，我这才晓得她是不吃鸡头鸡爪鸭头鹅掌，也不吃任何动物内脏，豆腐、芹菜也不吃。她补充道，也不是完全不吃，就是自己不会点，你爱吃你可以点。

菜单上的菜都有些贵，因为比较贵，所以我中午也没吃饭，看电影出来的时候喝了不少可乐，此时还打着饱嗝，我就点了一个菠菜三文鱼意粉，她点了一个忌廉鸡丝长通粉。等待上菜的时候对我来说有些微妙，我看着她稍稍翘起的睫毛，轻轻地扇动，此时我感到一种不必与人分享的快乐，呆呆出神。

陈桃被我看得有些不自在，整理了一下坐姿，问我，最近有写什么新东西吗？我说，没有，最近太高兴了，都不想写东西了。她笑说，那我看你不是真喜欢写东西，你只是用来排遣一下情绪。我说，有可能，好的情绪不想和人分享，如果我想到什么好笑的事情，我就想着和你说，完全不会想到要写出来。她喝了一口饮料说，我可没那么容易被人逗乐。我说，我知道，所以更没有精力写作了。她笑说，才认识多久就把写不出东西怪我身上啦。我答道，那倒没有，其实也有写作计划，我最近想起之前一个笔友和我讲的一个故事，觉得有意思，想写一写。说说看，我最爱听故事了，她说。

我摆了摆面前的刀叉，顿了顿说道，我这个笔友非常向往去非洲旅行，是因为在中学图书馆看到的一个非洲神话，说的是关于大象诞生的故事。据说非洲大陆上，原来是没有大象的，而人们都很穷苦，只有一个神谕者过着极其富足的生活，而且还有着慷慨的名声。于是就有一个年轻人上路了，他除了深爱的妻子，一无所有，为了改善二人的生活，他遍寻非洲，希望找到那个富足而慷慨的神谕者，请教致富的秘密。最后，他找到了其所在，神谕者住在一座豪华的庄园之中，四围皆是牛羊。神谕者为他的热忱打动，慷慨送他一百只羊、一百头牛。那男人不接受，执意请教富足的秘诀。神谕者见他如此执着，遂送了他一瓶膏药，临行前嘱咐务必涂在他妻子的虎牙上。那男人回到家便照做了，把药膏涂在了妻子的牙齿上。妻子的牙齿很快越长越长，足有一人手臂那般，洁白无瑕，质地动人，于是男人把妻子的牙齿敲断拔了出来，他尝试性地拿到市场上去卖，没想到竟卖出了高价，足可以买一百只羊、一百头牛。他欣喜若狂，回到家二话不说就又给妻子的虎牙涂上了药膏，然而这次妻子却拒绝了拔牙的请求。随着时间推移，她的牙齿越长越长，她的背脊也佝偻了起来，继而皮肤变成灰色，也变得粗糙，说话声音也越来越模糊不清，身体越来越庞大，终于有一天她冲出了屋子，消失在草原的尽头。后来人们就开始目击一头巨大的母象，带着一群小象在林间穿梭，母象时常卷起鼻子哀鸣，没有人能解读其中的意思。

牛皮筋

陈桃托着腮帮说，嗯，感觉是个悲伤的故事，你准备怎么写？重写神话？我说，我还没想好，其实我想写一对离婚男女的故事，用这个穿插在里面做隐喻。她笑说，那这样也太明显了吧。

我说，那你给我提提意见呗。她说，我又不会写东西，也就只会看，不过我真心佩服有创作才能的人，比如你之前写的《家乡的椪柑》，真的有打动到我。我说，谢谢，我也会为你写点东西的。她笑说，不急不急，怕你写了东西又不爱和我说话了。我说，快吃吧，怕都凉了，肚子都饿瘪了吧。她眯起眼睛，笑着点点头。

我真正感到肚子饿的时候，保安室内的中年人和军帽子已经吃完了午餐，饭盒也都在后院池子里洗好。中年人说，我再打一个电话，估计也吃完饭了。我点了点头，军帽子在一边剔牙，顶上的电扇在呼呼地吹着，带着一种奇特的音效，显得外面的日光格外亮堂，空气中的草腥、柴火味，连同我身上的汗味，一同清晰了起来。那中年人拎起电话拨通了，等了一会，中年人神态一转，欸欸，保卫处小刘啊，欸，对不住打扰你们休息，是吧，难得今天食堂发善心哈哈。对对，没有没有，就是这边来一人，是找英语组齐老师的，说是以前同学。啊啊是大肚皮那个啊。中年人把话筒放在肩膀上，去医院做产检了，他对我努努嘴。我给他打手势，说是要电话号码，中年人会意，忙问，有电话号码能联系上吗？啊啊，慢慢，不急，欸欸，你说我写。说着就在书桌上一张报纸的角落上写下了一串数字，嘴里还前后重复着。

那中年人挂上电话，我迎上去道谢，他微笑着撕下了报纸的一角给我说，那个齐老师新来也没多久，之前怀孕了，天天下课有个年轻人来接她。他说着把报纸片递给我，顺便还拍了拍我的肩膀。旁边的军帽子正在刷着自己的手机，耳中塞着耳机，脑袋随着我所听不到的旋律轻轻摇摆。我道了声谢，便出了保安室，外面的日头直直地泄下来，像灼热的液体一样在周身往下淌落。下坡处的厂房门口，几个男孩隔着一段距离围着那只老狗，各自向它甩着擦燃的刮炮，刮炮落地噼噼啪啪地炸响，伴着笑声，老狗揪着链子左支右绌，无处走避，哀哀地痛吠着。

我最后还是给我妈回了短信，说我吃了，今天感觉不错。我并没有骗她，中午我确实吃了，不过没有吃药，而是在学校附近的一家叫作国国面馆的地方吃了两碗面，因为好吃所以比平时多要了一碗，选了肠肠和小排的浇头，伴着辣酱，吃得大汗淋漓，吃完神清气爽，感觉确实不错。我在餐厅里面坐了半天，兜里放着那角报纸，也还没打。老板收拾完了东西又给自己盛了一碗，他老婆坐在他边上，用蒲扇给他扇着风，让他慢点吃。我注意到那妇人白皙的脚脖子上系着一条红绳，上面是个小小的金疙瘩。

我把手机在手里玩了好一阵，最后还是拨通了那个电话。电话响了很久,彩铃是《甜蜜蜜》,一路唱,等唱到"我一时想不起"时,才有个女声应答:喂。

是齐瑶老师吗?

是,请问是哪位?

你可能不记得我了,我是你读高中时候的一个同学,刘贺,文刀刘,祝贺的贺,当时比你高一级,文学社一起……

我记得的,她笑着打断我,十几年没见,你也不用应聘一样介绍自己。

我说,我怕你早忘了。

那哪儿至于,我记性还没到老年痴呆的程度。大作家你这是有何贵干啊?

大作家是哪里话,不瞒你讲,我现在就在你们学校附近,刚刚去找了你,没在,保卫处就把你的电话给了我,你别见怪,我没什么恶意。

对面沉默了一小会,笑着说,也难为你……

我问道,保卫处说你今天去做产检了,都挺好吧。

齐瑶笑说,还好的,医生说不舒服主要是因为这小孩太调皮了,脾气急。静养一下,注意营养,吐的就不会这么厉害了。刚刚电话接得迟,就是因为在喝婆婆熬的乌骨鸡汤。

不好意思不好意思,打搅你吃饭。

齐瑶道,没有的事,今天医院挤,我吃饭时候也晚了,下午我也和年级组请了假，留在市里不回去了。

我顿了一下，不知道怎么往下说，人家都结婚怀孕了，又怎么问那些奇怪的问题。

齐瑶便接着道，所以到底是什么事来找我啊？我看你现在这么忙，出了好几本书，电视上经常做讲座，倒怎么突然想起我来了。

我说，也都是瞎忙，混饭吃。说实话，其实这次来是有个问题想问问你。

齐瑶笑道，哦，大作家有啥想问的？难道是小说需要素材，让我帮你回忆回忆？是不是哪个高中美女记不清了，我认识吗？

那都是小时候的事了，我说，我那时候是不是特别浑？

齐瑶笑道，也还好，其实我当时还挺羡慕你，自由自在，我看你现在也挺自在的，在大学里在社会上都风生水起。

你别开我玩笑了，我看新闻你拿了不少教学奖，真挺好的，我自己在大学都是瞎应付。

你再这么说，我都要觉得你是来找我借钱的了。

没有没有，我其实就是想问，你别怪我唐突啊，就是你高三时遇到的那个男孩子，就是犹豫要不要表白的那个，后来有没有在一起？

齐瑶轻轻地吐了一口气，突然笑起来说，那都是小时

牛皮筋　365

候的事了。

我说，我就随便问问，我有点强迫症，想知道故事的结尾，你别见怪。

她说，可平淡了，大作家。我大学毕业来这所中学应聘，我丈夫就是教务主任介绍的，气象站工作。他也是这间小学毕业的，本地人，挺实在也很认真，会为我讲解气象云图，我刚刚说我想吃西瓜，他就下楼开车去超市买西瓜。

那西瓜一定很甜。

她说，我猜也是，如果不甜，他会去退的。

谢谢你告诉我这么多。

你呢，你最近怎么样，可该我问了吧，我猜你结婚了？

结了，爱人是大学同学，毕业就一起回来了，现在挺好的。

有孩子了吗？

我顿了一顿，几乎觉得自己有些黑色幽默，说有了，有一对双胞胎，男孩像我，特别调皮，但特别照顾妹妹。

真好，我还不知道是男孩女孩。

自己的孩子都一样的。

齐瑶说道，其实也不是人人都这样想，你知道吗，我后来大学的时候有去过非洲。

我不知道，你仔细说说。

我大学没考好嘛，就想多争取出去外面走走，就报名了 NGO 去非洲支教救济女童的活动。

那挺好，你也是有心了。

我去了埃塞俄比亚，那里有一些女孩十岁就出嫁了，家里人像卖牲口一样地把她们处理给一些成年男人，然后那些姑娘十一二岁就怀孕了，会有很多后遗症。有时候在路上见到大着肚子的小姑娘，没法分辨是因为极度营养不良而腹水，还是怀孕了。

想起以前你和我说过的那个故事，那个女人变成大象的非洲传说。

对的。可你知道吗，我去的时候跟每个当地人打听这个大象的故事，所有人都说没有听过。

所以是个地摊文学故事？

也许吧，鬼知道我那时候读了些什么，还参加文学社，根本不知道文学是什么。话说你的书我都有买欸，什么时候寄个签名版给我？

谢谢你的支持，也不是什么了不起的东西，难得你买来看，多提意见啊。

哎哟哎哟，大作家的东西，怎么会有意见。我记得你大学的时候还在 QQ 空间上写诗，我都有看。

以为你当时彻底断网了。

就是当时不大想和过去的朋友联络了，潜水而已。看到你写过的那几首诗，还挺动人的。

牛皮筋

谢谢，我说道。

齐瑶说，所以听你说你们结婚了，我心都定下来。等等，是一个人吧？

我笑说，是一个人，别慌别慌。

她说，吓死我了，差点说错话。说着笑了好一阵。

错了也没关系，都是小时候的事了，谁记得那么真切。

她说，是啊，都好久以前了。

谢谢你和我说这些。

谢什么呀，你以前说话没这么客气，我都不知道自己说了啥重要的东西。

挺重要的。今天算是实实在在打扰了，你一会正好也休息，我不知道为什么，觉得那瓜肯定特别甜。

她说，是啊，他也差不多快回来了。

行，那我就准备先挂了，不给你添乱了哈。

她说，哪有的事，要是真有事，也可以联络我，你有我电话。还有，记得寄书给我。

那肯定。

那挂了哈，她说。

我说，行，拜拜。

她也说拜拜，隔了一阵就是嘟嘟的收线声了。

挂了电话，我一转头，发现面店那对夫妇正侧着耳朵听我说话，我一望他们，他们这才收起神色擦台抹凳。走出面店正是下午太阳最大的时候，许多店面都关门了，本想搭车，一路走着走着竟直接走到了车站附近，我要搭的那辆车大门敞开，停在驾驶员休息室的门口。我走过去看，确认了这辆车车内空空，并没有要开走的意思，便往驾驶员休息室内张望。休息室内布置简单，白墙上刷了半人高的绿色，满满当当挂着"青年文明号""交通示范岗"等奖状，内里的几张木桌整齐地码在几个档案柜中间，角落里还有一张行军床。我站了一会，看着墙上的奖状是否缺失了某一年，并试图在脑中为其建构一个虚拟的原因，比如车队队长酒驾，年终结算账目不对或者吃了加油站回扣等等，想着想着我便拉了一张椅子坐了下来。

我又想起齐瑶说的话，她提到的诗。我手机上根本没有QQ，上个QQ被盗后，那人宣称重病，四处借钱，不过我的朋友们都不用QQ了，也没人回复他，很是无趣。我重新下载后打开，密码没记错，不过需要重新绑定手机，还要滑动模块认证。打开后界面一新，与我预想的差不多，小学和中学群最后一条回复已经是六七年前了，朋友们的头像都显示灰色，俨然成了一个电子墓场。于是我打开了我自己的QQ空间，那里有我过去吃拉面的照片，旅行的风景，毕业聚会的失焦的照片，还有一些诗歌。

2009年8月11日，我写了一首《八月开的花》。

  五月的行船
  披上黑夜扮演

一轮潮落的白色

雨水挣断琴弦

而风暴是玫瑰的眼

你带来南方的海

深色，弹性与死亡信笺

被吹落的

不过是冬天和两百多片叶子

而你留下星星

降在失眠人的额头上默数

那将来的金色梦

（上面这个，失眠时写在便笺纸上）

我看了括号里面的话，不禁乐了，也不知道当时自己是怎么想的，为什么要加括号，感觉好傻。下面的评论里是一些大拇指，还有几个人说看不懂。

2009年8月12日我写了一首《长城火车站》，我这才想起我那时候去北京了，暑假因为找工作的事陈桃和我闹分手，电话不接，短信不回。我想就算了吧，就自己去北京旅行，满大街转悠，晚上回青旅睡下，隔夜又肉疼起来，想想还是要复合，就天天在QQ上写诗，希望她能看到。后来结婚了我也问过她，写得怎么样？她说，还行吧。《长城火车站》是这样的：

想把记忆留在照片里的
最后都遗落了相机
眼睛不能的，用手
用腮和白羽毛
想用手指留住玫瑰的
最后只留下自己
于是我们写诗，不呼吸
等黄昏的雨中那列没有
座位的火车
缓缓走出之字形
等露水再飞上叶子的手指
等花再捧出心

太阳的遗腹子躺在肋骨尽头
而我却只有空白门票
可供书写
等你的名字第三次出现
当我的翅膀打开
当背后的门关闭

（这一首是在从长城回来的小火车上写的，四节

车厢上千人,我坐在过道写在前一天艺术中心的门票上)

我看着看着读了出来,后来又默读了一遍,于是用微信转发给了王欢,问她,你觉得怎么样?有个本科生发给我的。她秒回了一条,我看看。然后我的手机界面就一直显示"正在输入中"。正等着她回复,内间走出来一个人,穿着一件短袖白衬衫,有些透明,两颗黑黑的乳头格外明显,像神话里面的刑天。那人手持一满罐的胖大海,迎面见了我,发了愣,说,你找谁啊?

我说,我要搭门口那辆车回市里,那车几时开啊?他说,那车走不了了。他旋开杯盖吹了一口气,那水底的毛茸茸的胖大海得了令一样升腾起来,一开一合,软体动物似的。他接着说,今天上午有个老头在车上睡死了,司机被警察喊去局里做笔录,换班司机一时过不来,他儿子今天要割包皮,走不开。我问道,睡死了?在车上睡着睡着就死了?那人说,可不是,两个司机都认识他,所以今天当班的也没留意,可是今天起点终点来回两趟了,都没醒,报了警,叫了救护车,人是早没了。也不知姓甚名谁,哪里人。就知道在哪个站上车,所以司机被警察喊去问了,希望尽快通知家人。我说,那要等多久啊?不会真要等司机儿子割完包皮吧。他说,这也不知道,按理说下午再等等可能总公司会派师傅过来代,也没个准话。我建议你不赶时间的话，先找个地方等等。这边的士也是很少的，黑车司机这个点也不高兴出来，你先等等看吧，找个地方吹吹空调。

这人说找个地方吹吹空调，这话我太熟悉了。以前中学读书的时候常去网吧，校长班主任频繁来抓，风声紧的时候，"找个地方躲躲雨""找个地方吹空调"就成为我们常用的暗号。网吧，我大概有十年没有去了。我问那人，附近有网吧或者网咖吗？我去上会网，天凉快点我再来看看。那人说，菜场后头，有个打台球的地方，楼上就是。我道了声谢，便径直往菜场那边走去。我这时收到我妈的微信，问我晚饭想吃什么，吃不吃酸菜鱼，今天食堂限量五十份，姚阿姨问她要不要替她留。我回道，也行。

退出和我妈的对话框，我见到王欢已经回了我消息："这两首诗结构还是比较清楚的，不过技术上就显得粗糙，几个意象和跳转也比较常规化，看得出作者受到表现主义的影响比较大，但是这些手法运用并不能够使得作者的情感更进一步，无非是一种忧伤的情感，缺乏变化。作为学生作品来说，我觉得模仿得尚可，但是表现主义这种风格说实在有点过时，上回我就和你说，现在的小孩看书还是太少，风格单一得很。"她继而发了一个吐舌头的表情包。

台球室很醒目，门口的台球桌摆在门廊外，陈旧的绿色绒面泛着灰色，间中沾着成年污渍造成的暗斑，深深地衍开。桌子边缘的台面被磨得黑亮，而桌上空空荡荡。门廊内，几桌人正麻利地搓着麻将，摩擦声和"碰""吃"的声音交织在烟雾缭绕的环境中，中间穿插着几个倒水的人，年纪很轻，穿着黑色紧身 T 恤，嘴上的绒毛也并未刮干净。门廊旁边就是一条直上的楼梯，我沿台阶而上就到了二楼，映入眼帘的就是一个吧台，吧台上摆着一块黑板，是各种饮料的价格还有该店的支付二维码，吧台后面是一个穿着浅黄色吊带衫的胖姑娘，那衣服似乎有些不合身，勒得她身上一道一道的，脸上也泛着红。我走上前去和她说，我上两个小时的网。我顺手递上身份证，她接过身份证看了一眼，又看了看我，我说，我那时候年纪小，不像现在会打扮。她轻轻笑了一声，把身份证放在识别机器上，顺手在键盘上打着字，说道，你看一下摄像头，识别一下。我对着桌上的那个圆形摄像头，做了一个扭曲的怪表情，荧幕上依然显示"验证成功"，那姑娘显出不可思议的神情白了我一眼，我也没理她，接过身份证，对着二维码扫了一下付了八块钱，便向电脑区走去。

网吧还是网吧的样子，三三两两的年轻人一簇一簇地坐着，大多数人在玩吃鸡或者 GTA，大声指挥着队友，尖厉的声音此起彼伏，还有一些人在看电影，我仔细留意了一番，没有人在打 Dota。我找了个角落里的沙发坐下，人都感觉陷了下去，开机输身份证号，收动态验证码，输入密码就行了。和许多年前的网吧没有分别的是，键盘和鼠标上依然油腻，屏幕上似乎也有少许饮料的污渍，耳罩式的耳机摆在一边，耳筒上的人造皮革已经龟裂，黑色的细小碎屑附着在上面，随时准备脱落。而此时计算机桌面亮起来，是一片清澄的湖景。

面对着这一湖烟波，我面上似有淡淡的香气流动，而水面上间或飞过一只灰鹭，轻轻点水，划开一道口子，一无所获，又去而复返。我握着陈桃的手，不说话，她的手心似乎出了一阵细汗，温热。

她笑着说，你知道吗，其实第一次约会的时候，我好纠结。

我问，纠结啥？

她答道，其实很傻的，你不要笑我。

我说，我不笑你。

她说，第一次见到你的时候我就发现你手上戴着一条牛皮筋，我当时心里就一惊。我们那边高中有个默认的规矩，手上戴着橡皮筋的男孩就是有主了，其他女孩就不会再撩拨他。我记得当时我们班上，有个男孩被他女朋友换了个新皮筋，圈很小，手腕都有红印，他还坚持戴着。

我说，姚明打 NBA，手上一直戴着他女朋友给的红绳，可能也是一个道理吧。不过我是怪癖。

她说，是吧，后来来了这边几乎没见到男孩会这样，也就把这事给忘了，但那天不知道为什么，见到了就心里咯噔一下，还挺在意这件事，但又不想问，去侧面打听了一下，又听说了你不少事，更搞不清楚了。

我说，那你现在放心了吗？

陈桃说，那就看你能不能通过考验，乖不乖了。

我说，那我可得打起精神，伺候好了你。

她说，伺候我可指望不上，咱们好好相处就好了。

我说，是啊，南京这么美，咱们以后要抓紧时间，多看看这个地方才好，认识你太晚了，要补回错过的时间。

她笑说，我看你可没浪费时间。

我说，我认真的。

她说，好吧，我信你。

我说，也不只是南京，西藏新疆、罗马巴黎，我俩都要去看看。

陈桃说，好啊，你说的，那可得好好省钱，不能乱花了，咱们一起省。

我说，那肯定，说实在话，我还想去欧洲留学，咱俩一起去，到处漫游。

她说，你是去读书还是玩啊，还有啊，不是我打击你，这学期你还是先想着别挂科吧。

哈哈，不会的不会的，你放心。我已经都计划好了。

怎么讲？

反正都计划好了，我感觉就特别有画面，就在面前，就特别好。我笑着比画着眼前的湖景，接着说，我爸和我讲过，他和我妈第一次约会是去红梅公园的湖上划船，当时他就特高兴，眼前浮现出一个画面，也是两人在划船，公园里没有闲人，岸边都是穿着黑西装戴着黑墨镜和白手套，环视周围的保镖，他说感觉特别浪漫。

陈桃一手扶着石椅，歪着头咯咯地笑，问我，那后来实现没？

我说，这不还有时间吗，哪天给他们俩喊几个群众演员，几十块钱一天的那种，准能行。

那哪儿算，难不成咱们去罗马巴黎，也只是去世界之窗逛逛？她笑说。

我说，你就信我吧，世上无难事，只怕有心人。

她稍稍收起神色说，我可不是打击你，你先把游戏戒了吧，不然期末考那么多门，怕你负担太重。

我说，听你的。

她拧拧我的耳朵，笑得法令纹更深了。

我如今坐在网吧的沙发上，心里想，游戏是不可能戒的，这辈子都不可能戒了。不过我点开 Dota 游戏的图标时，还是感到有些奇怪，似乎一切变得陌生起来，首先登录我的 Steam 账号需要邮箱验证码，可是当时注册的邮箱也好久没用了，登录邮箱找回密码还要新浪微博手机 App 认证，认证完之后点进新浪邮箱，除了那封 Steam 验证码邮件，我已经有七千多封未读邮件了，都是一些广告和网页推送，没想到他们还这么惦记着我，我心里有点小感动。

登录了Steam，再点开游戏图标，是一段过去没见过的游戏动画，跳过后，就到了游戏画面，画面上显示着大四时候的战队名和我自己的ID名：9502_ChenTao。9502是我们学校机房的编号，也是我们战队当时训练的地方，后来就变成了我们的战队名。我正坐着看得入神，杨刚拿着一杯奶茶、一包鸡爪，拉开我旁边的沙发，坐了下来，他嘴里还在吱咕吱咕地嚼着，露出的一根鸡爪，像戏子的兰花指，一点一点。

开个黑，开个黑，他半清不楚地说道。我说，你这么菜，还好意思？零杀十五死不记得了？他白了我一眼说道，那都是小时候的事了。你咋不说我大四下的时候，熊猫影魔，哪个不是绝中绝。我说，咱们现在谁都别说谁，开个鱼塘局试试。他说，明明是你在说我好吧，赶紧开赶紧开。我们一起点了下开始按键，界面转为"读取中，正在寻找配备，1秒、2秒、3秒……58秒、59秒……"我问道，现在都要等这么久？以前不是秒开吗。他说，对的，这几年没人玩了，dead game，我有次等过二十分钟才开。我靠在椅背上，深深吸了一口气，看着屏幕上的读秒，慢慢呼出来。

那天天气特别热，人也特别多，南京科技馆的空调又不怎么起劲，我和杨刚坐在主舞台上，一动不动，冰激凌融化那样流汗，下面黑压压的都是人，他们坐在底下，舞台顶上的大灯照下来，白茫茫一片，人都看不真切，就大概看到大家都在扇扇子，雨夜日光灯下的蛾子似的。四周闹哄哄，因为服务器过热，比赛最后一盘刚开就掉线了，只能重开，工作人员围成一团。我问杨刚和其余三个其他院的同学，有信心不？杨刚大吼一声，有！声音太大，把大家都吓到了，他和我们说，他昨晚梦到上帝，告诉他今天是他人生的转折点，后面会顺风顺水，会发财。他说他想了一想，得了冠军不就发财了吗，而且是第一次通过自己的劳动获取财富，那肯定是转折点。

过去我以为所有土家族人都像沈从文笔下那样，信奉傩神，但是杨刚作为我认识的第一个土家族人，却一早宣称自己是基督徒，虽然把他话语中的"上帝"替换成"观音"或者"财神"都依然成立，但使我感到有趣的是，他的预感却时常以一种奇妙的方式"灵验"，不过过去都是关于放弃的预感。读书时，他想追一个姑娘，常常会在预备表白的前一天被上帝托梦，说他谈恋爱会破财，会影响学业，所以他最终放弃。谈恋爱也确实会破财，可能影响学业，似乎也没错。不过这个世界上破财和影响学业的事太多，打游戏就是一个，我们依然乐此不疲，上帝已经没有余暇托梦给我，杨刚已经够他拯救的了。

在最后一盘游戏的中段，我们局面大优，却被对面打了一波四人阵亡，那时候我眼睛发直，手指也僵硬了，话也说不出，好几个队友都在泉水读秒，我靠在椅背上，看着计算机屏幕发愣，对面都已经打到我们高地上了。擦，崩了呀，有队友说。此时还没死的杨刚还在高地上奋战，他大声喊道：滚犊子吧你，老子的女神还在下面看着呢。女神来现场这件事我们四个人从没有从单身二十年的杨刚嘴里听说过。他的声音太大，以至于观众们都笑开了，刚哥牛逼，刚哥加油，有几个挥舞着我们学校旗子的观众大声喊道。

因为有了上帝的保佑，我们几个最终抓住了对面的一波失误，反过来上高推塔，因为刚哥的加持，我拿到关键装备，最后完成了五连杀，拿下了比赛。最后对手敲出GG的时候，舞台上燃起了绚白色的烟花，噌噌地上了天，声音刺耳起来，白色灯幕照着我们，白喇喇明晃晃，在全场的鼓噪声中，硫黄味飘动，周遭的一切似乎都沸腾起来，衣服里身体里有些滚烫的东西正在流淌着。这时候我听到主持人带领全场观众在喊我的ID，陈桃！陈桃！……

杨刚跳下了舞台，纵身隐去在站着呼喊的拥挤人群中，似乎和他的女神一起消失了。

这一刻，全场呼唤着陈桃名字，而她却不在这里，我想亲吻她，像夺得世界杯的球星那样，可是她如今还在图书馆安静地阅读着司考的内容，她以为我正在为了科目二补考而在找师傅开小灶，她以为我已经戒了游戏。

屏幕上的读秒还在嘀嗒走着，随着荧光幕跳动，我拉开沙发和杨刚说，我有点事，我要打个电话。杨刚说，可是游戏可能一会就开了，说不定可能下一秒就开了。我说，我等不了了，我浪费了太多时间。我掏出手机下了楼，给陈桃拨了过去，外面日光直直倾泻而下，黑洞洞地照耀着安静的街道，店铺顶上的玻璃瓦似乎承受不住这炽热的力量，显得摇摇欲坠。我脸上的汗珠急速蒸腾，面颊上的汗到了嘴角只剩下咸咸的颗粒，而耳畔还是一串嘟嘟的接驳铃声。

没有鲜花掌声，没有主持人也没有观众，我似乎想起了我在这场游戏中的角色，忘却的事与不存在的人一一浮现，沐浴在热浪抖动的地平线上，我知道，我只需要弹一下牛皮筋就能让一切烟消云散，陈桃也会立马接听我的电话。但是我没有，我还在等待着那个时刻，告诉她我科目二考了五次才通过，告诉她我曾经赢得一切，告诉她，我都想起来了。

后记高手

这是真的,我最擅长也最喜欢的文体是后记、创作谈一类的东西,就好像一个人最擅长烹饪的是剩菜泡饭,一个运动员最擅长的动作竟是站上领奖台。我小学时就常常热切幻想,见义勇为后在国旗下的演讲,以及在小卖部门口赶走古惑仔后,老板硬要塞给我的干脆面。构思这些不会发生的事情,带给我许多自言自语的欢喜,和自我感动的忧愁,这种忧愁有时候甚至能使我的胃稍稍痉挛。写后记和创作谈时我会回想起那时候的自己,好像自己真的实现了什么。虽然事实上一无所成,至少写作这样的文体相较小说是远为容易的,至少我内心愉悦地了然,是写完一本书之后,才有资格写后记的。最难的那一部分已经过去,试卷已经做完,还有一些时间装模作样地回顾和检查这份答卷,心里其实已经想着放假了。上一本书有人评价整本书写得最好的是后记,那是使人非常开心的。

上一本书的出版,对我的最大影响是,许多姐姐辈的亲友,希望我能给她们的孩子指导一下作文,然而我必须坦诚，我从小语文作文分数便很低，语言不华丽，内容又奇怪，态度常常愤怒消极，得低分那是很自然的事，然而她们并不相信。为了进一步劝退尚有此心的年轻父母，也为在书店犹豫要不要用自己宝贵的金钱或书卡购买这本小说集的朋友做个说明，我会简单讲一下为什么写这些小说。

上一本书写作的时间下限是2017年。在这之后五年时间里，我一篇完整的小说都没有写，我找到了稳定的工作，开启了忙碌的教学生涯，备课上课，完成好领导交给我的工作，写不说人话的论文，开以社交为目的的会，学术圈大佬出了书我第一时间去买，前辈讲座我第一时间去听，在那些转发的朋友圈下留下鲜花和掌声。我好像总是在赶热闹，但那些热闹自然都是属于别人的，我不过是人群外围踮起脚尖看热闹的无关群众，我愿称自己为"学术外围"。时间一长，心也冷了，我的生活也变得逐渐规律，上班下班，做饭吃饭，然后洗碗看电视，再出去跑步或者健身，冲个澡，回来看会书打会游戏（主要是打游戏），然后就睡觉了。第二天又开始了，周而复始，稳定而无变化。直到2022年那个十月，我在家里沙发上躺着看完了契诃夫的《万尼亚舅舅》和《海鸥》，剧本我大学时候都看过，看过就忘了。如今重看，几乎要流下眼泪，因为其中的热情与荒废，似与自己的心境共振，我的生活里自然是没有国旗下的讲话，也没有干脆面的，但，竟然连热切与幻想都少了,我连自己喜欢的事情都不愿意去触碰了。我面对着万尼亚舅舅,面对索尼娅,面对妮娜,"要去劳动""要去热情地生活",我就为我身上流淌而过的时间和我将要变成的那个人而忧伤起来,我不愿意如此生活了,"我有信心,所以我就不那么痛苦了,而每当我一想到我的使命,我就不再害怕生活了。"于是我重新开始写小说,并没有什么目的,只是想和自己说说话,说些真话,而写作本身也让我快乐。有一段时间,我同时写四篇小说,幸福无比,坐在我八十厘米宽的书桌前,对着电脑,开着台灯,觉得周身都在发热,时间都变慢,而我的神经比平时敏感了许多,坐地日行八万里。写完这四篇小说后,我兴奋地出门暴走,结果把自己冻感冒了,病了一场。病好之后,除了操办婚礼那段时间,我平日每天都会多少写一点东西,有时候下班的最大期待就是回去写点什么,或者不写,改点什么都好,我慢慢体会到了改小说的快乐,每天看自己进步一点点,别提有多开心了。写上一本小说集的篇章的时候,经常想的是,唉,又失败了,写完再也不想看到它。这回是,又失败了,欸,或许可以这么改一改,开心。所以我非常喜欢看豆瓣上给之前一本书的那些差评,因为很多豆瓣网友其实非常有洞见,批评得很准确,哪里太假,哪里有 bug,哪里应该多写一点,哪篇篇幅长一些或许好点。我都认真思考过这些建议,也因为差评认识了一些网友,非常感谢你们,很希望你们可以在这本小说集中认出你们批评的痕迹。除了改稿，我还重拾了阅读的快乐，最近这两年，是大学毕业后我阅读最多的两年，好像打通了任督二脉，许多过去看不懂的书可以看懂了，许多作者的招式也能慢慢看清楚了，边读边想边写，写作这本书的两年也是我人生最充实的一段时间。以我对现当代文学的观察，大部分作者拥有好状态的时间常常也只是匆匆数年，很容易因各种原因而再难寻回，我感到自己能拥有这样的两年，实在已经是不虞的幸福了，不论这本书会不会有人看，都不会改变了。

接下来，我会就小说内容做一点说明，通常作者不大谈论自己的作品，一些作家会说小说是上帝抓住他的手写出来的，好像是某种秘仪。我作为高校教师，教授文学史和写作，并不觉得小说有什么特别神秘的，某种意义上作为手艺，其实很有必要讨论研习，当然也可能是上帝还没抓住过我的手。

《不上锁的人》这个中篇小说，我写的时间最长，也花了最多的功夫反复修改。因为我自己办公室的门经常不锁，经常会被保洁阿姨问，你怎么不上锁？她经常督促我。后来我自己想为什么会这么做，是因为好像我也没有什么贵重的东西可以被偷去。这一点在其他地方也有反映，比如说，我的密码经常很简单，很多网站手机端提示我，你的密码太简单了，你赶紧修改。可是我心想，你已经知道我的密码了，还要再规训我，说我的密码太简单了,难道我不应该更加提防你吗?所以我常常会有这样的一些想法,我会想一个关于安全感的小说。这是一个没有安全感的世界,许多人放弃自己随波逐流,又何尝不是没有安全感的体现,既然已经一无所有,又何苦设防呢。我们在一块电子屏幕前窥探别人的生活,其实自己的生活何尝不在被摄像头和收音器所出卖,在更大的力量面前,防窥屏、杀毒软件、密码,我们的抵抗时常显得可笑。或许当我们觉得自己精明富有的时候,我们只不过是被允许盛装的宠物而已。某种程度上,这篇小说是我在和那个犬儒的自己对话。这篇小说发表在2024年第四期的《十月》上,编入这本书之前,因为对文本还是不满意,我给著名古玩商费滢看了,请她提意见,她提了一些非常中肯又有启发性的见解,并建议我重写。我心里知道她是对的,然而由于懒惰,小说共三章,我只重写了两章。所以有看过之前版本的读者,可以再看看这一版本,内容完全不一样了,基本上是一个悬疑故事了。而最初版本的第二章,被我重新修改,添加了几千字的内容,独立成了《透气》这一篇,读者可以理解成是《不上锁的人》的外传。

《白鲟》是看完契诃夫剧本后,动笔的第一篇作品,我自己很喜欢。同样地,编入这本小说集的时候,有一定的修改。《文康乐舞》在写作顺序上是最后一篇作品,文康乐舞是隋末宫廷九部乐最后一部,原来是纪念一个古人,庾亮,谥号文康,东晋时候的世家大官,做到太尉。人死了,家里的歌伎很想念他，就戴着面具，面具上画他的脸，然后模仿他的仪态跳舞，后来就叫文康乐舞。这个乐舞唐朝之后就失传了。我写这篇小说，是因为疫情过去两年多了，香港街口还是可以看到很多戴口罩的行人，我时常想起庾亮家的歌伎。口罩和面具，英文都是 mask，大家都好像是戴着这仪式性的面具，在追念那些亡魂。

《面试》和《示巴的女儿们》其实都和女性有关。《面试》的写作缘起我在港大中文学院读书时，有个叫作 Daniel 的工作人员，常常帮我们研究生室修理打印机和其他设备，办公室很多学姐都认识他，觉得他很单纯老实，也非常友善。Daniel 后来突然消失了，过了很久，我才知道，他是偷拍裙底的惯犯，两次在地铁上被抓，警察在他电脑里发现了大量偷拍的罪证，最后提堂判刑。这个人，曾经天天在中文学院众多女学生中出没，想起来让人心寒。《示巴的女儿们》与高校的现实有关，我想大学里面男老师侵害女学生的事件已经是房间里的大象，不容忽视。虽然此现象近年有所收敛，但我想的是，其实不是施害者价值观在变化，只是犯罪成本和风险提高了。我所听到的言辞，依然还是仙人跳、别有用心等等的话术，让人很难受。很多女作家都写了相关的话题，但如果男性视而不见，现实也很难改变，所以我想写一下，写给男性同胞看一看，你会成为那样的人吗？如果你已经是那样的人了，那你还能做个人吗？我个人非常喜欢虚构，不大喜欢纪实，但在

《示巴的女儿们》中，还以元叙事的方法包裹了一个真实的车祸故事，第一次听说这个故事，我彻夜难眠，于是想在小说中包裹这个真实故事，使它保持原状。我每年上课都会和新生同学讲一遍这个故事，每年都会多一百个人留存对这个女孩的微薄记忆，我也在这本书中写下这个故事，希望为车祸中丧生的她，树一个小小的虚拟的墓碑。或许在漫长的时间后，当人类的记忆可以数字永生，会有一个听过这个故事或看过这篇小说的人留存着关于她的记忆，那样的话，她也可以永生了。如果可以的话，你可以帮我传播这个故事吗？最初的文学，不就是口耳相传的么。

另外一篇《牛皮筋》，开头的数段文字，和上一本书中的《江南商场》一模一样，但后面的内容完全不同。之所以这样，是因为宁肯老师看过《江南商场》，觉得开头有意思，后面的内容没有完成这篇开头承诺的那种小说质感。于是我重写了一遍后面的内容，变成了一个和Dota有一点点关系的故事。我一直想在游戏里面写Dota，因为我大学时并不玩这个游戏，而身边人人都玩，似乎写一点什么，就又能看到那些赤膊开黑的兄弟。

后记最常见的部分就是致谢，致谢部分我很重视，小说后记应该是少有的没有得奖就能致谢辞的场域，极大满足了我的虚荣心。首先要感谢我的家人，我的母亲蒋老师和我的太太李老师关系很不错，而且两人对我小说的态度出奇地一致，期待我写出节奏更快、故事性更强、更好看的小说，我有努力在这个方向上改进，而且我也觉得好看是小说的应有之义。我有一个酝酿了好几年的破案故事，准备写成长篇，妥妥的类型文学，先给您二位画个饼。我父亲邵老师，看完上一本书有些不高兴，觉得我对他有意见，因为好几篇里面爸爸都死了。其实小说是虚构文本，父亲死亡也是小说中的常用桥段，我为了避免不必要的麻烦，几乎从来不写身边事，也并非怨世骂时之书，不过这本书中父亲的死亡率更高了，请您多担待。

感谢人民文学出版社和诸位推荐人，你们对我这样一个青年作者的支持和鼓励，情义拳拳，希望不负你们的期待。感谢我的责编黄盼盼，你的热忱和认真，对每一个作者都是一种鼓舞，行业还没垮，是因为还有很多人在真心坚持。也感谢费滢、宁肯老师对个别篇目的修改意见。感谢《收获》《十月》《上海文学》《香港文学》以及《广州文艺》刊发这本书中的篇目，感谢诸位编辑，其中尤其感谢余静如和吴昊两位编辑，其实每次投稿期待的都是和你们的交流，在交流中听到你们的意见，自己也进步了一点点。也感谢陈亮亮博士和柯歆蕾女士讲故事给我听，我只是把小说写下来，你们才是真正说故事的人。

感谢我的工作单位香港都会大学，把写小说的成果也创造性地加入了考评KPI，感人。也感谢豆瓣网友还有其他的读者朋友，你们的想法还有你们的评论，让我获益良多，在阅读凋零的年代，我们都是同路人。

《奥本海默》中有个场景很有趣，奥本海默制造完原子弹之后，非常焦躁，天天看报纸等电报，几乎要逢人便问"炸不炸炸不炸"，好像一个好斗的街舞选手。我是一个彻头彻尾的和平主义者，不过我还是很好奇当你们阅读这本书时，这些故事的碎片在你们头脑中爆炸出的烟火，每个人看到的光影都不一样，而我却一幕也看不到，如此想来，你不觉得阅读是一件很浪漫的事吗？

2024年11月19日于常富街